小書痴的下剋上

為了成為圖書管理員不擇手段！

第一部　士兵的女兒 I

香月美夜——著
椎名優 繪　許金玉 譯

本好きの下剋上
司書になるためには
手段を選んでいられません
第一部 兵士の娘 I

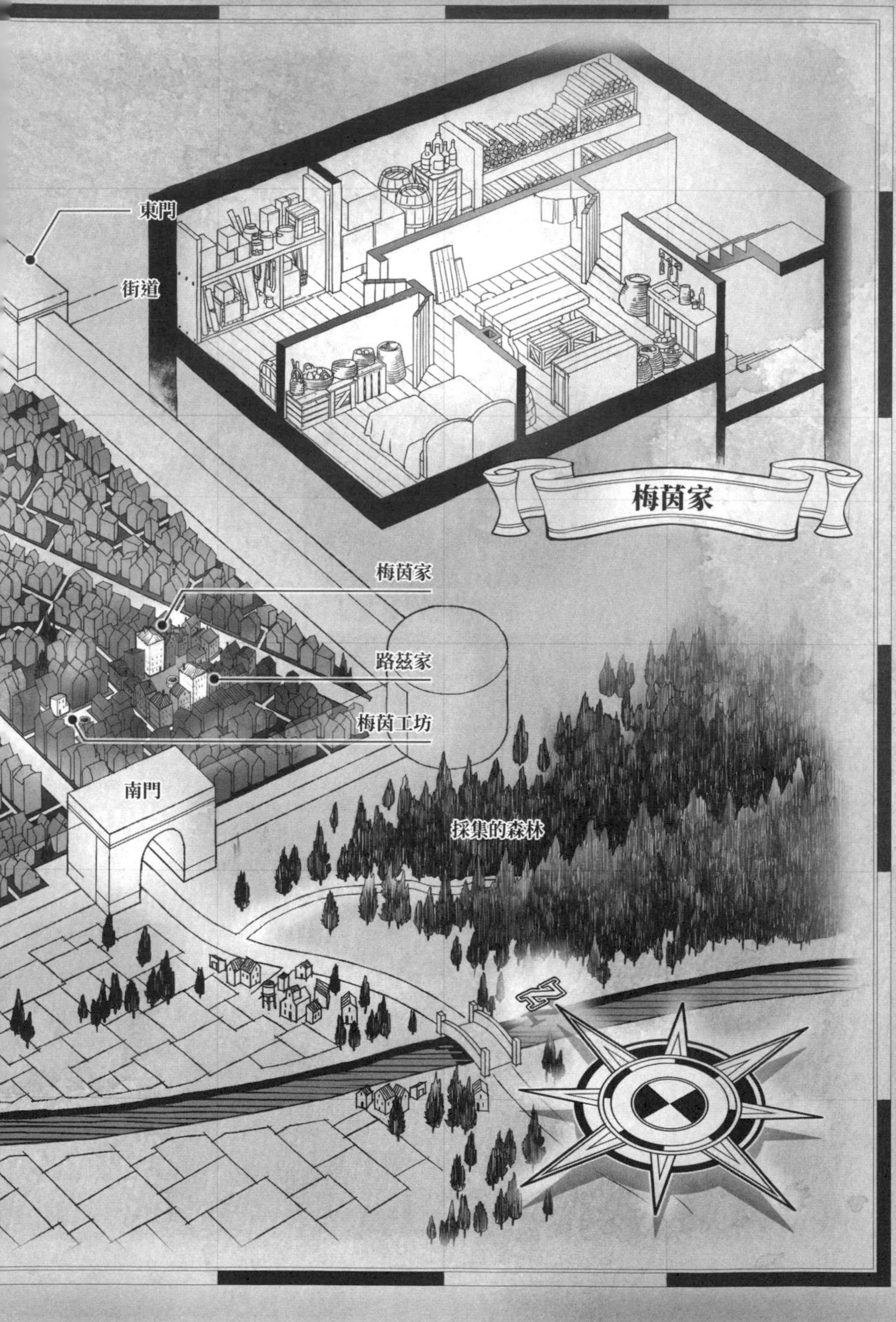
東門
街道
梅茵家
梅茵家
路茲家
梅茵工坊
南門
採集的森林

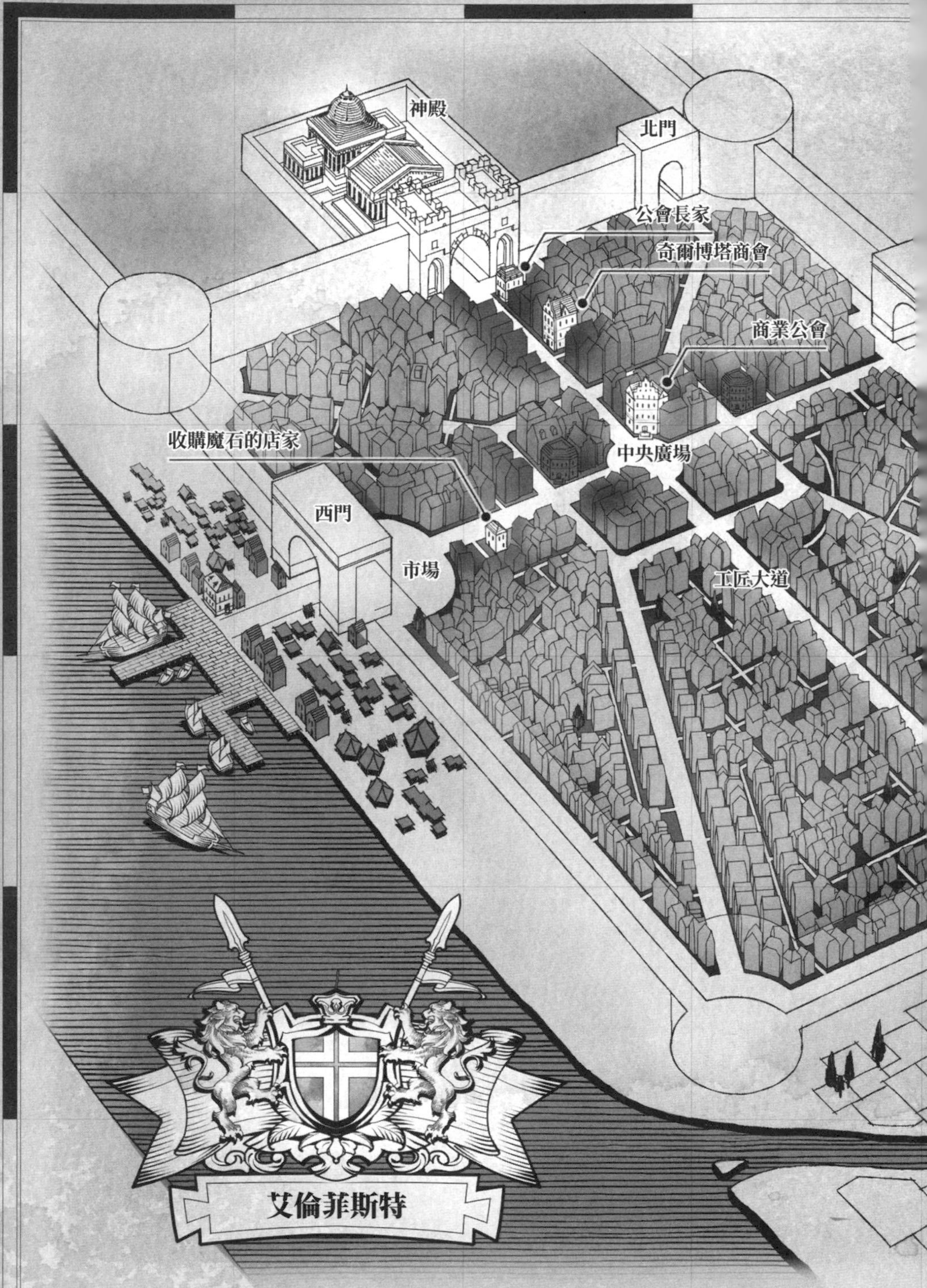
神殿
北門
公會長家
奇爾博塔商會
商業公會
收購魔石的店家
中央廣場
西門
市場
工匠大道
艾倫菲斯特

CONTENTS

第一部　士兵的女兒 I

第一部

士兵的女兒 I

序章

本須麗乃愛書。

從心理學乃至宗教、歷史、地理、教育、民俗、數學、物理、地球科學、化學、生物、藝術、體育、語言甚至小說……只要是塞滿了人類知識的書籍，她都打從心底喜歡。

每次看完彙總了各種知識的書，她就覺得自己得到了很多東西；透過書店和圖書館架上的攝影集去看自己未曾親眼看過的世界，也會陶醉在其中，覺得世界就攤展在自己眼前。

就連外國的古老傳說，也能從中看見不同時代、不同國家的民俗風情，樂趣無窮；各個領域也都擁有各自的歷史，如果想要深入了解，往往讓麗乃看得忘記了時間。

麗乃喜歡圖書館內網羅了陳舊書籍的書庫裡，那種古書特有的淡淡霉味和塵土氣味，所以每次去圖書館，都會特別跑進書庫。然後，在裡頭把帶有陳年氣味的空氣慢慢吸進肺裡，環顧歷史悠久的書本，光是這樣，就能讓麗乃開心又興奮。

當然，她也對新紙和墨水的氣味無法抗拒。光是想像上頭寫了什麼，又有什麼樣的新知識，就會樂不可支。

更重要的是，麗乃不看著文字就靜不下來。不論洗澡也好，上廁所也罷，甚至是移動途中，麗乃手上都得拿著書才能活下去。

從童年一直到快要大學畢業的現在，麗乃都過著這樣的生活。身邊認識她的人，都形容麗乃是愛書的怪咖。是嚴重到對生活造成了妨礙的書痴。

但是，麗乃完全不在乎他人怎麼說。只要有書，她就心滿意足了。

一輛大卡車噴著廢氣，從麗乃身旁呼嘯而過。

帶著熱氣的風撲捲上來，吹亂了麗乃的劉海。麗乃沒有留意到劉海的晃動，但看到書頁快被吹得掀起來，急急忙忙伸手按住。

「麗乃，很危險耶，再走進來一點啦。」

「嗯～」

麗乃的雙眼繼續盯著視野裡的文字，推起眼鏡含糊應了聲。隨後，她才發現劉海亂得妨礙到了看書，用指尖草草撥正。

無奈的嘆息從上方傳來，手臂被人用力一拉，麗乃皺起眉。

「小修，很痛耶。」

「妳還抱怨痛，總比被卡車撞死好吧？」

「這倒是。因為我已經決定好了，要死在書堆裡。」

麗乃希望一輩子都被書本包圍。如果可以，她想在沒有日照會損害到書本，但通風又良好的書庫裡度過一生。

為了盡最大限度把時間都花在看書上，就算被人說自己的皮膚蒼白得教人發毛，或被人說運動量不足對身體不好，或因為忘了吃飯而被臭罵一頓，她想自己一輩子也不會放開書吧。

早晚會死，她想在書堆裡死去。與其躺在榻榻米上嚥下最後一口氣，死的時候待在書堆裡更幸福。麗乃真心這麼認為。

「我一天到晚都在提醒妳，至少走路的時候不要看書吧。像剛才那樣邊看書邊走路，妳總有一天會被車撞死喔。再多感謝我一點。」

「我每次都有在聽喔，感激不盡～」

「妳根本一點也不感激吧？」

「有啦。可以在跑腿的時候順便看書，都是幸好有小修陪我。不過，我死了以後也一定要向神明許願，希望我可以投胎轉世繼續看書，很棒吧？唔呵呵。」

「笨蛋，哪有那麼好的事。」

聊著聊著，麗乃回到了家。修沒有走進隔壁自己家的房子，也跟著進了麗乃家。兩人是青梅竹馬，修也和麗乃家一樣是單親家庭，所以從小就像兄弟姊妹一樣一起長大。現在修還是會說：「我回來了。」麗乃的母親便回道：「你回來啦。」

「媽媽，這是妳要我買的東西。那我會在書庫，要吃晚餐再叫我。」

「是、是。小修，那你晚餐呢？今天你媽媽呢？」

「她說要工作，所以晚餐和妳們一起吃。麗乃，遊戲借我。」

「嗯，你自便。」

麗乃快步走向在她小時候就去世的父親留下的書庫，抬高音量回答修，然後打開書庫的門，打開電燈。

書庫有扇通風用的窗戶，但因為不想讓書晒到陽光，所以遮光窗簾密不透風地拉了起來。為數不少的書架上都擺滿了書，還有張桌子堆滿了因為麗乃不斷買書，已經塞不進書架的書。

麗乃的視線沒有離開過書片刻，動作熟練地坐在椅子上，就這麼繼續看書。

突然間，視野一陣搖晃。

啊，有地震。麗乃心想，但照樣繼續看書。

然而，晃動之大非比尋常，已經到了妨礙看書的地步。麗乃不悅地皺眉，對地震感到不耐，抬起頭來，卻發現視野裡滿滿都是書。

「哇啊！」

無數書本從傾倒的書架掉下來，接二連三朝著自己飛來。麗乃閃避不及，只能瞪大雙眼，茫然地望著漫天飛舞的書。

新生活

……好熱，好難過，討厭啦……

稚嫩的嗓音彷彿直接在我腦海裡說話，泣訴著不滿和痛苦。

……跟我抱怨有什麼用呢？

就在這麼想的時候，稚嫩的話聲越來越微弱。

咦？聽不見小孩子的聲音了呢。這樣心想的瞬間，感覺一直包覆著我的薄膜就彈開消失，意識緩慢地往上浮出。同時，像是得了流行性感冒的高燒和關節痠痛在全身蔓延開來，我於是向剛才的稚氣嗓音表示同意：「真的很熱又難過，我也不喜歡。」

但是，年幼的嗓音並沒有回應我。

實在太熱了，我試圖翻身，想尋找棉被裡比較涼爽的地方。但大概是因為發燒，身體完全不聽使喚。不過，我還是磨磨蹭蹭地動著身體想要移動，就聽見自己身體底下傳來紙張或草那類東西摩擦的聲音。

「……什麼聲音？」

應該要因為發燒而沙啞才對，自己的嘴裡卻發出了小孩子的尖細嗓音。怎麼聽都不是自己平常熟悉的聲音，倒是和剛才在腦海裡聽見的年幼嗓音非常相似。
高燒讓我全身有氣無力，很想繼續睡覺，但我忽視不了棉被那種陌生的觸感，和聽來不像是自己的尖細嗓音，緩慢地撐開了沉重的眼皮。看來發燒的溫度很高，我的視野溼潤地模糊成一片。眼淚似乎發揮了眼鏡的作用，視野比往常清晰。
「咦？」
接著出現在視野裡的，居然是一雙膚色很不健康、又瘦又細的小孩子的手。太奇怪了。記憶中我的手已經是大人的手了，才不是這種營養失調的小孩子的手。
試著張握手心，小孩子的手竟然照著我的意志動起來。任我操控的身體也不是平常自己熟悉的身體，衝擊大到我開始口乾舌燥。
「……這是、怎麼回事？」
我小心著不讓眼淚從水汪汪的眼睛裡掉下來，只轉動眼珠子察看四周，立刻發現這裡很明顯不是自己出生長大的環境。
躺著的床很硬，沒有床墊，還有刺得出奇的材料被拿來當作靠枕。蓋在身上的髒兮兮布料也飄出了詭異的臭味，說不定還有跳蚤或塵蟎，全身上下都很癢。
「等一下……這裡、是哪裡？」
我記憶中的最後一個畫面，就是有很多書掉在我身上，但看樣子不是被人救出來了。至少就我所知，整個日本應該都沒有這種髒亂到會讓傷患躺在骯髒臭布上的醫院。太匪夷所思了。

「我的確是……死了吧？」

應該是死了吧。還是被大量的書砸死。根據當時的搖晃程度，震度頂多只有三到四級，根本不是足以釀成傷亡的地震。電視之類的媒體肯定會報導這起消息，像是「即將畢業的女大學生在自家慘遭書架壓死」。

……好丟臉！一次是物理上，一次是社會大眾的觀感，我等於死了兩次！

我丟臉得想在床上打滾，卻因為頭痛和身體太過沉重只好放棄，小手捧住腦袋。

「慢著慢著，我的確是想過，早晚要死，我想死在書堆裡。與其躺在榻榻米上嚥下最後一口氣，死的時候待在書堆裡更幸福。」

但是，跟這好像不太一樣。我的想像畫面，是一邊看書一邊幸福地結束一生啊。因為地震被書砸死，老實說不在我的預料範圍內。

「好過分，我好不容易才找到了工作耶。噢嗚，我的大學圖書館……」

在這個就業不易的時代，我剛應徵上了大學圖書館的工作。只要被書本包圍就感到幸福的我，憑著努力和毅力在筆試和面試上一路過關斬將，好不容易得到了這份工作。相較於其他工作，被書包圍的時間更長，還有大量古書和資料，是再理想不過的工作環境了。

最擔心我的媽媽還掉著眼淚為我高興：「太好了。麗乃可以像普通人一樣工作，真是太好了。」結果居然變成了這樣。

同時，腦海中浮現了為我的死哭泣著的媽媽。再也見不到面的媽媽肯定會大發雷霆，邊掉眼淚邊生氣地說：「所以我明明講了那麼多次，要妳把書減少！」

「媽媽，對不起……」

我抬起又重又無力的手，擦去眼角的淚水。然後，抬起沉甸甸的腦袋，撐著還在發燒的身體慢慢坐起來。為了蒐集更多情報，我沒理會汗溼的頭髮都黏在了脖子上，環顧整個房間。

房內有兩張應該是床的架子，除此之外就只有蓋在床上的髒兮兮被單，和幾個用來裝東西的木箱。悲傷的是，沒有看到書櫃。

「沒有書……是臨死前在作奇怪的夢……嗎？」

如果神明真照我的期望讓我轉生，這裡應該有書。因為我的願望，就是「轉世後也想繼續看書」。

我發著高燒迷迷糊糊的腦袋陷入苦惱，恍惚地注視著像被煤炭燻過的黑漆漆天花板上垂吊下來的蜘蛛絲。

於是，大概是聽到了我移動的聲音或講話聲，從敞開著的房門口走進了一名女性。是位頭上綁著像三角巾的頭巾，年紀二十多歲的美女。五官很漂亮，但好髒。是如果在路上看到她，會離得遠遠的那種髒。

……不知道她是誰，但如果能洗洗衣服再洗洗臉，全身上下整理得乾乾淨淨就好了。枉費是位大美女。

「梅茵，％＆＄＃＋＠＊＋＃％？」

「……啊！」

聽著女性說著我聽不懂的語言時，儘管不屬於我，但可以肯定是自己記憶的畫面就排山倒海湧入腦中。

在眨了幾下眼睛的時間裡，名為梅茵的小女孩這幾年的記憶就灌進腦海，大腦不舒服得像正在被人用力攪動，我不由得按住頭。

「梅茵，妳還好嗎？」

不對，我不是梅茵！雖然想要這麼反駁，頭痛卻不允許，同時我發現自己開始對於小孩子瘦弱的小手和髒兮兮的陌生房間感到熟悉，禁不住毛骨悚然。剛才為止還聽不懂的語言現在卻聽懂了，也讓我不寒而慄。一下子接收了大量資訊的大腦明明非常混亂，但映在眼裡的所有東西卻都在告訴著我，妳已經不是麗乃，是梅茵了。

「梅茵、梅茵？」

擔心地呼喊著我的女性對我來說，也是素未謀面的陌生人。但是，卻又沒來由地覺得認識她，不自覺間還產生了仰慕的心情。

那份仰慕並不屬於自己，讓人很不愉快。即便認知上知道眼前的女性是母親，卻沒有辦法馬上坦然接受。

就在仰慕與排斥互相拉鋸的時候，女性一直「梅茵、梅茵」地叫我。

「……媽媽。」

當我理所當然地這麼稱呼原本素昧平生的女性時，我不再是麗乃，變成了梅茵。

「沒事吧？妳好像頭很痛。」

存在於記憶裡，認識卻又不認識的母親想碰我，但我感到抗拒，倒向發出臭味的棉被，避開了她伸來的手。然後順勢閉上眼睛，拒絕與她接觸。

「……我頭還好痛，想睡覺。」

「這樣啊，那妳好好休息。」

等到母親走出只擺了兩張床就沒有其他空間的臥室，我努力地想要理解狀況。雖然發著高燒的腦袋昏昏沉沉，但情況這麼混亂，根本沒辦法好好睡覺。為什麼事情會變成這樣？我完全想不通。

不過，與其思考為什麼會變成這樣，更應該要思考以後要怎麼辦。如果不先從自己所知的梅茵記憶裡稍微了解四周的環境背景，家人就會對我起疑。我慢慢地開始回顧梅茵擁有的無數記憶。

我竭盡所能地回想，但梅茵擁有的都是講話還口齒不清的小女孩記憶，所以很多畫面都不知所云，對父親和母親說的話也一知半解。想當然地能用的語彙也不多，大半記憶都是有看沒有懂。

「嗚哇，等等，這是怎麼回事……」

站在年幼梅茵的角度所看見的記憶中，可以肯定的是家庭成員共有四個人，除了母親伊娃，還有姊姊多莉和父親昆特。父親的職業是士兵。

最讓我受到衝擊的，就是這裡不是我知道的世界。

記憶中也有拿下了三角巾的母親，但頭髮居然是翡翠綠的綠色！還不是染髮那種不自然的顏色，是真的綠色。讓人想要拉拉頭髮，檢查看看是不是假髮的顏色。

而多莉的頭髮是藍綠色，父親的頭髮是藍色。自己的頭髮則是藏青色。很接近自己熟悉的黑髮，真不知道該慶幸，還是該哀怨不是黑色。

這個屋子裡好像沒有鏡子，不管我怎麼搜索記憶，除了髮色之外，完全不清楚自己的長相。從父母和多莉的五官來推測，應該長得還不錯吧。但其實只要能看書，自己的長相在生活上並不會造成什麼問題。上輩子是麗乃的時候也是相貌平平，但我也不覺得不可愛有什麼困擾。

「唉，可是，好想看書喔。只要看了書，發燒一定一下子就退了。」

無論身處何種環境，只要有書我就能忍耐，我會忍耐。所以，給我書吧，給我書。

我用手指輕輕抵著腦袋，在記憶中尋找書本。來看看，究竟書架在屋內的哪個地方呢？

「梅茵，妳醒了嗎？」

像要阻撓我的思考，一個七歲左右的小女孩發出輕輕的腳步聲走進來。是姊姊多莉。

隨手編成辮子的藍綠色頭髮粗糙到一看就知道沒在保養。真希望她也去清洗一下和母親一樣髒兮兮的臉蛋，太糟蹋這張可愛的小臉了。

我會忍不住這麼想，都是因為我站在連外國人都說愛乾淨到簡直有病的日本人角度在檢視嗎？

不過，這種事不重要。這世上還有更重要的事情。現在這種情況下，最重要又最優先的事情只有一個。

「多莉，去拿『書』給我吧？」

既然有個年紀應該已經識字的姊姊，家裡肯定有十來本繪本吧。就算因為生病躺在床上，還是可以看書。既然轉生了，欣賞異世界的書籍自然是最重要的事。

但是，面對可愛妹妹的要求，多莉卻是愣愣地歪過頭。

「咦？『書』是什麼？」

「居然問我是什麼……呃，就是有『字』和『圖畫』的『書』……」

「梅茵，我聽不懂妳在說什麼。講話再清楚一點？」

「就是『書』啊！我想要『繪本』！」

「那是什麼？我聽不懂喔。」

似乎是梅茵記憶裡沒有的詞彙變成了日語發音，不論我怎麼絞盡腦汁說明，多莉都只是一臉不明所以地偏著腦袋瓜。

「啊啊，討厭！『翻譯功能，發動』！」

「梅茵，妳為什麼生氣？」

「我沒生氣，只是頭很痛。」

看來必須先仔細聽別人說話，盡可能多記住詞彙才行。有了梅茵如同海綿的年幼小孩大腦，再加上二十二歲已經大學畢業的我的理性與知性，要學會語言根本輕輕鬆鬆。希望很輕鬆就好了。

之前是麗乃的時候，為了看懂國外書籍，我也不惜拿著辭典努力查單字。和那時候一樣，如果是為了看懂這世界的書而學習語言，一點也不覺得辛苦。我對書的愛與熱情，甚至會讓周遭的人倒退三步。

「……因為還在發燒才生氣嗎？」

是想量體溫吧，多莉的髒兮兮小手朝著我伸過來。我反射性地一把抓住她的手。

「我還在發燒，會傳染給妳喔。」

「也對，我會小心的。」

安全過關。

裝作擔心對方的樣子，實則避開自己討厭的事物。我用大人才懂得的技巧，避免了被多莉的髒兮兮小手觸摸。要是能洗乾淨，就是個好姊姊，但我現在不想被她摸到。才剛心想完，我低頭看著自己滿是汙垢的手臂，發出嘆息。

「唉，真想『洗澡』，頭好癢喔。」

嘀咕說完，梅茵的記憶就告訴了我事實。她只有非常偶爾才用水盆輕輕沖水，再拿抹布般的破布擦拭身體而已。

……什麼！這才不叫洗澡！還有，居然沒有廁所，用便盆?!饒了我吧……神啊，我想投胎重生到生活便利的地方啦。

面對極度落後的環境，我真心感到想哭。身為麗乃的時候，我出生在非常平凡的家庭。洗澡、廁所、衣服、食物和書，什麼東西都非常方便，和現在的生活環境完全是天壤之別。

……日本真好，平常就隨處可見各種好東西，像是觸感柔軟的布、軟綿綿的床，還有書跟書跟書……

再怎麼想念，我也只能在這裡生活下去。既然如此，就別再咳聲嘆氣，只能想辦法向家人灌輸衛生觀念了。

就我擁有的記憶，梅茵似乎是個體弱多病的孩子，經常發燒臥病在床，躺在床上的記憶實在太多了。若不設法改善環境，我想我大概來日不多。就算生了病，我也不想動用到從現在的生活環境水平可聯想到的醫療行為。

……必須盡快想辦法打掃房間和洗澡。

原本連使用日本的家電這麼簡單的家事都嫌麻煩，比起幫忙母親，更想把時間都花在讀書上的米蟲如我，真的能夠適應這裡的生活嗎？

想到了這裡，我忙不迭搖頭。

……啊～不行不行。好不容易重生了，思考必須再正面一點。說不定可以看到麗乃時代沒有的書呢，太幸運了……好，湧起幹勁了。

為了毫無顧忌地看書，首先要調養好身體。為了好好休息，我慢慢閉上眼睛。意識落入黑暗的期間，我滿腦子只想著一件事。

……怎樣都好，真想快點看書。啊啊，神啊，請給可憐的我一本書吧！雖然說順便有點厚臉皮，但我還希望有收藏了無數書籍的圖書館。

屋內探險

自從我重生變成了梅茵，已經過了三天。這三天來真的是兵荒馬亂，若要說起我慘烈的奮戰，堪稱字字血淚。

首先，為了尋找屋子裡的書，我瞞著母親想偷偷下床，就被罵到臭頭，強行遣返回床上。連續挑戰多次，皆以失敗告終。結果變成只要上廁所以外一下床，就會被強行送回床上，最後根本沒辦法出去找書。

再來，唯一我可以下床使用的廁所，也是無比激烈的戰場。

這裡的廁所都是在房內使用便盆，而且至今的梅茵都無法一個人使用廁所，每次都要有家人在旁陪同。任憑我怎麼哭喊：「我一個人也可以，不要看啦！」依然慘遭駁回，還會被罵：「要是尿床怎麼辦?!」

與其在別人面前尿床……我哭著使用便盆後，就得到了多莉的大力稱讚：「嗚哇，梅茵，妳現在用得很好了呢。再過一陣子就可以一個人辦到了！」我明白妳高興妹妹成材的心情，但我身為人類應該要重視的自尊、尊嚴和體面已經支離破碎了。

此外，家人不僅也在房內使用便盆，還把裡頭的東西直接往窗戶外面倒。太扯了。

換衣服也是戰爭。在我看來，是一個不熟的父親幫我脫衣服、換衣服。讓父親替我脫衣服，讓我覺得非常難為情，打從心底百般不願意地哭喊：「我自己脫！」卻只被當成了在耍脾氣。太慘了。

因為在麗乃時代，父親很早就過世了，我完全不懂要怎麼和父親相處。就算在梅茵的記憶裡非常喜歡爸爸，但在我眼裡看來，就只是個肌肉發達、長相又有點兇惡的大叔。被擔任士兵的父親的臂力一壓，我的抵抗兩三下就被摧毀殆盡。

接連敗給了所有家人以後，經過這三天，我已經把少女心和羞恥心都拋在了腦後。我還是年幼的小女孩，讓家人照顧我也是應該的。

……不這麼想根本活不下去啊！

在我死心之前，我一直心想：這種生活我受不了了！但也無可奈何。現在我這樣年幼的病人就算離家出走，也過不了自己期望中的生活。為了尋找廁所和洗澡就離家出走，也只能一邊尖叫一邊閃躲從天而降的糞便，最後慘死路邊吧。

雖然乍看之下我完全慘敗，實則不然，我也有小小的勝利。

總之，我再也忍受不了無法洗澡，每天都拜託多莉用溫熱的布替我擦拭身體。反正都被人脫掉再換衣服了，再進一步讓人家替我擦身體，又有什麼好抗拒的呢？

每天多莉都露出了非常古怪的表情，我倒是神清氣爽。第一天水盆裡的熱水變得很髒，但最近已經不再那麼渾濁了。但是，頭還好癢。明知道沒有，但還是好想要洗髮精。

此外，我還得到了一樣東西。

就是用來綁頭髮的髮簪！我說了想要木棒，好盤起老是掉下來的頭髮以後，多莉就為我削了一根木簪。

呃，其實我最先看上的木棒，是多莉的娃娃的腳，我還問她：「可以折斷嗎？」結果差點把她惹哭，這點我知道是自己的不對。可是，由父親削木頭、由母親縫衣服所做成的多莉的寶貝娃娃，橫看豎看都像是稻草人，只看一眼根本看不出來是什麼鬼東西。

還有，在我想用髮簪盤起頭髮的時候，多莉還糾正我：「只有大人可以把頭髮全部綁起來唷。」不得已之下，我只盤起了一半的頭髮。文化的差異還真大。

既然已經對羞恥的生活死了心，只能快點恢復健康，整頓生活環境。

為此，我需要書。整頓生活環境的第一步，我需要書。只要有書，在床上要躺多久就能躺多久，也能忍耐各種不愉快的事情。應該說，我會忍耐的。

所以，我決定今天一定要在家裡探險。由於太長時間沒有看書，好像都快出現戒斷症狀了。可能很快就會忍不住咆哮、低吼，哭喊：「書！給我書，嗚嘎——！」

「梅茵，妳有躺著嗎？」

多莉打開房門，輕巧地探進頭來。見我乖乖躺在床上，心滿意足地點了下頭。因為這三天來，我一醒來就會溜下床，想在屋裡走來走去找書，卻馬上就昏倒，所以不只母親，連負責看護的多莉也對我嚴加戒備。

在白天要出門工作的母親請託下，擔任保母的多莉竭盡所能地不讓我下床半步。就算我想要逃走，身材嬌小的我也贏不了多莉。

「有朝一日我絕對要『以下犯上』。」

「梅茵，妳說什麼？」

「……嗯？我是說我好想長高喔。」

當然不可能察覺到我包裹在糖衣底下的話語真意，多莉傷腦筋地笑了。

「等梅茵病好了，就會長高了。因為妳老是生病，也吃不下飯，才會都已經五歲了，還會被人以為才三歲。」

「多莉算高嗎？」

「我六歲，但常常被人以為已經七歲或八歲了，所以算高吧？」

才差一歲，體格卻差這麼多嗎？那要以下犯上可能有點困難。不過，絕不能輕言放棄。我會小心飲食和環境衛生，然後恢復健康。

「媽媽去工作了，那我去洗碗。絕對不可以下床喔，要乖乖躺著，病才會好，病不好就長不高了。」

由於有溜下床的前科，為了解除多莉的戒心，我從昨晚開始就扮演著聽話的乖寶寶，靜靜地等著多莉出門的時刻來臨。

「那我出去了。要乖乖等我回來喔。」

「好～」

老實又乖巧地回應後，多莉「啪噹」地關上臥室房門。

……呵呵呵……好了，快點出門吧。

我就這麼安靜地等著多莉抱著放有碗盤的籃子出門。雖然不知道她都去哪裡洗碗，但每次都是出去三十分鐘左右。看來不是家家戶戶都有自來水，而是外頭有公用的用水區吧。

先聽到了上鎖的喀鏘聲，然後是多莉走下樓梯的腳步聲越來越小。

……好，動手吧。

因為有多莉這個姊姊在，只要翻遍整間屋子，起碼會有十本繪本吧。一定有，不可能有人家裡沒有書。雖然找到了書，現在的我也還不識字，但還是可以看著圖畫進行聯想，推敲出文字吧。

確定已經完全聽不見多莉的腳步聲以後，我才輕輕地把雙腳放在地板上。地板帶有著泥沙的粗糙觸感，我稍稍皺起了臉。家人不喜歡光著腳走在大家穿鞋走著的地板上，覺得很髒，但為了不讓我到處亂跑，多莉拿走了像是歐洲農民穿的木鞋，所以我也別無他法。

……比起腳髒了，找書更優先嘛。

還沒完全退燒的我只能一直躺在臥室床上，床邊擺有籃子，但裡面只有用木頭和稻草做成的小孩子玩具，沒有書。

「要是這裡有書，就能省點力氣了……」

每走一步，小小的泥沙就在腳掌底下沙沙滾動。這裡的生活習慣是連在室內也穿鞋，所以我知道抱怨也沒用。雖然知道沒用，但還是忍不住大喊：「快來人給我掃把和抹布吧——」

家裡沒有半個人，所以當然無人回應，也沒有出現掃把和抹布。

「唔，馬上就遇到難關了嗎？」

對我來說，屋內探險的第一道關卡就是臥室房門。雖然拚命踮起腳尖後不是碰不到，但要轉動勉強可以碰到的門把卻比預期中困難。

「唔唔……」

我環顧房間，尋找可以當作踏板的東西，看見了裝衣服的木箱。

如果是麗乃的身體，不費吹灰之力就可以移動這個木箱，但不管我怎麼用現在這雙小手又推又拉，木箱依舊不動如山。本來也想過既然體格這麼嬌小，乾脆把放有玩具的籃子倒過來站上去，但依我的體重，很可能會一腳踩破。

「再不快點長高，現在這副身體不能做的事情太多了。」

掃視了房內一圈，考慮過各種自己搬得動的東西以後，我決定把父母的棉被疊起來當作踏板。要把自己的棉被放在穿鞋走著的地板上，我死也不要，但如果是可以若無其事地在這種環境下生活的父母的棉被，那就沒關係，應該吧。

……爸爸、媽媽，對不起喔。

為了找到書，就算會惹父母生氣，也阻擋不了我。

「嘿咻。」

我站上疊起的棉被踮起腳尖，整個人掛在門把上，好不容易轉動了門把。「嘰」的一聲，門開了！但是，是往內側。

「嗚哇?!」

因為整個人都掛在門把上，猛然彈開的門眼看就要打中我的頭，我慌忙鬆手，但還是晚了一步。我就這麼往後翻倒，還「咕咚咕咚……咚！」地發出滔天巨響，從棉被上滾下來，撞到了頭。

「好痛……」

我按著頭坐起來，發現房門打開了一條細縫。頭上的傷可說是光榮的負傷。

我一骨碌跳起來，把手伸進門縫裡頭，用力打開門。父母的棉被沙沙地在地板上滑行，那一部分的地板好像變乾淨了，但我裝作沒有看見，我無意弄得這麼髒的。

……真的很對不起。

「啊，是廚房。」

走出臥室，就是廚房。但不是時髦現代的那種廚房，感覺更適合用灶房或炊事房來稱呼。

房中央有張一般大小的桌子和兩張三腳椅，以及應該也做為椅子使用的一個木箱。右手邊那是餐具櫃吧，有個附有把手的木櫃。

靠近臥室的這面牆上設有爐灶，金屬鍋、勺子和看似為平底鍋的廚具就掛在牆上的

釘子上。一條繩子從一面牆延伸到另一面牆，上頭披著應該是抹布的髒兮兮布料。要是用那種布擦東西，感覺會變得更髒。

「嗚啊，我開始覺得難怪這副身體會體弱多病。」

爐灶對面的角落放有偌大的水缸，和看似可以讓水往外流的流理臺。果然沒有自來水吧。此外還有一個大籃子，裡頭堆滿了長得像馬鈴薯和洋蔥的食材。其他還有很多顏色和形狀我都沒看過的食物，所以就算我覺得那是馬鈴薯，也有可能其實是其他東西。

「嗯？這個……跟酪梨好像？不知道能不能榨油呢。」

看了籃子裡的食材，我留意到了某樣蔬果。如果能用這樣蔬果榨油，說不定就能處理這顆好癢的頭。

麗乃的母親擁有一個換過一個地迷上怪東西的老毛病。只要碰到新的東西就會一頭栽進去，像是文藝學習中心、電視的節儉節目、雜誌特輯介紹的自然派生活。她常常都說：「麗乃也要學著對書以外的東西感興趣。」但我很清楚，我絕不會去碰自己提不起興趣的事情。雖然每次都被母親拖下水，讓我很受不了，但託母親的福，搞不好洗髮精的問題這下子就解決了。

……媽媽，謝謝妳。我好像能在這裡活下去了。

發現了戰利品讓我的心情激動，環視廚房，臥室以外還有兩扇門。

「唔呵呵～哪一扇門才是對的呢？」

眼前的廚房怎麼看都不像會有書櫃的樣子。我看見從廚房通往另一間房的房門半掩著，立刻用力打開。

「嗯……儲藏室？猜錯了呢。」

不知道用途是什麼，房間裡雜亂無章地塞滿了我難以理解的東西。大多都放在架子上，但擺得很凌亂，不像是會有書櫃的房間。

我死了心，想打開另一扇門，但是喀嚓一聲，發現門鎖上了。我喀嚓喀嚓地好幾次轉動門把，門卻完全沒有打開的跡象。

「……奇怪了？難道這就是多莉走出去的那扇門？咦？這樣就沒了？」

如果這扇門通往屋外，那就表示這間屋子沒浴室、沒廁所、沒自來水、沒書櫃，什麼都沒有，看起來也沒有其他房間。

……等等，神啊，祢跟我有仇嗎？

麗乃那時候，我向神明許的願望分明是：「轉世後也想看書。」才不是像現在這樣重生之後，還有著日本人的記憶、觀感和常識，自己居住的房子裡卻沒有浴室、廁所和自來水。我一直深信自己會投胎到身邊理所當然有書的環境。

「……莫非書很貴？」

就我知道的歷史，直到有印刷機可以大量生產之前，書本確實是非常昂貴的物品。如果不是上流階級，幾乎沒有機會看到書。這裡的環境大概也不像麗乃那時候，公所機關會因為有寶寶出生就送上繪本當賀禮。

「嗚，沒辦法。既然沒有書，就先從文字開始找起吧。」

沒有書，不代表就完全沒辦法學習文字。像是折疊廣告單、報紙、社區傳閱板、說明書和日曆等等，有很多東西都會寫字。至少在日本是這樣。

「……沒有。完全沒有！一個字也沒有！」

我走來走去，翻遍了廚房的餐具櫃和儲藏室的架子，但這間屋子裡別說書了，也完全找不到印有文字的東西。找不到文字，當然也看不到紙張。

「這是怎麼回事？」

像是體溫一口氣飆高，頭開始痛了起來。心臟撲通撲通劇烈狂跳，耳朵裡頭傳來「嘰——」的耳鳴。就好像緊繃的絲線突然斷了，我當場蹲下。

眼眶深處好熱。

被書壓死……嗯，也是沒辦法的事，只是希望在書堆裡死去這個願望有些偏離了原本的預期而已。而且，希望能投胎轉世的人，也是我自己。

……可是，這裡沒有書耶？也沒有文字喔？還沒有紙？我真的要在這裡活下去嗎？要做什麼活下去？

一滴眼淚掉了下來。

我的大腦從來沒想過會有一個世界完全沒有書。想不出自己以梅茵的身分在這裡活下去有什麼意義，我覺得自己成了一具空殼。

眼淚停不下來。

「梅茵！妳怎麼沒有躺在床上？也沒有穿鞋子，怎麼可以下床！」

多莉不知道什麼時候回來了，發現癱坐在廚房地板上的我，一雙藍色眼睛立刻氣得冒火，音量跟著提高。

「……多莉，這裡沒有『書』。」

「妳怎麼了？哪裡不舒服嗎？」

「多莉，我想要『書』。我想看『書』。我明明這麼想看『書』，這裡卻沒有『書』！」

我失魂落魄，眼淚一顆顆不停地掉下來，多莉擔心地喊著我的名字。但是，再怎麼向沒有書也不覺得有哪裡奇怪的多莉訴說自己的心情，她也不會明白。

……要告訴誰才會明白呢？要去哪裡，才會有書呢？誰快來告訴我吧！

城市探險

昨天我一直哭、一直哭、一直哭。就算叫我吃飯，或因為把父母的棉被拉到地板上而被罵，我也沒有什麼反應，繼續掉眼淚。

到了今天早上，哭得太久的我雙眼又腫又燙，頭也痛得快要裂開。不過，發燒似乎完全退了，身體也不覺得倦怠無力。再加上嚎啕大哭過後，心情也暢快了不少。雖然吃早餐的時候，家人對我好像在對待易碎物品一樣。

「燒已經退了呢。」

母親用剛洗完東西的冰手觸碰我的額頭，還順便按了按紅腫的眼睛四周。冰冰涼涼的，非常舒服。

「如果梅茵恢復精神了，今天有市集，要不要一起出門買東西？」

……嗯？記得先前不是說過：「現在是染布工作最忙的時候，就算梅茵發高燒，我也必須出門工作。」

看見我歪頭，母親難過地垂下雙眼。

「多莉也不能老是一直照顧生病的妳，不讓她去外面透透氣的話太可憐了，昨天梅茵又哭個不停，多莉傷透了腦筋，還說梅茵是不是因為寂寞才哭，所以我才硬是拜託大家，讓我休息一天。」

聞言，我「噫」地倒抽口氣。居然不顧他人的目光哭了一整天，這等醜態真讓人想挖個地洞鑽進去！冷靜下來以後，自己做的事情真是太丟臉了。

「對、對不起。」

「梅茵不需要道歉呀，生病的時候都會很不安嘛。」

母親溫柔地摸著我的頭安慰我，但她越是溫柔，罪惡感越是快把我淹沒。

……對不起。我是因為沒有書而絕望痛哭，從來沒有因為母親不在而感到寂寞。而且明明讓多莉那麼擔心，又添了那麼多麻煩，我卻一心只希望著多莉快點出門，不然我沒辦法找書。真的很對不起。

「多莉會和大家一起去附近的森林，但病才剛好的梅茵還不行。那就和媽媽一起去買東西吧？」

「嗯！」

「哎呀，突然變得很有精神嘛。」

果然可以和媽媽在一起很高興吧。母親笑得很開心，所以我也只是向母親送上燦爛的笑容。

「呵呵，好期待喔。」

看見母親笑咪咪的樣子，我也無意解開誤會。但其實只是一想到外面的世界應該可以發現書的蹤影，心情頓時變得慷慨激昂。

今天要跟著母親去買東西，再請她買書給我。不一定非得是厚重的書。首先，我想要多少可以習字的書。到了這個地步，就算是給小朋友看的問題集也無妨。如果沒有書，那ㄅㄆㄇ注音符號表和ＡＢＣ字母表這類的圖表也可以。

只要體弱多病的女兒裝可愛地央求：「只要有書我就不寂寞，會一直留在家裡看家。」少說也會買一本繪本給我吧。唔呵呵，好期待！

「那媽媽，我出門了喔。」

多莉帶著滿面的笑容，從門口往臥室探頭。今天母親休息，所以多莉也得到自由，不需要再顧著我了。

「要和大家一起過去喔，路上小心。」

「好～！」

多莉背著偌大的籃子，踩著蹦蹦跳跳的步伐跑走。她開心的樣子就像要出去玩，但其實這也是平常的家務事之一，也就是撿柴火，好像順便還會找找看有沒有樹木的果實和香菇。能否讓餐桌上出現便宜又美味的食物，就靠多莉了。

……加油，多莉！為我加菜吧！

在這個什麼也沒有的世界，似乎也沒有學校，孩子們不是幫忙做家事，就是都在工作了。至少在我看到的記憶裡，沒有看見相當於學校的設施。比多莉年長一些的孩子，都已經當學徒開始工作了。

如果可以如願，我想當圖書管理員的學徒或書店學徒。今天外出，也是為了要蒐集這方面的情報。先確認書店的位置，再和店裡的人混熟，進而成為學徒。

「那梅茵，我們也去買東西吧。」

這是我成為梅茵以後第一次出門，也是頭一次穿上睡衣以外的衣服。身上被套了好幾件多莉傳下來的，破破爛爛但質地很厚的舊衣。全身鼓到難以行動的我和母親手牽著手，第一次往家門外踏出一步。

……好冷！好窄！好臭！

因為是石造建築，感覺建築物本身就釋放著冷空氣，儘管穿了好幾層衣服，寒意照樣透了進來。這種時候超級想要發熱衣、刷毛外套還有暖暖包，順便還想要可以隔絕臭味、防止感冒的口罩。

「梅茵，小心別掉下去喔。」

一踏出家門，門外就是階梯。上下延伸的階梯又窄又斜到只有三歲孩童體型的我每走下一階，都會感到害怕。「嘿咻……嘿咻。」讓母親牽著我的手，我一次次地踩彎嘰嘰作響的木板階梯，慢慢下樓。

很奇怪地，只有二樓以下是堅固又乾淨的石造階梯。

……明明是同一棟建築物，這種差異是怎麼回事？

我「唔」地嘟起嘴唇，總算來到了平地。數了一下，我們家位在七層樓建築物的五樓。說實話對虛弱矮小沒體力的我來說，外出這件事本身就是一項重度勞動。也難怪在記憶中，我大多時間都待在家裡。

就連現在，我才離開建築物而已，就已經氣喘吁吁。毫無體力的我在抵達目的地之前，很可能就會先不支倒地。

「呼、呼……媽媽，我呼吸好難過，等一下。」

「才剛離開家而已呢，沒事吧？」

「只要……休息一下就好了。」

一定要去書店！我一邊做著深呼吸平復呼吸，一邊張望四周。

走出集合式住宅，就是一處小廣場，共用的水井就在這裡。只有水井周圍鋪著石板，幾名婦人一邊聊天一邊洗著衣服。多莉洗碗和每天早上為水缸汲水的地方，肯定就是這處水井。

「媽媽背背妳吧。」

大概是心想著再拖下去不知何時才能去買東西，母親有些強硬地把我背起來，開始大步移動。母親用我沒看過的、像是背繩的東西將我固定住，可想而知梅茵每次都是被背在背上吧。

有著水井的廣場四面環繞著類似集合式住宅的高大建築，只有一條巷子通往主要街道。穿過算不上寬的昏暗巷弄，就來到了大馬路上。

……嗚哇！好像在攝影集和電影裡看到的古代歐洲城市！

陌生的街道出現在眼前，馬車和看起來像驢子的動物「喀喀喀」地在石板路上來往交會，寬廣的道路兩側林立著商店。我覺得自己簡直像在觀光旅行，不停東張西望，尋找著有沒有書店。

「媽媽，我們要去哪間店？」

「梅茵，妳在說什麼啊？我們要去市場喔。我們平常才不會去商店。」

依據母親的說明，體面地開設在建築物一樓的店家，基本上只有口袋裡有點錢的人才會走進去，與貧窮的庶民無緣，日常生活用品都是在有市集的日子買齊。

……嗯～也就是說，書店也會開在這種建築物的一樓吧？

一邊前進，我一邊環顧四周尋找書店，就看見了一棟足以當作地標的高聳建築物。整體用白色的石頭砌成，造型簡單但很有威嚴，是非常顯眼的氣派建築。

「啊，這是城堡嗎？」

「那是神殿喔。等梅茵七歲了，也會去那裡接受洗禮儀式。」

……啊──神殿嗎？真不喜歡強制性的宗教，以後要小心盡量別靠近。

基於麗乃那時的感覺，我說不上來為什麼就想和宗教保持距離。但在這個世界，我不知道把這件事說出來是否會被接受，所以閉著嘴巴，目光投向神殿後方的高牆。

「媽媽，那些牆壁是什麼？」

「是城牆喔。裡面有領主大人居住的城堡，和貴族大人們的宅邸。反正，都和我們沒有什麼關係。」

說是城堡和貴族住的地方，卻只看得到高聳的石牆，看起來更像是監獄。難不成是為了加強防守才蓋成那樣？

沒有任何點綴的白色高牆往兩側綿延，感覺不像是以炫耀財力為優先，既不豪華也沒有裝飾，但和要塞那種粗獷的風格又不太一樣。感覺得出想與外界隔絕的意圖，但看起來又毫無防備到好像沒有料想過會受到攻擊。

……和攝影集及學習歷史時看過的西洋城堡也不太一樣呢。

「媽媽，那一邊的牆壁呢？」

「那是外牆，守護城市的高牆喔。那邊南門的守門士兵就是昆特吧？」

透過梅茵的記憶，我知道父親的工作是士兵，原來是守門兵啊。

……話說回來，有領主大人居住的城堡，又有城牆和外牆圍起來，表示這裡算是都市囉？

雖然單看外牆圍起的範圍，再看街上往來行人的規模，這個城市應該不大，但不能用東京和橫濱當作參考依據吧。

如果用麗乃那時候在書上看到的城塞都市當基準，這裡就成了教人吃驚的大都市，但在這個一般人都有著綠色和藍色頭髮的世界裡，麗乃那時候的知識未必管用。不管是大都市還是中小都市，用我現在具備的知識逕自下判斷太危險了。

……啊啊啊，根據城市的規模，書店的規模也會不同，我卻不知道最重要的基準！這座城市到底算大?!還是算小?!來個大人物告訴我吧！

「梅茵，快點去市場吧，好東西會賣光的。」

前往市場的一路上，我都拚了命地左顧右盼想要找到書店，但道路兩側的商店招牌基本上都是圖畫。所有招牌都是在木板上畫圖，或在金屬上刻出紋路，完全看不見像是文字的記號。連不懂這裡語言的我也一目了然，非常便於找書店，但不祥的預感讓我淌下冷汗。

……怪了？不只住家，連街上也看不到字？識字率很低嗎？該不會文字本身並不存在吧？

忽然閃過自己腦中的假設讓我血色盡失。文字本身並不存在這個假設，我從來沒有想過。如果沒有文字，更不可能有書。

正為自己的猜想感到震驚時，不知不覺間已經抵達了市場。傳入耳中的嘈雜聲讓我抬起頭來，就看見眼前密密麻麻地布滿了充滿活力的露天攤販，無數行人熙來攘往。熱鬧的景象讓我想起了日本祭典的攤販，感到有些懷念。我忍不住綻開笑容，探頭看向附近的水果攤，就發現了意想不到的東西，拍拍母親的肩膀。

「媽媽，那個！那塊板子是什麼?!」

商品上立著寫有某種記號的板子。雖然看不懂，但這個世界也確實存在著數字和文字！這麼一點小事就讓我脹紅了臉，由此可知我對文字有多麼飢渴。

「啊，上面寫了價錢，這樣就知道多少錢可以買到了。」

「媽媽，告訴我上面寫了什麼？」

母親很驚訝我突然變得精神百倍，但我不以為意。

每看到數字就請母親唸給我聽，可以感覺到自己大腦中知道的數字開始與眼前的記號互相結合。

……很好很好，我的神經迴路，加油！

「那麼，這個是三十里昂？」

請母親唸了好幾次數字後，我自己試著唸出數字，觀察母親的反應。似乎答對了，母親眨了好幾下眼睛，回過頭來看著我。

「梅茵，妳居然這麼快就記住了，好厲害喔。」

「嗯呵～」

疑似數字的記號有十種，計算方法肯定也是十進位。幸好不是二進位或六十進位。只要記住對應數字的記號，算數應該也不成問題。

……啊，我該不會要一舉成為天才了吧？不過，可能十歲是神童，十五歲是才子，二十歲過後就變成普通人就是了。

購書無望

「最後就剩下肉了。這陣子也該大量買肉，回家醃製和燻製了。」

買完蔬菜和水果的母親走向市場深處。賣肉的攤販似乎都設在靠近外牆那一帶。

「為什麼要大量買肉？」

「為了接下來要過冬呀。這個時期，所有農家只會留下足以過冬的家畜，其他全部宰殺，所以是一年當中賣最多肉的時期。動物們也因為要過冬儲存了營養，所以可以買到好吃又油脂豐富的肉喔。」

「……呃，冬天也不會有市場嗎？」

「那當然啊，冬天幾乎採不到蔬菜吧？到時還會下大雪，市場很少會有開放的日子。」

想想這也是天經地義，我卻完全忽略了。日本也是直到溫室栽培盛行以前，蔬菜只吃當季，運輸系統發達之前也都是地產地銷。在還沒有冰箱和冷凍庫，無法在新鮮狀態下保存食物的時代，也都是在自己家裡準備可以長期保存的食物。換言之，在這裡當然要自己製作可以長時間保存的乾糧。

老實說，我不覺得自己派得上用場。但雖然是幫不上什麼忙的累贅，小女孩的身分卻讓我不會受到太多斥責，真是好險好險。

「……好、好臭。」

隨著越來越接近肉攤，惡臭越來越強烈。不同於摀著鼻子的我，母親一派習以為常地走在其中，真不敢相信。就算摀著鼻子、用嘴巴呼吸，吸進嘴裡的空氣還是臭得讓我眼眶泛淚，母親居然可以不為所動。

……肉本來就這麼臭嗎？嗚嗚，我有種不妙的預感。

終於來到了肉攤擺設的區塊。除了培根和火腿，肉販的攤位上還擺著一眼就可以看出才剛剝皮、趾尖部分還殘留著動物原本形狀的大腿肉。攤位後頭還掛著正在放血的動物，翻著白眼吐出舌頭的兔子和小鳥一字排開。

「呀啊啊啊啊啊！」

先不說繪本和照片，對於只親眼看過遭到完全解體、還是切成了一口大小裝在盒子裡的肉的我來說，這個世界的肉攤帶來的刺激太強烈了。我全身竄起雞皮疙瘩，眼眶迸出淚水。明明想要閉上眼睛不去看，但一度睜大的雙眼就這麼固定住，好像忘了怎麼闔上地動也不動。

「梅茵?!梅茵?!」

母親搖晃我的身體，輕拍了拍我的屁股。

就在這時候，豬隻發出悲鳴，即將遭到開膛破肚的畫面跳入眼中。周圍還聚集著面帶開心笑容的人們，迫不及待地等著豬隻被屠宰的那一刻。

「呀嗚！」

我小聲地慘叫一聲，在豬隻遭受到最後一擊之前，就先在母親背上暈了過去。

有什麼灌進了嘴裡。是非常具有刺激性，帶有嗆人酒精氣味的液體。

不同於自己在清醒時主動嚥下，不可預期的酒精流入氣管。我拚命咳嗽，眼冒金星地跳起來。

「嗚咳！呃咳！咳咳！」

……是酒嗎?!是哪來的笨蛋讓惹人憐愛的小女孩喝這麼烈的酒?!要是急性酒精中毒怎麼辦?!

我用力睜開雙眼，就看見抱著酒瓶的母親。

「梅茵，妳醒了嗎？太好了，幸好這方法有效。」

「呃咳！……媽媽？」

母親如釋重負地抱住我，所以有些難以啟齒，但在心裡頭說說應該沒關係吧？

……不管是什麼方法，別讓小孩子喝這麼烈的酒啦！而且還是個本來就體弱多病，還差點因為發高燒死掉，好不容易才剛退燒的大病初癒小朋友！

「好了，梅茵，既然妳醒了，我們就去買肉吧。」

「嗚咦?!」

我忍不住猛搖腦袋。剛才的光景已經完全印在了腦海裡，可能好一陣子作夢都會夢到，光回想就毛骨悚然，我不想再去那種地方。

「……呃，我感覺還很不舒服……就坐在這裡，媽媽自己去吧。」

「咦？可是……」

不顧面露難色的母親，我火速轉身，懇求身後店家的阿姨。在被用蠻力強行帶走之前，要確保自己的容身之處。

「阿姨，不好意思，請讓我留在這裡等。我會乖乖坐著，不給您添麻煩。」

「小妹妹年紀還這麼小，真是懂事。反正妳們也買了酒，那有什麼問題。妳快點去買完東西吧。帶著說自己還不舒服的孩子到處跑，要是又暈倒了也麻煩吧？」

母親大概是在這裡買了助我清醒的酒，酒攤阿姨爽朗地放聲大笑，一口答應。隔壁雜貨店的叔叔也同情地看著我，向我招手。

「只要進來店裡面等，也不會有人把她拐走吧……」

叔叔讓我進入店裡，我便不客氣地一屁股坐下。剛才被灌進嘴裡的烈酒正在體內打轉，現在走動太危險了。

「那我馬上回來。梅茵，不可以離開這裡喔。」

母親腳步匆忙地跑去買東西後，我就坐在原地，心不在焉地打量兩家店的商品。酒攤似乎正好會在這個季節進新的水果酒，拿著小木桶來買酒的客人絡繹不絕。對照之下，雜貨店並沒有多少客人。

……這個世界的雜貨店究竟都賣些什麼東西呢？

我審視起陳列在雜貨店裡的商品，但大多數都看不出來用途是什麼。我指著亂七八糟地擺在眼前的商品，試著向大叔發問。

「叔叔，這是什麼？」

「小妹妹還沒用過嗎？這是織布時用的東西，這個是打獵用的陷阱。」

想必是因為沒有客人，閒來無事的大叔一一回答了我指著的東西。這裡被歸類為日常用品的東西，全都讓我感到陌生。即便搜尋梅茵的記憶，也不知道是不是因為不感興趣，沒看過的東西占了絕大多數。

哇……我一邊感嘆一邊環顧商品，忽然在雜亂擺放的雜貨一角，看見了雖然只有一本，但裝幀非常精美，又厚又高的書背。

裝幀的豪華程度，如果是麗乃那時候去的圖書館，很可能得擺進玻璃櫃裡。皮革封面用黃金在四個角落加上了細緻的鑲嵌，大約有四十公分高。

……那是書吧？咦，那是書吧？

一發現疑似書的裝幀，剎那間整個世界都變成了玫瑰色。陰沉的灰暗雨雲頃刻間一掃而空，內心變成了萬里無雲的藍天。

「叔、叔叔！這個呢？這個是什麼?!」

「啊，那是書喔。」

……好耶——！終於找到了！有書！雖然只有一本，但這裡有書！

正當我絕望著這個世界可能沒有書時，就找到了這本書。我感動得渾身發抖，雙眼直盯著書背瞧。

看起來很大又很重，外觀非常講究。憑我現在瘦弱的手臂，大概拿不起來。而且，怎麼看都很貴，不管我怎麼撒嬌央求，恐怕也不會買給我。但是，既然這世界有書，鐵定也有更小又便於攜帶的書。

我只差沒撲在大叔身上地追問：

「叔叔，你知道賣書的店在哪裡嗎？」

「賣書的店？哪有這種店啊。」

大叔用像在說著「妳這孩子在說什麼啊」的眼神看著我，我激動的心情直線下降。

「……呃，明明有書，卻沒有書店，為什麼？」

「因為書都是用抄寫的，價格太貴，根本沒辦法拿來賣錢。這本書也是還不出錢的貴族大人用來抵押的東西，還不是要賣的商品。不過，看樣子在期限之前是還不出來了，所以很快就會出售吧。但會想買這種東西的人，也只有貴族大人而已。」

……唔咕，可恨的貴族大人！要是我也生為貴族，就能看到書了吧？喂，神啊，為什麼我是平民？

我對貴族大人有些起了殺意。居然一出生就被書本包圍，太好命了。

「小妹妹是第一次看到書嗎？」

聽見大叔的問話，我目不轉睛地看著書，點頭如搗蒜。

在這個世界看到書還是頭一次。而且，書屬於貴族，加上沒有書店，這也許是最後的邂逅。

……既然如此！

「叔、叔叔！我想拜託您！」

我用力握緊拳頭，先站起來立正站好，然後當場跪下。

「怎麼了？妳怎麼突然這樣？」

見我突然跪在地上，雙手抵著地面，大叔吃驚得瞪圓了眼睛。

既然有求於人，展現誠意是基本中的基本。而說到展現誠意的方式，自然就是磕頭下跪了。我堅決地低下頭，如實說出自己的請求。

「我知道我買不起，所以，請至少讓我摸一下那本書。我想用臉頰磨蹭，至少也要深吸好幾口氣，全心全意去感受墨水的氣味！」

我誠心誠意地懇求，現場卻只瀰漫著讓人感到窒息的沉默，沒有傳來任何回應。

戰戰兢兢地抬起頭，不知為何卻看見大叔愁眉苦臉，用一種好像親眼看到了離奇變態，帶有著驚愕和厭惡的眼神看著我。

……咦？誠意好像沒有傳達出去？

「我、我聽不懂妳在說什麼……但讓小妹妹碰這本書太危險了。」

「怎、怎麼這樣?!」

我正想再拜託一次時，傳來了宣告時間終了的呼喊。

「梅茵，讓妳久等了。走吧。」

聽到母親的聲音，我差點哭出來。書就在眼前，我卻還沒看過，也沒摸到，更連聞都沒聞到。

「梅茵，妳怎麼了？他對妳做了什麼嗎?!」

「不、不是，不是啦！」

看到母親立刻朝老闆投去殺人般的眼神，我慌忙搖頭。得馬上解開誤會才行，不然對方明明好心讓自己留在這裡，用不著去肉攤，還讓我發現了書的存在，這下子就恩將仇報了。

「我是這裡不舒服。媽媽，妳剛才讓我喝了什麼？醒來後一直覺得怪怪的。」

「……啊，可能是助妳清醒的酒太有效了。回家後喝杯水，乖乖休息就沒事了。」

母親心領神會地點點頭，但似乎完全不覺得讓小孩子喝酒有什麼問題，只是一把牽起我的手，催促我回家。

我往後回頭，向酒攤和雜貨店的兩個老闆獻上甜美的笑容。

「謝謝兩位剛才收留我。」

要是忘記道謝，我就會坐立難安。從梅茵的記憶來看，這裡似乎沒有低頭行禮的習慣，所以我盡可能擠出燦爛的笑容。為了圓融的人際關係，笑容不可或缺。兩人也帶著笑容目送我離開，看樣子是奏效了吧。

「梅茵，身體還不舒服嗎？」

「……嗯。」

母親背著我踏上歸途，一路上我幾乎沒說話。回家沿途經過的路上，也都沒有看到書店。今天本來想拜託母親買小朋友看的繪本給我，慢慢識字，最後卻是兩手空空。唯一明白的，就是這裡沒有書店。

儘管這個城市有領主的城堡，還有氣派的石造大門，卻沒有書店。大叔都說了，書不會拿出來賣錢，那麼說不定不只這座城市，這個世界本身就沒有書店。

我絕望了。

就算一、兩天不吃飯，只要有書就心滿意足的嗜書者如我，居然要我過著沒有書的生活，神明難道不覺得太殘酷了嗎？

就算對父母說，我想成為買得起書的貴族，他們也只會當成是愛作夢孩子的可愛童言童語，轉過身就忘吧。不想在這種家庭裡出生這種話，根本說不出口。可是，就算當不了貴族，真希望至少有足夠的財力可以搜購沒落貴族抵押的書。

太過窮愁潦倒的環境讓我心灰意冷，但也認清了現實，明白就算哭泣也得不到書。既然沒有書店，也就買不到書。

……買不到書，那怎麼辦？只能自己動手做了吧？事已至此，我要不擇手段，絕對要把書做出來！我絕不認輸！

生活改善中

既然沒有書，那就自己動手做。

得出了這樣的結論以後，我的心情就變得積極樂觀，但傷腦筋的是家裡沒有紙。之前在屋裡探險時，已經確認過了這點。這就表示只能出門買紙，但我也不知道哪裡有賣。令人頭大的是，這座城市也沒有便利超商、百貨量販店、超市和文具行。

那麼，究竟哪裡有賣紙呢？雜貨店的大叔說了，「書必須自己抄寫」，所以外頭賣的書都是一疊白紙嗎？可是，到底要去哪裡買呢？還是說這裡有專賣紙張的紙店？

在日本，只要抄寫在活頁紙或筆記本上，或者寫在影印紙上，再用釘書機釘起來，眨眼間就可以做出一本書，但在這裡卻有一大堆問題要解決。家裡找不到紙，所以如果要做書，必須先從找紙開始。

想著這些事情，從市集回到家，多莉也從森林裡回來了。不僅撿了柴火，還採了很多果實和香菇，還有很多可以為肉調味的藥草。

「多莉，妳回來啦。妳採到了什麼？借我看、借我看。」

我探頭看向多莉裝了戰利品的籃子，找到了我要的目標。和之前在屋裡探險時看到的一樣，有形似酪梨的果實。母親會壓扁這種果實取油，所以我確認過了，有這個就能榨取出植物油。

「這個！給我這個！」

我迫切地連聲要求，多莉稍微考慮了一下，說：「妳想要密利露嗎？可以給妳一點沒關係。」然後給了我兩個密利露。

「多莉，謝謝妳。」

我用臉頰蹭著密利露，走進儲藏室，拿出榔頭走回來。這下子應該可以做出洗髮精，我躍躍欲試，揮下榔頭。

「哐」的一記悶響，密利露噗唰地裂開。果汁不只濺到了我，還有在旁邊看著的多莉身上。

「……喂，梅茵，妳在幹嘛？」

多莉沒有擦去濺到臉上的果汁，眼神冰冷地微笑問我。感受到多莉怒火的我嚇得跳起來。

……看樣子是非常嚴重的大失敗！多莉真的生氣了。

「那、那個，多莉，呃，我、我是想要取油……」

「取油也要用對方法吧?!妳到底在做什麼?!」

……我怎麼知道這裡的取油方式呢。

在梅茵的記憶裡，面對教導自己的多莉，她老是撇著頭。不論多莉說明了什麼，記憶裡都只剩下模糊的片段。對於健康又充滿活力，凡事都很能幹的多莉，梅茵很羨慕又不甘心吧。無數記憶裡都在嚷著「不公平」，讓人大搖其頭。

……明明是個很會照顧妹妹的好姊姊，就算生氣了，還是會耐心教導自己。

惹了多莉生氣，我趕緊清理四處飛濺的密利露果汁，去井邊準備晚餐的母親回來後，看到果汁斑斑的牆壁，氣得頭頂直冒煙。

……明明地板這麼髒也不在意，卻很介意牆上的髒汙。

後來我才知道，泥沙和煙灰雖然不介意，但食物的汁液會損壞牆上的木頭，所以必須小心。

清潔完畢後，我輪流看向裂開的密利露、母親和多莉。雖然想快點取油，但該拜託母親，還是拜託多莉呢？選擇比較不生氣的人好了。

我偷偷摸摸悄聲問多莉。

「多莉、多莉，該怎麼做才能取油？教我嘛。」

「媽媽，我可以告訴梅茵嗎？」

明明是偷偷問，多莉卻重重地嘆一口氣，然後詢問母親。

「唉，如果不教她，之後可能就麻煩了。多莉，好好教她吧。」

母親指著儲藏室說。沒有教過我的事情，也不能怪我不會嘛。如果梅茵的記憶裡曾經學過，我應該也能做得好一點。

於是我和多莉一起走進儲藏室，請她教我。取油用的工具和布，似乎都放在儲藏室裡。

「油和果汁會滲進木臺裡頭，所以不可以用木臺，要放在這邊的金屬臺上用。首先，把布攤平，再把果實放進來。不包起來的話，果汁就會亂噴。不過，密利露的果實可以吃，所以是用吃完的種子取油。等取出了種子，我再教妳怎麼榨油吧。」

「如果只取種子的油，我根本不知道要榨多少，才能收集到需要的量吧？我等不了那麼久，所以連果實的油一起取吧。」

如此宣告後，我照著多莉教的，先用布把密利露包起來，放在金屬臺上，開始用榔頭敲打。榔頭很重，一直敲不碎，但我努力不懈繼續敲，果實就開始慢慢變形。

……哦，我搞不好挺厲害的嘛？

「就這樣子而已嘛？唔呵呵。」

接著用力擰布，擠出油來。我使足了吃奶的力氣擰布，瞬間，整條布開始變得溼潤。但是，也僅此而已。油只掉了一滴下來，想收集到需要的量似乎是痴人說夢。

「梅茵，妳這樣子不行啦。都沒有好好瞄準，也沒有力氣又畏畏縮縮的，雖然搗碎了果實，但種子根本沒搗碎嘛。」

「嗚……多莉……」

……虧我這麼賣力，結果完全失敗。

我求助地看向多莉，多莉就一臉無可奈何地拿起榔頭，用力握緊，揮臂舉高。

「咚！咚！」每一次榔頭敲出沉悶的聲響，果實和種子就依著和我敲打時截然不同的速度在變形。

「如果是爸爸，就不需要榔頭，他用壓榨器一下子就搗碎了。但那個太重了，我們沒辦法用，只能用榔頭慢慢敲碎。」

據說一旦可以使用壓榨器，男孩子就會被賦予表示獨當一面的勞力工作。

「等到完全搗碎了種子，再像這樣扭布……」

在我剛才擰的時候，只是變得比較溼潤的布，現在正有一滴滴的油被擠進了小容器裡。看著逐漸增加的油，截至目前為止，此刻我最尊敬多莉！

「嗚哇！多莉，妳好厲害喔！謝謝妳！」

「梅茵，事情做完要收拾才可以。來，快點收拾。」

……就算叫我收拾，我也不知道怎麼收拾啊。

我不知所措地在原地東摸西摸，多莉就滿臉無奈地告訴我方法。多莉果然很會照顧人。我這麼心想著，一邊收拾工具。

收拾完了工具，我伸長脖子看著白濁的油，聞了聞味道。如果要當作洗髮精，再有點味道會比較好吧。

「欸，多莉，也給我藥草吧。我要味道好聞的藥草。」

「一點點而已喔？」

「嗯！」

得到了多莉的許可，我一一嗅著已經拿出籃子的藥草的味道，仔細挑選，再用手指捏碎，加進油裡頭。如果順利染上味道，應該會有宜人的香氣。

……等染上香味，再加一點點鹽……

我正這麼思索的時候，突然看見多莉拿著裝有油的容器，走向正在準備晚餐的母親。

「多莉！不行！妳做什麼?!」

我急忙從多莉手中搶走容器，並圍起來護在肚子前方，以免再被搶回去。多莉見了雙手扠腰，生氣地說：

「不快點吃會壞掉吧？要是染上太多藥草的味道，這些油就不能吃了。」

「不可以吃啦！」

……我要做成洗髮精，怎麼可以被吃掉！

不管多莉說什麼，我絕不放開好不容易才得到手的洗髮精替代品。

「梅茵！那些東西是多莉採回來的吧！不可以任性！」

母親也站在多莉那一邊怒聲斥責，但我早就先徵得了多莉的許可，才拿了密利露和藥草。這已經是我的了，不是多莉的東西。

「我才沒有任性！多莉已經給我了！」

我瘋狂左右搖頭，堅決地死守著油。頭皮的癢意已經到了忍耐極限。眼看有東西可以當作洗髮精，再也無法忍耐下去了。

大概是心想再怎麼說也是白費力氣，兩人都無奈地嘆一口氣，轉過身背對我。

「呼──」成功守住了油，成就感讓我心滿意足地大口吐氣，然後往油裡頭加了一小撮鹽，再均勻攪拌。這樣一來，麗乃的母親沉迷於天然生活和自然派生活時做過的洗髮精替代品就完成了。

「媽媽，給我熱水。」

我在臥室裡鋪好沐浴用的防水布，把油放下，再拿著桶子跑向母親。最近我都會在準備晚飯的時候請母親分熱水給我，母親也習慣地倒了熱水，再替我把桶子放在防水布上。

好，開始洗吧！但下一秒，我停下動作。因為沒有多的水可以沖水，要像往常一樣洗頭是不可能的。那該怎麼洗頭髮才好呢？

「嗯～總之，只能用稀釋過的油沖洗頭髮了吧。」

只能把油稀釋到就算有些許殘留也不要緊，再用布仔細擦乾淨了。我把做好的洗髮精替代品適量倒進桶子裡，再均勻地攪動熱水。

「梅茵！妳在做什麼?!」

「咦？我要洗頭髮啊。」

多莉一臉摸不著頭緒的樣子。不過，這幾天這裡的人都沒有洗過頭髮，我想他們大概沒有洗頭的習慣，所以就算仔細說明也不會明白吧。比起用嘴巴，用行動來說明是最快的。

我抽起髮簪，把頭髮浸在桶子裡，開始洗頭髮。嘩啦嘩啦地清洗泡在桶子裡的頭髮，再用手不斷把水潑到頭上，讓油也能滲透進頭皮。接著，細心地為頭皮按摩。小孩子的手使不出力氣，手臂又太短，按摩起來很吃力。

不過，我還是反覆按摩到自己滿意為止，才擰乾頭髮，用空有毛巾之名，實則薄到不行的布擦乾頭髮。數不清多少次地仔細擦拭，盡可能不讓洗髮油殘留在頭上，最後再梳頭髮，原本接近黑色的頭髮就變成了真正的藏青色，開始有了光澤。

……感覺還不錯嘛。

我用手指爬梳自己的頭髮，試著聞了聞味道。隱隱約約有種像是茉莉花的香氣。身上那種混雜著汗水、泥巴和難以形容味道的體臭一直讓我耿耿於懷，現在能夠聞到體臭以外的味道，讓我開心得不得了。大成功！

「咦？咦？梅茵的頭髮變成了夜空的顏色耶？好適合妳像月亮一樣的眼睛。」

……我的眼睛是金色和黃色那一類的顏色嗎？

這才知道自己看不見的瞳孔的顏色，我盯著多莉的藍眼睛，稍微想像了下遺傳法則。但好像怎麼想像也無濟於事，我很快就宣告放棄。

「梅茵，這是什麼？」

「嗯～這是『簡易版洗髮精』喔。多莉也用用看吧？兩個人一起用就不會浪費了。」

發現多莉用好奇的眼光看著桶子，我開口說了。老實說，既然睡在同一張床上，又有著一張可愛的臉蛋，而且要是她喜歡，搞不好還會再幫我榨油，所以我想讓多莉也洗得乾乾淨淨。

「這些密利露和藥草是多莉採回來的，油也是多莉取的，所以不用客氣喔。」

聽到我這麼說，多莉才恍然驚覺地抬起頭，動手解開麻花辮。多半是看到了我剛才洗頭的樣子，她馬上把頭髮浸到桶子裡開始洗頭。

……啊～那裡洗不到。

我把手伸進桶子裡，舀起熱水潑在多莉的手碰不到的地方，仔細地為她洗頭。

……快點變乾淨、變乾淨吧～

「多莉，我想洗到這樣就差不多了。」

我遞出布，多莉就仿效我做過的，一再用布擦拭，然後用梳子梳頭髮。

多莉的藍綠色髮絲散發出了光澤。有著自然捲的頭髮變成了帶有亮光的波浪，頭頂上還出現了一圈天使光環般的光澤。整個人閃閃動人，看起來更可愛了。

「變得好乾淨喔。多莉，味道好香。」

……果然可愛的女孩子就該這樣子。

我心滿意足地為多莉梳頭髮。雖然不可能每天，但幾天洗一次簡易版洗髮精，保持這頭秀髮的光澤，不正是我的職責嗎？

兩人都洗完了以後，正想收拾桶子時，母親連忙制止我們：「等一下。」然後也洗起了頭髮。以後再做簡易版洗髮精，多莉和母親都不會有意見了吧。今後的目標就是成為乾淨的一家人。

頭髮好久沒有這麼清爽，我如願以償地墜入夢鄉。

這幾天早上一醒來，一睜開眼睛就會看到蜘蛛絲。自己已經變乾淨了，接下來我想讓生活環境變乾淨。

首先是打掃臥室！我燃起了熊熊鬥志，但這件事超出了我的能力範圍。現在我能打掃乾淨的範圍，充其量只有床鋪。於是我拜託放假的父親，請他把棉被晒在窗戶上。

「爸爸，等晒好了棉被，我想請你幫忙清掉那些蜘蛛絲。」

「蜘蛛絲？為什麼又……」

既然覺得家裡有蜘蛛絲很正常，就算解釋這樣很髒，大概也無法理解吧。我轉動腦筋思索，輕捉住父親的褲子。

「因、因為我會害怕。」

這我絕對沒騙人。要是蜘蛛直接從那裡爬下來，就在我的臉部正上方，光想像就不寒而慄，必須盡快消滅危險的蜘蛛絲。

「梅茵會怕蜘蛛絲嗎？那就沒辦法，爸爸替妳清掉吧。」

「哇～爸爸，謝謝你！如果可以全都清掉，我會非常開心喔！」

「知道了、知道了，梅茵會害怕嘛。」

……很好，天花板解決了。

多虧父親簡單地清理了天花板，靠自己打掃不到的地方變乾淨了，其餘的只能一點一點慢慢打掃了。
「媽媽，掃把在哪裡？」
「在這裡喔，怎麼啦？哪裡弄髒了嗎？」
「我想把房間掃乾淨。」
「這樣啊，有心想做家事的話當然好。」
我握著掃把，清掃臥室的地板，灰塵立即漫天飛起。對於沒有室內穿鞋文化的我來說，臥室裡會有泥沙這件事簡直不可置信。我想在乾淨的臥室裡睡覺。
我小心翼翼地揮著掃把，慢慢把土掃向廚房。屋子裡東西不多，所以掃地本身並不辛苦。
……前提是我的體力足夠的話。
才掃了一會兒地，我就開始頭暈目眩，只好休息，放棄打掃。照這速度，真不知要到何年何月才能在乾淨的環境裡生活。
「梅茵，掃臥室的地，怎麼能把泥沙都掃到廚房呢？要掃就掃到玄關外面……梅茵，妳臉色好難看。」
看到被掃出臥室的泥沙小山，母親往臥室裡探頭，隨即嘆氣。讓我躺在床上後，母親收來晾在窗戶上的棉被，蓋在我身上。
「我很高興妳有這份心，但別再打掃了，乖乖躺著吧。反正都已經髒了，現在也不必認真打掃嘛。」

……就是因為日積月累，才必須從現在做起啊。

心裡這麼想，身體卻完全跟不上。看來只能耐著性子，每天一點一點地持之以恆了。我翻過身，捏起自己柔順地滑下來的頭髮。

……頭髮已經變乾淨了，接下來好想要紙喔。

附近的男孩

母親出門工作了，家裡只剩下多莉和我兩個人。想當然，能夠為我解惑的人也只有多莉。

「多莉，妳知道哪裡有賣『紙』嗎？」

「梅茵，妳說什麼？」

「就是『紙』……啊！」

多莉搖著麻花辮歪過腦袋的模樣很眼熟。是我說的話變成日語，她聽不懂時的表情。我不知道「紙」用這裡的語言該怎麼說。

……失策！早知道也該請雜貨店的大叔教我「紙」怎麼說！

「多莉不知道『紙』是什麼……對吧？」

「對不起喔，我應該不知道。那個發音真有趣耶。」

我垮下腦袋，深深嘆氣。

事實上如果想做書，問題不只有不知道哪裡有賣紙，我也不知道有沒有店家在賣鉛筆之類的筆。就住家和城市呈現的景觀來看，我想這裡根本沒有自動鉛筆和原子筆，連有沒有鋼筆都未可知。在這種情況下，究竟是拿什麼當作書寫工具呢？然後，究竟要怎麼做才能取得書寫工具？

而最重要的問題，就是我沒有足夠的體力出去外面尋找材料，也沒有錢。真的很傷腦筋。

「啊——！爸爸居然忘了！」

廚房傳來多莉的大叫。我動作遲緩地移動，走到廚房一看，多莉手上正拿著一個包裹。

記得今天早上，父親頂著剛睡醒的迷糊表情，在早晨最忙的時間才說：「我今天工作要用，幫我拿出來。」惹得母親氣得跳腳：「為什麼不早一點說?!」母親翻遍了儲藏室好不容易才找出來，要是知道父親忘了帶走，一想像到她屆時怒髮衝冠的模樣，我的背脊就陣陣發寒。

「多莉，媽媽一定會生氣吧？把東西送去給爸爸比較好吧？」

「梅茵也這麼覺得嗎？……可是，要留梅茵一個人在家……」

之前只是出門洗一下碗，我就擅自溜出臥室，末了還哇哇大哭；和母親一起去市場買東西，還中途暈倒不省人事。

家人對我的信任度趨近於零，所以多莉不想讓我獨自看家。

「可是不送過去的話，爸爸會很頭痛吧？」

「……梅茵，妳可以走到大門那裡嗎？」

看來多莉決定讓我同行，而不是讓我看家。

想到之前走去市場的路途，內心有些不安，但之後母親生氣的樣子更恐怖。我用力握拳，表達自己會努力的決心。

「我、我會加油。」

「那就出門吧。」

和母親出門買東西時一樣，我穿上了好幾層衣服，帶著包裹出發。

但會穿上好幾層衣服，並不是因為愛美，完全是為了禦寒。順道說明，我擁有的衣服就是兩件貼身內衣、兩件針織連身裙、一件毛衣、兩件類似工作緊身褲的毛線褲，還有兩雙毛線襪。所有的衣服都穿在身上了。

「多莉，我重得動不了。」

「可是得全部穿上才行，因為每件衣服都有補丁，不知道風會從哪裡透進來。尤其梅茵容易感冒，不穿厚一點不行。」

母親沒得商量地全都套在我身上，本來還以為如果是多莉，說不定耳根子比較軟，但擁有強烈責任感的多莉，絕不會讓我穿著身體健康可能惡化的服裝出門。

我死了心全部穿上，變得難以動彈。多莉身體健康，所以不需要穿那麼多，顯得很輕便。再加上會和一群孩子一起去附近的森林撿柴火，又會受母親之託送東西給鄰居，很常在戶外走動，所以體力也很好。而我沒有體力也沒有速度，只有一身沉甸甸的衣服。

「梅茵，妳還好嗎？」

「呼、呼……慢慢走、就可以。」

才走完階梯就氣喘如牛，這點和之前一樣。不過，我依著自己的步調繼續前進。要是勉強自己，結果又暈倒了，只會給多莉添更多麻煩。從小地方開始累積信任是很重要的。

……不過，石板路還真不好走……

路面凹凸不平，走路若不小心，很有可能就被絆到腳跌倒。我交給牽著手的多莉察看四周，只盯著自己的腳邊走路。

「啊，是多莉！妳在做什麼？」

不遠處傳來了男孩子的聲音，我抬起頭來。

三個背著木架和弓的男孩子跑了過來。頭髮有紅色、金色、粉紅色，五彩繽紛，我的目光忍不住都被髮色吸引了。三人身上的衣服都因為泥巴和食物的汙漬，變成了斑點遍布的淺灰色，大概是穿了很久的舊衣，上頭全是補丁。從衣著和自己身上的衣服沒有太大區別這點來看，生活水平應該差不多。

「啊，拉爾法！還有路茲跟弗伊！」

多莉的態度很親密，那梅茵可能也認識他們。我稍微在太陽穴上使力，探索梅茵的記憶。

……啊，果然有。是住在附近的男孩子們。

拉爾法和多莉同年，有著一頭紅髮，體格最好。是帶領孩子們的老大，感覺就像是大家的大哥哥。

弗伊也和多莉同年，頭髮是粉紅色，長相就是愛搗蛋的調皮小鬼。可能是不太懂得怎麼跟身體虛弱的梅茵相處，很少和梅茵接觸，所以記憶不多。

拉爾法的弟弟路茲有著金髮，和我同年。每次面對梅茵都擺出哥哥的姿態，感覺就是想快點長大的男孩子，十分可愛。

三個人都是多莉去森林時的夥伴，一群人也曾經帶梅茵一起去森林。寥寥幾次的外出都比其他記憶清晰得多。

就在我回溯著記憶時，多莉神色雀躍地和拉爾法交談。

「爸爸有東西忘了帶，我們要送去大門。拉爾法你們要去森林嗎？」

「對啊，一起走到大門那邊吧。」

看到多莉和拉爾法講話時那燦爛的笑臉，就可以知道她平常有多麼忍耐。果然比起在家顧妹妹，和大家一起去森林更開心吧。

……對不起喔，我是個礙手礙腳的妹妹。不過，燒都已經退了好幾天，現在要出門也不是問題了。具體來說，像是尋找販賣紙張的店家！

有拉爾法他們同行，多莉走路的速度霎時變快。我還和她牽著手，所以幾乎是被拉著跑，雙腳就打結了。

「哇哇哇！」

多莉急忙停下了腳步，所以我沒有摔得狗吃屎，但當場跪坐在了地上。

「對不起，梅茵，妳沒事吧？」

「……嗯。」

雖然不痛，但一坐下，要站起來就很痛苦。真想乾脆坐著休息。

呼吸有點難受呢。正這麼心想時，一隻手伸到我眼前。

「梅茵，不然我背妳吧？」

……路茲，真是個好孩子！

根據梅茵的記憶，路茲總被拉爾法和弗伊看扁，所以雖然同年，但面對虛弱又瘦小的梅茵，老是以哥哥自居。還會保護沒有體力、沒多久就虛脫無力的梅茵，也會幫她拿東西，是個相當紳士又前途不可限量的少年。再加上路茲的金髮比起粉紅色和綠色，是我比較熟悉的顏色，所以精神上也比較能放心。

「梅茵，妳之前又發燒了吧？看起來很不舒服，我背妳吧。」

路茲的心意我很高興。不過，要讓和我同年、只是體格比我大了一點的路茲背我，心裡還是會過意不去，更擔心會把他壓扁。我正煩惱著不知道該怎麼辦時，拉爾法就輕嘆口氣，放下行李說了。

「由你來背的話，今天就別想走到森林了。我來背梅茵吧。你就負責拿我的弓箭，弗伊背木架吧。」

「拉爾法……」

路茲不滿地瞪著拉爾法，可能是覺得功勞被搶走了吧。

「路茲最擔心我了吧，好溫柔喔。路茲，謝謝你，我好高興。」

我露出微笑，握了一下路茲的手，大力誇獎他。大概是自己的擔心有人看到了，感到心滿意足，路茲靦腆地笑起來，乖乖地拿起拉爾法的弓。

「來，上來吧。」

「嗯，拉爾法，謝謝你。」

我靠向比多莉高一點的拉爾法的背，整個人趴在他身上。身為小女孩，不需要感到丟臉。絕對沒有。

背著我的拉爾法踩著穩健的步伐開始前進。視野頓時比剛才高了三、四十公分，景色跟著變得截然不同。

具體地說，就是本來只看得見腳邊的石頭，現在可以看見整個街景了。而且原本配合著我的速度，現在恢復到了本來的高速，景色的流動速度也完全不同。

「嗚哇，好高！好快——！」

「妳別太激動喔，不然又會發燒了。」

「嗯，我會小心。」

……話說回來，會幫忙做家事、背柴火回家的男孩子真是有力氣。明明還是小孩子，肌肉卻很結實。

和我記憶中日本的小學低年級生比起來，體格相差懸殊。但生活環境和人種本身就不一樣了，也許不該拿來比較。

此外，不該和日本比較的還有風景。像是從小巷子裡慢慢流出來的糞便，還有大馬路上來來往往的驢子一邊大便一邊移動……

……我、我不是因為想看才看的！是因為這些景色在日本看不到，太讓我震驚了，才會忍不住視線都往那方面聚集而已！

不同於去市場的時候，現在走的是工匠大道吧，完全看不見一樓店舖裡的樣子。之前販售商品的店家都是玻璃櫥窗，但在這裡只看得見懸掛在門上的招牌。而且林立排開的建築物，都有著相同的顏色與外觀。所以，我的目光才會被那些醒目的穢物吸引。不是我的錯。

「拉爾法，你還好嗎？梅茵會不會太重？」

多莉擔心地看著拉爾法和他背著的我，問向拉爾法。拉爾法先搖了下身體，重新把我背好，然後略略撇過頭，語氣有些粗魯地回答了。

「沒關係啦。梅茵很小又很輕，而且讓她下來走路的話，妳也很傷腦筋吧？」

看他像在害羞的表情和語氣，顯然是想幫助苦惱的多莉。也就是希望多莉感謝自己吧？

……哦哦，拉爾法少年，原來目標是我們家多莉嗎？俗話說射人先射馬，擒賊先擒王。好吧，要我當馬也行。很好很好，青梅竹馬之愛就這樣萌芽吧！

但當然，這只是我自己的妄想。

不過，拉爾法居然一臉若無其事地聞著多莉的麻花辮，說：「多莉，妳身上有股香味耶。」你是少女漫畫的男主角嗎?!——真的不能怪我想在心裡這麼吐槽。「真的嗎?謝謝你。」多莉也羞紅了臉，害我難以克制自己的妄想。兩個人都還年幼，一點也感受不到男女之情，但既然沒有書這種娛樂，我只能在腦海內大作文章，希望他們能夠體諒。

都快要大學畢業的我還沒有過酸甜苦辣的戀愛經驗，卻看到六歲的多莉散發出這種甜蜜氣氛，讓我實在很難不在背上嘿嘿傻笑，陷入妄想。

……要是有人說都是因為我自己老在看書、老在妄想，沉浸在作夢的世界裡才沒有男人緣，我一概不聽。因為從以前起不光是家人，連隔壁的小修也成天對我這麼說。要你多管閒事，小修這個笨蛋笨蛋！

我的思緒稍微沉浸在了麗乃時代的火大回憶裡，這時拉爾法和多莉的青梅竹馬之愛，發展成了以多莉為中心的戀愛故事。

「真的耶，味道好香喔。」

「哪裡哪裡?」

弗伊和路茲說著，也把臉湊向多莉的麻花辮，聞起味道。如果他們是正值青春期的男女，象徵喜歡的箭頭正到處亂飛吧。

「頭髮也好有光澤，妳做了什麼?」

……唔呵呵。對吧?對吧?

對於三人一臉驚訝的稱讚，我志得意滿，在拉爾法背上連連點頭。

現在我會把香氣較重的花做成乾燥花，放進衣物箱裡頭；每天煮飯的時候，也都會先要熱水，和多莉兩人互相擦拭彼此的身體；還用香草油為頭髮保溼，細心梳理，一點一滴地提升住家的環境衛生。看來我的努力已經出現了效果。

這一帶的味道還算普通，所以我開始習慣了，但拉爾法他們有點臭。但畢竟拉爾法正背著自己，這種話我說不出口，但真想用肥皂把大家洗乾淨。家裡頭只有清潔和洗衣用的動物性肥皂，沒有可以清洗身體的好聞植物性香皂，真是可惜。

……啊啊，也好想要有香味的肥皂喔。

出神地思考著時，路茲突然拉起我的頭髮，和對多莉做的一樣，聞了聞味道。

「梅茵也好香喔。」

路茲翡翠色的雙眼注視著我，天真無邪地瞇起來。

……糟糕！路茲具有色彩自動補強功能！光是擁有金髮碧眼，看起來就比一般人要帥！

「而且妳頭髮綁起來以後，臉看得更清楚，也變可愛了呢。」

……呀啊啊啊啊啊！居然還趁勝追擊！對方明明是小孩子，卻好害羞！明知道他沒有其他意思，這種情況還是讓我好害羞！拜託，快停下來！都老大不小了，我卻從來沒有被人這樣對待的經驗，不知道該怎麼辦才好啊！

就只有我一個人在心裡頭瘋狂打滾，全身結凍。其他人已經開始聊起了在森林裡能採到什麼、還有多久會降下初雪。害我在心裡如此糾結，卻誇耀著自己射箭技術進步了的路茲太可恨了。和一臉羞赧還能道謝的多莉不同，我只會僵硬不動。心臟還在撲通撲通狂跳。

……才五、六歲就可以神色自若地做這種事，在這裡很稀鬆平常嗎?!這個世界是怎麼回事！身為溫柔婉約又害羞內向的大和撫子[1]，太超過我心臟的負荷了吧？

購紙無望

攀在拉爾法背上，我騰空搖晃著雙腳，不久就看見了外牆的大門。

外牆是守護城市的高牆，近距離看起來相當高。大概有日本建築物兩、三層樓的高度，寬度也很厚。外牆的東南西北四方都有大門，幾名士兵負責檢查出入城市的行人。

眼前的大門是南門，可以看見有幾名士兵。其中一個人應該是父親。我看不出來是哪一個，但多莉似乎認出來了。她緊摟著包裹，大力揮手奔上前。

「爸爸——！我把你忘記的東西送過來了。你需要這個吧？」

多莉對著驚訝地眨眼睛的父親盈盈微笑，送上手中的包裹。

……好善良。太善良了，多莉。

我內心正陷入天人交戰，差點就要脫口說出真心話呢：「居然忘了帶出門，要是害得媽媽不高興，遭殃的可是我們耶。你忘了她早上的樣子嗎？」

「啊，太好了……嗯？妳把梅茵留在家裡了嗎?!」

「沒有，她一起來了。你看，拉爾法幫忙背著梅茵。」

1. 日本傳統女性形象的美稱，個性多文靜溫馴，外柔內剛。

大概是沒發現到我覺得尷尬，父親的視線有些游移，伸出大手放在拉爾法頭上。
「拉爾法，不好意思還讓你背梅茵。」
「反正要去森林，只是順便啦。」
頭髮被父親亂揉一通，拉爾法露出沒好氣的表情，把我從背上放下來，然後拿起自己讓弗伊和路茲拿著的行李。
「謝謝你，拉爾法。路茲、弗伊，也謝謝你們。」
目送要前往森林的拉爾法一行人走出大門後，父親帶著我和多莉走進設於外牆裡的等候室。

外牆的厚度足以在牆內建造三坪大的房間，設有不大的等候室和值宿室。等候室裡只有簡單的桌子和幾張椅子，再加上一個櫃子。我的心情就像到了國外觀光一樣，左右東張西望，父親的同事為我們端水進來。
「還幫忙送忘記的東西過來，兩個女兒真乖。」
依多莉的腳程，從住家走到大門要二十分鐘左右，所以遞水這項貼心的舉動十分令人感激。我咕嚕咕嚕地一口氣喝光了木杯裡的水，「噗哈——」地大口吐氣。
「呼——真好喝，活過來了。」
「梅茵幾乎不是靠自己走過來的吧？」
多莉噘起嘴說完，眾人一同大笑起來。我不滿地鼓起臉頰，但大家都親眼看到了我被拉爾法背在背上，所以也無法反駁。

在眾人的取笑下，我喝著第二杯水，這時一名士兵走進等候室。他從櫃子拿走工具箱般的木盒，很快又走出去。

慌張倉皇的樣子讓我不由得環顧周圍。

「爸爸，是不是發生了什麼事情？」

「只是大門那裡來了需要注意的傢伙吧，不用那麼擔心。」

父親揮了揮手，說「不必擔心」，但士兵神色匆忙的樣子讓我有些放心不下。真的沒問題嗎？

……畢竟這裡是大門，守門士兵還慌慌張張的耶？會不會是發生了什麼麻煩？

和我相反，多莉的表情一點危機意識也沒有，只是輕側著頭。

「什麼樣的人需要注意？我看過嗎？」

多莉似乎一時間想像不出來什麼樣的人，會讓自己平常行經的大門的守門士兵這麼慌張。被這麼一問，父親用掌心搓著邋遢的鬍子，尋思說道：

「這個嘛……像是長相兇惡，感覺就像會做壞事的人，或者是最好先向領主大人通報一聲的貴族大人。」

「哦……」

原來是用外表下判斷。不過，考慮到生活環境，這裡的資訊流通應該並不發達，所以會想把看起來像是罪犯的人攔下來調查，也是無可厚非。

「然後請對方待在其他房間等候，再由上頭判斷能否放他入城。」

……啊，所以大門才有好幾間等候室嗎？了解。貴族大人用的等候室和長相兇惡的人用的等候室，肯定從房間大小乃至家具都不一樣吧。

想著這些事情時，一名有著深棕色頭髮和褐色瞳孔，整體色彩非常穩重又舒服的年輕士兵，拿著木盒和捲成筒狀的物品很快走了回來。神色一點也沒有發生緊急事態的緊張感。看來確實如父親所說，並沒有什麼大事發生。

然後，年輕士兵左手拿著東西，站在父親面前，右拳往左胸敲了兩下。父親也起身站好，回以相同的動作。應該是這世界敬禮的方式。

「歐托，報告吧。」

看到父親未曾在家裡展現過的嚴肅表情，我「噢噢」地低喊。一直以來只看過父親懶散的樣子，真是新鮮。擺出正經的表情後，還挺帥的嘛。

「羅溫沃特伯爵請求開門。」

「騎縫印呢？」

「已經確認完畢。」

「好，讓他入城。」

歐托又敬了一次禮後，坐在我正前方的椅子上。他把木盒放在桌上，攤開另一隻手上的東西。那個東西表面平滑，比紙厚上一些，本身還帶有淡淡的氣味，我兩眼發直地死盯著瞧。

……羊皮紙?!

還不知道是否真的是羊皮紙，但紙的材質看來是用動物的皮做成。雖然看不懂，上頭還寫著這世界的文字。我張大雙眼定睛凝視，歐托又在我眼前從工具盒裡拿出墨水壺和看似用蘆葦做成的植物筆，開始在羊皮紙上寫字。

……嗚喔喔喔喔喔！是文字！會寫字的人就在這裡！是我在這個世界遇到的第一個文明人！一定要請他教我這世界的文字！

我著了迷地盯著歐托的雙手，父親就把手放在我的頭上，問道：「怎麼啦？」我仰頭看向父親，指著應該是羊皮紙的物品。必須先確認叫法，以後才有辦法發問。

「爸爸、爸爸，這是什麼？」

「嗯，這是羊皮紙。用山羊或綿羊的皮做成的紙。」

「這邊黑黑的呢？」

「是墨水和筆。」

果然！找到紙和墨水了！這下子就可以順利做書。我強壓下想跳起來歡呼的高興心情，在胸前用力交握雙手，仰望父親。

「爸爸，我想要這個。」

「不行，這不是小孩子的玩具。」

我卯足了全力來展現這個年紀特有的可愛，但我的撒嬌卻三兩下就慘遭無視。當然，就算遭到拒絕，我也不會輕易放棄。可別小看了麗乃時代，我面對書時被人形容為像鱉一樣咬住就不放、還像橡皮糖一樣黏住就扒不開的執著程度。

「我想在這上面寫字，我想要這個，拜託！」

「不行、不行！況且梅茵也不識字吧？」

如果不識字，確實不需要紙和墨水。正因如此，父親這番話對我來說是莫大的機會。

「那我想學，爸爸教我。等我學會了，就會給我羊皮紙嗎？」

年輕的下級士兵都會寫字了，看來是長官的父親當然也會寫字吧。

之前完全沒想過一張紙也沒有的家裡有人會寫字，這真是值得慶祝的誤判。只要請父親教我寫字，要閱讀這世界的書也不是夢了吧。

彷彿往夢想靠近了一步，我露出了無比開心的笑容，附近卻有人「噗哈」地失笑出聲。我移動目光尋找源頭，只見歐托聽到了父女間關於羊皮紙和墨水的對話，像是忍俊不禁地笑了出來。

「哈哈哈，教妳寫字……哈哈，班長不擅長寫字吧？」

瞬間啪嘰一聲，我的夢想兩字上出現了裂痕。好像被人潑了冷水，自己也感覺得到臉上的笑容僵住了。

「咦？爸爸不會寫字嗎？」

「我多少看得懂，也會寫。畢竟工作上會接觸到文件，必須看得懂字，但工作以外的字根本不需要會啊。只要問外地來的人的名字，再寫下來就夠了。」

「哦……」

我冷冷地看著一臉不高興地辯解的父親。

……也就是說，父親的識字程度以日本來說，就是只看得懂五十音表，最多會寫班上朋友的名字吧？連年紀輕輕的歐托都直指父親「不擅長」了，肯定還是不時會寫錯朋友名字的小學一年級程度。

「喂喂喂，怎麼能用這種眼神看爸爸呢。」

讓父親的威信在我心中急速上升，又在下一秒急速下降的元兇歐托面露難色，糾正我的態度。接著像是要袒護父親，說明了士兵的工作。

「士兵的工作就是維護城市的治安，但當城裡發生了牽扯到貴族大人的大事件時，訊問筆錄的工作都交由騎士階級的士兵負責，小事情更只要口頭報告就好了。平常也很少接觸到文字，所以能寫人的名字就足夠了。」

大概是在歐托的解圍下重新振作了精神，父親也挺起胸膛。看來我冰冷的視線相當令他受傷。

「如果是農民，頂多只有村長識字，所以爸爸已經很了不起了。」

「那麼，了不起的爸爸，我想要這個。買給我嘛～」

既然了不起，希望他能豪邁地一口氣買下一百張紙送給可愛的女兒。我直視著父親的雙眼央求，父親便畏縮地退後一步。

「那、那種一張就要一個月薪水的東西，哪有辦法買給小孩子！」

……什麼?!一個月的薪水?!慢著，羊皮紙到底多貴啊?!那別說是買給小孩子了，也不是平常就隨便給得起的東西吧。

家裡會沒有紙，街上也看不見書店，全是基於相同的理由，因為不是平民買得起的價格。在賺得的薪水勉強只夠一家人溫飽的我們家，就算央求想要造書的紙也沒用，更不可能買給我。

我頹然地垮下肩膀，歐托安慰地輕拍了拍我的頭。

「再說了，庶民出入的店家也不會賣羊皮紙。只有貴族，和需要與貴族往來的富商以及官員才會用到，一般小孩子根本用不到。如果妳想學寫字，不如用用看石板吧。把我以前在用的石板送妳吧？」

「真的嗎?!太棒了！」

我想也不想就點頭，感激地和他訂下要把石板送我的約定。機會難得，我也想學寫字，就任命歐托為我的老師吧。

「歐托先生，謝謝你。請一定要教我寫字，一切就拜託你了！」

我帶著燦笑請求，身旁的父親交互看著我和歐托，露出了可憐兮兮的表情，但我當作沒有看見。

能夠練習寫字，又能得到石板，都讓我的心情非常雀躍。但是，我想要的是書，必要工具是紙。因為石板無法保存。石板就像是黑板，可以反覆寫字再擦掉。如果只是要練習寫字，有石板就足夠了，但石板不會變成書。

不過，庶民買不到紙真是出乎我的意料。沒有紙，我要怎麼做書呢？

買不到紙該怎麼辦？答案只有一個。自己動手做就好了。

……嗚嗚，造書的路途真是太遙遠了！

對埃及文明獻上敬意

雖然我下定決心一定要把書做出來，但我無法取得紙張。

身為日本人，只要去趟量販店，五百張影印紙兩百日圓就有在賣，但在這個世界，只要一張羊皮紙就會讓父親一個月的薪水報銷。

整塊羊皮紙，是剝皮去毛後，一隻羊用來賣作羊皮紙的最大面積，再裁切成便於使用的大小，就是一張。在父親職場看到的一張羊皮紙大約是A４大小。再怎麼精心劃分面積，一塊羊皮紙也只能切作五到八張。簡而言之，價格昂貴到平民想買足羊皮紙寫成書，根本是天方夜譚。換句話說，在做書之前，我必須先做紙。

但是，關於做紙的方法，我只有以前在書上看過的知識，和家政課實習時曾用牛奶利樂包做過再生紙。

……想必有人會覺得，既然看過書、具有知識，那就動手吧。但是，請再仔細想一想，這怎麼想都不可能。

想要造紙，這裡沒有機器。沒有機器，所有的造紙程序就只能靠自己的雙手進行。然而，現在的我是體格只有三、四歲的幼童，加上體弱多病，能做的事和他人允許我做的事都極度稀少。光是造紙的第一個步驟——取得木頭原料，我就遇到了瓶頸。

結論：不可能。但是，要放棄還太早。

因為政治和經濟上需要，地球上有著一直以來記錄至今的漫長歷史。雖然一直有著紀錄，但用機器造紙並非是那麼久遠以前的事。也就是說，越是悠久的歷史，現在的我也越有可能重現。

嗯……沒有機器的時代是怎麼做的呢？

我把自己的手盡可能張到最大，緊盯不放。

……古文明、古文明……說到古代文明，就是埃及文明！說到埃及文明，就是莎草紙！埃及文明萬歲！

透過這樣的聯想遊戲，我想到了參考埃及文明，做出仿造莎草紙的紙張。既然是古文明時期發明的東西，用我的小手應該也能設法做出來。

記得是用某種植物，反正就是利用樹木和草的直條纖維來做……大概吧。這裡也有植物，森林裡肯定滿地都是可以當作紙張原料的植物。

……對，森林。去森林吧。

只要牽扯到書，我就特別勤勞，連家人和小修都發出讚嘆，同時也會搖頭嘆息。一想到就立刻付諸實行，我馬上哀求多莉帶我去森林。

「多莉，我也想去森林，讓我一起……」

「咦?!梅茵嗎?!不可能啦。」

話還沒講完就被一口回絕，反應速度之快，像是在說完全沒有考慮的餘地。而且說的不是「不行」，而是「不可能」，意思簡直是「妳想都別想」，太讓人傷心了。

「為什麼？」

「因為梅茵根本走不動吧？妳都走不到大門了，要走到森林絕對不可能。到了森林以後，還要撿木柴和找果實喔，根本沒辦法慢慢休息。而且，妳也不會爬樹吧？回程已經很累了，還要背著重物走路喔，還必須趕在大門關上之前回到城裡，所以再怎麼累也不能休息。妳看，怎麼想都不可能吧？」

多莉一副理所當然地扳著手指，列舉出我去不了森林的理由。雖然多得嚇人，但所有理由歸納起來就是「沒有體力」。

「而且冬天快到了，森林裡能採集到的東西也變少了……」

筋疲力竭地走到森林以後，也有可能幾乎沒有收穫，多莉如是說。

這樣可就傷腦筋了。究竟要在可能一無所獲的前提下去森林，還是放棄造紙呢？太難抉擇了。

「妳想要什麼東西嗎？密利露現在已經幾乎沒有了喔。」

看見我眉頭深鎖的樣子，多莉歪過頭。

密利露果實是簡易版洗髮精的材料，多莉採回來的密利露全都在取油後保存下來，沒有變成食物被吃下肚。偶爾還會抹在頭髮上當作保溼。

我很感激多莉採回來的密利露，但書比美容更重要。為了製作莎草紙，需要有植物的纖維做原料。

「嗯……這裡有『容易撕下纖維的植物』嗎？」

「咦？什麼？」

多莉用一頭霧水的表情反問。這絕對是聽不懂日語時的表情。

我「嗯～」地思考了片刻，竭力換成淺顯易懂的說法。

「……我想要莖比較粗，而且很直的草。我只想要莖。」

聽完，多莉沉吟著陷入深思。她想到了什麼嗎？我靜靜等著多莉的回答。

過了一會兒，多莉無奈地聳聳肩，說了：

「這樣啊，那我先試著幫拉爾法和路茲他們的忙吧。」

「咦？不是請他們幫忙，而是幫他們的忙嗎？」

我不明白這句話的意思，側頭表示不解，多莉對我的反應有些驚訝。她接連眨了幾次眼睛，歪頭說：

「妳在說什麼啊？拉爾法他們家養雞，當然需要大量過冬用的飼料吧？」

……呃，就算反問我，我還是不知道。

多莉的口吻像在說這件事大家都知道，所以我也沒有老實說出心裡話，附和著說：

「對喔。」

「所以我會幫他們採草，再問問看他們能不能分一點莖給我。不過，草多的季節已經結束了，所以數量不會很多喔。」

「這樣也沒關係。多莉，謝謝妳。」

……不愧是多莉，真是好姊姊。

隔天，我和要去森林的多莉一起走下階梯，跟著拜託了拉爾法和路茲。他們的同意讓我鬆一口氣，但也不能把這項任務全都推給多莉他們。

我自己也去採草吧。幸好井邊一帶，石板路外的地方也長著雜草。不知道那些草的莖能不能用。

「媽媽，我也要和妳一起去井邊。」

「哎呀，妳想幫忙嗎？」

「不是，我想收集草。」

說完，我拿出聽說是多莉之前做的小籃子。

「這樣啊，加油喔。」

雖然我一口就拒絕了幫忙，但母親很高興我有了可以活動的體力：「有精神真是太好了。」所以沒有拒絕讓我同行。

我和抱著待洗衣服的母親，再度走下階梯。今天已經是第二趟來回了，果然光這樣就上氣不接下氣，根本沒辦法採草。

我在從水井汲水後，用完全起不了泡沫、味道又強烈的動物性肥皂用力搓洗著衣服的母親身旁稍事休息。多莉說得沒錯，如果不想辦法增強體力，就算想要採草，我也走不到森林。

……這副身體就不能再強壯一點嗎？

「哎呀，這不是梅茵嗎？」

「早安。」

「啊，卡蘿拉，早安。妳今天真早呢。」

雖然我毫無記憶，但名為卡蘿拉的婦女很親暱地向我們攀談。母親也笑臉迎人地回應，所以肯定是梅茵認識的人。是誰？我小心著不讓疑惑表現在臉上，稍微搜索記憶。

果然是認識的人。根據記憶，居然是拉爾法和路茲的母親。是稍微有些福態……呃，看起來非常靠得住的大姐。

……這種時候該說「平常承蒙您的關照」嗎？不不不，這樣實在太不像五歲的小孩子了。小朋友究竟會和感情好的鄰居阿姨聊些什麼呢？誰快來幫幫我——！

卡蘿拉沒有看向飛快轉著大腦的我，一派輕鬆不費力地從井裡汲水，開始洗衣服。一樣用著味道很臭的動物性肥皂。

「今天精神不錯吧？難得看到妳出來外面。」

「我要採草。因為拉爾法和路茲說，他們正在為雞採草。」

「哎呀，所以是為了我們家囉？真不好意思。」

卡蘿拉用聽起來一點也不覺得不好意思的輕快口吻回道，唰唰唰地繼續洗衣。期間，一直和包含母親在內的幾個媽媽閒話家常。所有婦人都是嘴巴在動，手也沒有停下來，實乃強者。

不過，肥皂真的很臭。在旁邊休息久了，開始覺得不舒服。

……要是試著加些可以消除氣味的香草，會稍微好一點嗎？還是氣味加上氣味，只會變成更加讓人作嘔的惡臭？

我一邊思索著改善氣味的方法一邊站起來，順便逃離異味，開始慢吞吞地拔起附近的雜草。我盡量挑了莖比較粗，纖維看來比較硬的草，但這樣一來靠我的力氣就拔不起來。

……赤手空拳太難了。拜託來人給我一把割草用的鐮刀吧——

當然，不會有人送來割草鐮刀，我也無法空手拔草。

……我投降。只能把希望寄託在去森林的多莉，還有為了雞辛勤工作的拉爾法和路茲身上了。

我很快就放棄拔自己要用的草莖，挑選雞應該會吃的柔軟葉子和嫩芽，一一摘下來。這點小事我也能順利辦到。

「梅茵，要回去囉。」

母親洗完了衣服，抱著裝滿了擰乾衣物的水盆呼喚我。摘到的草還不滿小籃子的一半，但母親今天要工作，不能隨心而為。我也抱著小籃子回家。

「準備好了嗎？那出門了喔。」

「嗯。」

變成梅茵以後，我不是在發燒，就是母親會特地請假，所以一直都在家裡生活。先前並不知道，原來沒有發燒、健健康康的時候，會把我托給附近的保母婆婆照顧。

……畢竟我留在家，多莉就沒辦法去森林吧。可以理解。

「媽媽要去工作，梅茵就乖乖待在這裡吧。吉兒達，拜託妳了。」

「好好好。梅茵，過來吧。」

擔任保母的吉兒達婆婆家裡，還有好幾個和我一樣托給她照顧的小孩。基本上都是剛過襁褓時期，走路還搖搖晃晃的幼童。

在這個地方，年滿三歲有了體力以後，就會在哥哥姊姊的帶領下去森林，或者幫忙家務事，可以獨自看家了。也就是說，家人認為現在我的體力就和走路還搖搖晃晃的幼童差不多，也無法一個人看家。

……這是什麼情況？

家人對自己的評價讓我呆若木雞，一個在我眼前的小男童拿起掉在地上的玩具，正要放進嘴裡。旁邊的一個小女孩被男孩子打了，開始哭了起來。

「等等，好髒！這太髒了，不可以放進嘴巴裡面！」

「哎呀呀。」

「怎麼可以突然動手打人呢！為什麼要這麼做？」

「啊唷唷。」

……什麼哎呀呀、啊唷唷！吉兒達婆婆，請盡到自己的本分！

明明我也是受托的小孩，卻因為年紀最大，跟著照顧起了其他孩童。我和吉兒達婆婆一起哄著孩子們入睡，同時心想著收到草莖後，要怎麼做成莎草紙。

……老實說，我根本不記得莎草紙的詳細做法，因為考試不會考。

記得莎草紙看起來很硬，教科書上還在角落註解說明過，纖維會縱橫交錯，而且纖維表面和背面的紋路不一樣，所以只有一面能寫字，不適合折疊。但是，當然沒有寫到做法。

傷腦筋的是，我完全想不起來只在照片上看過的莎草紙要怎麼做。印象中纖維是排作直條狀，但要怎麼把纖維黏起來呢？與和紙一樣需要漿糊嗎？還是製作過程中有某些特別的步驟？我歪著頭回想並未提供足夠資訊的歷史資料集。

總之，先試著用莖最硬部分的纖維，像織布一樣十字交錯地編織看看吧。這樣一來就算沒有漿糊，可能也勉強行得通。

……目前只要可以寫字就好了。

「梅茵，我來接妳了。」

「多莉～～！」

傍晚，從森林裡回來的多莉他們前來迎接我。得救了，我真的太高興他們來接我了。懷抱著這樣的心情，我張手緊抱住多莉。

吉兒達顧孩子的方式並不是細心照顧，而是把孩子放在沒有危險的地方。就算尿床了，也只是用溼布擦一擦，然後就撒手不管，房內彌漫著穢物的臭味。在我滿腦子都還充斥著日本常識的情況下，完全無法直視這裡的保母環境。

……那樣子還收保母費太誇張了。

但是，就算我想動手改善，也是心有餘而力不足。用我這雙小手，根本無法照著自己所想的去照顧小朋友，也不知道吉兒達的做法在這裡是否很普遍。要是去告發她，說不定反而是我比較奇怪。恨不得馬上逃離這個惡劣的環境，一心期待著家人趕快來接我的時間實在太痛苦了。

「梅茵，妳怎麼啦？太久沒有托給別人照顧，很寂寞嗎？」

「梅茵也只要再有點體力，就可以一起去森林了。」

「希望春天的時候可以一起去。」

多莉拍了拍我的頭，拉爾法和路茲也開口安慰我，我深刻體認到再不增強體力不行。全都是沒有體力的錯。

「對了對了，我們摘來了跟妳說好的草莖。」

拉爾法一把抓起籃子裡的草莖向我展示。瞬間，吉兒達的事情被我拋到了九霄雲外去。比起吉兒達，書更重要，紙更重要！

「好多喔，太棒了！對了，我也在井邊那裡收集了一些草喔。」

我挺起胸膛報告後，三人居然都摸了摸我的頭。

甚至路茲還以大哥哥的姿態，帶著溫暖的笑容表揚我說：「梅茵做得真好。」

……欸，在你們心中我到底多沒有生產力啊？……呃，我確實沒在工作，也幾乎派不上用場啦。

我把請多莉拿來的小籃子裡的草，和三人採回來的大把草莖交換。

……很好，接下來開始做莎草紙吧！

準備過冬

拿到了請人採來的草莖，本打算立即動手做莎草紙，但遺憾的是我無法馬上付諸行動。

「梅茵，妳要去哪裡？之前說過從今天開始要做過冬的準備了吧？」

為了拆開植物的莖取出纖維，我正想走去井邊，就被母親拎起領子攔了下來。

再過不久，整座城市就會被大雪籠罩，所以我也知道必須做好準備以度過漫長寒冬。可是，為什麼連完全沒有用武之地的我也要幫忙呢？怎麼翻看梅茵的記憶，基本上我不是感冒，就是因為一點用處也沒有，只能在旁邊走來走去。

換言之，我就是個絆腳石。光是沒有感冒躺在床上就該謝天謝地了。

「梅茵要幫爸爸的忙，過來吧。」

「爸爸，你的工作呢？」

「暫時休息。不輪流休息的話，沒辦法準備過冬吧？」

……居然有過冬準備休假，想不到這職場相當人性化嘛！還是說，過冬的準備辛苦到沒有男人就做不來？

總之，父親在家，又和我一起行動，真的很難得。看士兵這個職業也知道，屬於四肢發達類型的父親，多和健康又能毫不顧忌地帶在身邊的多莉一起行動。但既然家人都在家，勢必逃不出去，父親又親自指名，只能死了這條心，陪爸爸一起做事了。

「……過冬的準備要做什麼呢？」

父親在廚房窗前拿出像是工具的東西，回答我說：

「接下來要檢查和修補房子。暴風雪來的時候得關上板窗，所以要檢查鉸鏈有沒有鬆脫或生鏽，板窗上有沒有破洞。檢查完了以後，再把煙囪和爐灶清乾淨，冬季期間才不會出問題。」

……且慢，爸爸。對於既沒有螺絲起子，也轉不動螺絲，又拿不了重物，就只有兩條瘦弱手臂的我，究竟是期待我幫什麼忙呢？

雖然明白了工作內容，但我一點也不覺得自己能在這項任務中派上用場。不過，若不鼓起幹勁，稍微展現自己也有用處的話，自己在家人心中的評價就不會上升吧。靠我擁有的現代知識，要分辨鉸鏈是否鬆脫或生鏽簡直易如反掌。

「爸爸，這個鉸鏈和這邊的釘子都生鏽了喔。」

「那些還撐得住。」

……不不不，看起來根本已經破破爛爛，隨時都要風化了吧？

該相信父親的判斷嗎？我苦惱了一秒鐘。接下來就要冬天了，要是用來阻擋暴風雪的板窗在冬季期間損壞就糟了。

我決定站上椅子，試著搖動。如果搖晃後也沒事，就可以相信父親的判斷，但如果壞了，就表示接下來最好以我的基準做判斷。

搖了幾次後，喀喳一聲，兩個鉸鏈的底下那一個裂開了。看著不穩地搖來晃去的板窗，我心想著果然，父親卻臉色慘白地睜大了眼，瞪著搖搖晃晃的板窗。

「梅、梅茵，妳在幹什麼?!」

「看，壞掉了。這下子冬天會支撐不住。爸爸，快點修好吧。」

我伸手指向板窗，父親卻不顧自己判斷錯誤，把我從椅子抱下來，大嘆口氣。

「梅茵，妳去幫伊娃的忙吧。」

「咦？我要幫爸爸的忙喔。既然要修補好房子免得冬天故障，都已經破破爛爛的了，怎麼能放著不管呢？」

我聳起肩膀，連連搖頭。既然母親都吩咐了，我就必須留在父親身邊負責監督。全都是為了讓自己能夠安全舒適地度過冬天。

「我們沒有錢全部修好，有梅茵在這裡，全會被妳弄壞。所以去伊娃那裡吧。」

……什麼——！這也關係到錢嗎！

把父親想再使用一段時間的貴重鉸鏈弄壞了的我，於是老老實實地遵從父親的指令，前往母親和多莉所在的臥室。兩人正在整理臥室內部，晾晒毛毯和被單以便之後再使用，又忙著把床移到離爐灶最近的地方，讓床鋪可以溫暖一點。

「梅茵，怎麼了嗎？」

「爸爸要我來幫媽媽的忙……」

「這樣啊？那等這邊整理完，就要準備燈油。今年剛好採到了一些蜜蠟吧？還要用牛脂和果實，做出燭火要用的燈油和蠟燭。」

聽起來就覺得這項作業會很臭。這幾天來，家家戶戶都傳出了動物油脂的氣味，一想到自己家的廚房也會有相同的味道，心就涼了半截。

多莉開始在儲藏室裡利用果實搾油。但沒有力氣，拿不動榔頭的我無處可逃，只能待在母親身邊，看著她把牛脂放在最大的鍋子上烤著。

……好臭！不行，我要忍耐。

但枉費我這麼努力地忍受臭味，母親竟然只是加熱、融化牛脂後，再撈掉浮在上頭的殘渣，就當作完成了牛脂的準備。

「等一下，媽媽。這樣就好了嗎？妳不再『鹽析』嗎？」

「咦？妳說什麼？」

……糟了。「鹽析」是理所當然的步驟，但母親聽不懂。

母親像在說「妳有什麼意見嗎？」的眼神讓我有些退縮，但還是盡量以簡單的文字說明鹽析。

「呃，就是妳不加入鹽水，用小火煮一陣子，再過濾掉浮渣嗎？」

「鹽水？」

「對。之後再放到冷卻，油就會在上面凝固，底下變成鹽水吧？然後倒掉底下的鹽水，只用浮在上面的油。雖然會多花點時間，但味道會變得好聞很多，油的品質也會變好喔。」

大概是對油的品質會變好這句話產生反應，母親開始了鹽析。

提升冬季期間都會用到的油的品質，對我來說也是生死攸關的大事。因為要在密閉的空間裡頭用油。要是整個冬天屋裡一直很臭，我會受不了。

……雖然講不出來要百分之幾的鹽水，但應該會好一點吧？

濃度很隨便，但鹽析之後，原本泛黃的牛脂變成了乳白色。這些牛脂會分作兩份，一份要做蠟燭，另一份是等到了春天再做成肥皂。要做成蠟燭的那份牛脂會放進鍋裡，再一次融化。

題外話，過濾時撈掉的肉末，就成了利於煮出高湯的美味熬湯食材。感謝招待。

吃完午餐，就開始做蠟燭。

「那麼多莉，蠟燭就麻煩妳了。昆特和媽媽要去準備柴火。」

「好～」

……咦？那我的工作呢？

三人各自動了起來，我想了一會兒後，決定跟在要走出玄關的母親身後。「幫忙母親」這項指令可能還持續著。

但是，母親發現到我後，用手指示意我回屋裡。

「梅茵就和多莉一起做蠟燭吧。不可以妨礙到她喔。」

「……知道了。」

……完全不被信任呢，為什麼？

回到廚房，多莉正把要做成燭芯的繩索剪成相同的長度，又做了好幾個手提用的樹枝。然後，把做好的燭芯繩反覆地放進融化了牛脂的鍋子裡。藉由重複這個動作，沾附在繩索上的油就會凝固，慢慢變粗，變成蠟燭的形狀。

「哇，原來蠟燭是這麼做的呀。」

「梅茵也別光看，快來幫忙！」

見多莉生氣，為了幫忙，我撕下可以消除氣味的香草，貼在快要凝固的蠟燭上。如果真的有除臭的效果，明年再費心地把香草浸進油脂裡吧。

「梅茵！不可以玩！」

「只要這些就好了。做成沒有臭味的蠟燭更好嘛。多莉，拜託妳。」

「真的只有這些喔？」

多莉要我保證，我大力點頭。還不知道會成功還是失敗，當然不會為所有蠟燭都貼上香草。不過，我會在五根蠟燭都貼上不同的香草，比較看看哪一種味道更好。

就這樣，我和多莉兩人在準備蠟燭時，父母在準備柴火。沒有柴火就有可能凍死，所以必須做好萬全的準備。除了多莉撿回來的柴火，還有一些是買回來的。父親正用斧頭把這些木柴逐一砍做五十公分左右的長度，母親再把砍好的木柴搬進準備過冬的房間。

「媽媽，妳要去哪裡？」

看見母親走進了我不知道的房間，我吃驚得追在母親後頭。

我這才知道，平常使用的儲藏室後頭還有一個儲藏室。聽說通常只有準備過冬的時候才會用到。大量木柴已經堆滿了半個房間。

「咦？這個房間是什麼？」

「準備過冬的房間啊。梅茵，妳怎麼現在還問這些？」

這麼說來，我之前一直很疑惑多莉帶回來的整籃木柴到底放去哪裡了，原來就是放進了這裡。平常用的木柴就放在外頭的儲藏室，所以完全沒發現裡面還有儲藏室。

「……好冷喔。」

「當然呀，因為這裡離爐灶最遠。」

我們家並沒有時髦的客廳和暖爐，廚房的爐灶是唯一的熱氣來源。平時基本上都待在廚房活動。

臥室和爐灶就隔著一面牆壁，床鋪緊密地貼在牆邊。當爐灶生著火的時候，也就是孩子們睡覺的時候，會出奇溫暖。

當然，暖和也只有剛上床睡覺的時候。母親會在睡前熄滅爐火，所以到了早上，房間就冷得像要結冰。而這間過冬所用的房間離廚房的爐灶最遠，更是讓人冷得直發抖。但用來保存冬季期間的乾糧、食材還有油，倒是剛剛好。因為是天然的冰箱，不冷可就傷腦筋了。

「好多木柴喔。」

「這些才勉強夠用而已喔。」

……都塞滿半個房間了耶?!

望著過冬儲藏室裡的木柴，砍伐山林的問題掠過腦海。一個家庭就要焚燒這麼多木材了，那光這座城市究竟要燒掉多少？

「梅茵，不要發呆，要準備手工活的東西了。」

我才沒有發呆！雖然想這麼反駁，但母親已經走向廚房。我也慌忙追上去，不想要一個人被留在這種沒有窗戶的黑漆漆房間裡。

「媽媽，手工活是什麼？」

「手工活嗎？男人就是維護工作用具吧。如果有打算要製作家具，還得先蒐集好材料。」

「意思就是冬季期間要做的工作囉？」

聽到我的問題，母親邊數著線捲邊點頭。

「是呀，女人最重要的工作就是縫衣服。像是織布和紡織刺繡要用的線，還有染色，不先準備好就做不了衣服吧？媽媽是在染坊工作，所以線已經準備好了，但相對地，我們家得準備明年紡織要用的羊毛和妮雅葉這種植物。」

「哦……」

「而且明年夏天就是多莉的洗禮儀式了吧？冬季期間也要準備好正裝。」

母親用著殺氣騰騰的表情確認有無遺漏。看起來我可能會妨礙到她，於是轉移陣地到多莉那邊。
「多莉的手工活要做什麼？」
「我要做籃子，春天一到就拿去賣。」
多莉開始準備自己籃子手工活要用的材料。她把在森林採集回來的木頭搬到井邊，剝下樹皮。之後好像會再用小刀沿著纖維切開。
「梅茵要做什麼呢？」
「我要做『莎草紙』。」
「那是什麼？」
「唔呵呵～秘、密。」
我也向多莉看齊，為了做自己冬天的手工活，動手做起莎草紙所需的纖維。這是重要手工活的準備工作。是誰也不會對我生氣的正當工作。
只要仿照多莉的做法，應該就能取出纖維吧。剝開草皮，先泡水再晒乾。由於距離準備過冬只剩不到幾天，所以收集到的草莖不多。難得都摘回來了，全部都做成纖維吧。
「多莉，我也想要水。」
「……知道了。」
「多莉，如果只想取出纖維，應該要怎麼做啊？」
「咦？呃……」
「多莉，晾在這裡不會被風吹跑嗎？」

「……」

我拿起做好的整束纖維。雖然數量不多，但應該可以實驗性地做出一、兩張紙吧。

這下子，自己所需的過冬準備就完成了。

……呼，我認真工作了呢。咦？但多莉看起來好像不太開心？

石板GET！

過冬的準備中，最重要的就是食物。和日本不一樣，這裡沒有全年無休的超市。採集得到的蔬菜也所剩無幾，就連市場也要看老天爺的臉色才能知道是否開張。如果不想餓死，就必須做好事前準備。因此，此刻我正擠在大量行李之間，坐在板車上搖來晃去。

一切的開端，源自於天色還一片漆黑，在離黎明還遠得很的時候就把我叫醒的爸爸說的話。

「來，我們今天要去農村！準備好了嗎？」

……怎麼可能準備好了。到底是怎麼回事？

我揉著惺忪的睡眼，瞪著父親，母親和多莉卻笑容滿面地用力點頭：「當然！」只有我還搞不清楚狀況。

「對了，之前是在梅茵發燒的時候決定的，所以妳可能沒聽到吧。」

母親拍了一下手說，父親和多莉也恍然大悟，但我感覺就像被家人排擠在外，心裡有些不是滋味。我試著不悅地鼓起腮幫子，但家人已經手腳俐落地開始準備，根本沒有多餘的心思理我。

「總之一定要穿暖一點，因為梅茵去年也發燒了！」

母親手忙腳亂地把行李搬下去，一邊大聲提醒換著衣服的我。因為不允許我獨自看家，只能乖乖跟著一起出門。

……話又說回來，去農村要做什麼呢？

一開始本想順便增強體力，打算自己走，但父親抱著頭再也受不了我的龜速，把我抓起來扔進板車。

我盡可能地把自己縮小，坐在幾乎沒有多餘空間的板車上。板車上放著大小不一的幾個木桶，和許多空瓶子、繩索、布、鹽和木材等等，想來都是今天去農村時會用到的東西。

……慢著。該不會板車上最沒有用處的行李就是我吧？

父親在前面拉著板車，母親和多莉則從後面負責推。怎麼說呢，我是件行李的感覺又更強烈了，讓人心情有些苦澀。

「媽媽，為什麼要去農村呢？」

「城裡沒有燻製小屋吧？所以要在最近的農村借間小屋。」

「燻製？對喔，前陣子在市場買了很多肉呢。」

……但記得之前又醃製又汆燙，都已經處理過了，還有剩下的嗎？該不會已經腐敗了吧？沒問題嗎？

扳著手指算起日期的我越來越不安，母親無言以對地看著我。

「妳在說什麼啊？今天是豬肉加工日。要在農村買兩頭豬，大家一起分工合作，然後再平分吧？」

「咦？」

瞬間，耳朵拒絕著聽進母親說的話。這幾句話很明顯隔了一段時間才到達大腦，到達時身體已經在瑟瑟發抖。

「豬、豬豬豬、豬肉加工日是什麼?!」

「就是鄰居聚集在一起，把豬解體，再醃製、燻製，做成燉肉、培根和香腸的日子啊。梅茵去年也是……對喔，妳躺在貨臺上發著高燒呢。」

……要是能如願，我今年也想發燒。那樣一來至少可以避免親眼目睹吧。

「媽媽，妳之前不是已經在市場買肉了嗎……」

「那些怎麼夠呢？就算大家一起加工，還得再買不夠的份喔。」

在我看來已經買了很多，想不到光那些還不夠，還得再買不足的量。為了過冬需要多少肉，我一點頭緒也沒有。

看來要去豬隻的屠宰現場這件事是逃不了了，和心情越來越沉悶的我相反，多莉推著板車，滿臉燦爛笑容。

「其他還有很多好玩的事情喔，像是在幫忙期間試吃、拿剛做好的香腸當晚餐。雖然梅茵是第一次來幫忙，但大家聚在一起吵吵鬧鬧，感覺很像是小小的祭典。今年可以一起幫忙，我很期待呢。」

「大家？」

我聽了多莉說的話偏過頭，母親帶著只差沒說「別老問廢話」的表情說了：

「不和鄰居一起做，不然要和誰呢？宰豬是項大工程，沒有十個大人辦不到的吧？」

……嗚啊，鄰居嗎……

梅茵的記憶多數都模糊不清，肯定有很多人認識我，我卻不認識。一想到要怎麼跟人應對就讓我頭痛之外，今天的工作還是豬隻解體。單是回想在市場看到的情景，全身就直打寒顫。

「……我不想去。」

「妳在胡說什麼？不去的話，冬天就沒有香腸也沒有培根了喔。」

因為會沒有冬季的食材，就算我不想去，也由不得我拒絕。不去就沒有冬天的食物，再怎麼不情願，也只能參加。

我心情苦悶地嘆氣，板車即將要通過外牆的南門。

「啊？班長，你們不會太慢嗎？大家都已經通過大門了喔。」

「嗯，我想也是。」

正要穿過南門時，看似是父親同僚的士兵開口說道。看樣子鄰居們都已經出發前往農村了。

「路上小心。」

顯然喜歡小朋友的守門大哥哥對我揮了揮手，我也揮手回應。凡事都要禮貌為上。

「嗚哇！」

板車發出了哐咚哐咚的聲響，穿過宛如短短隧道的大門，瞬間，驚訝很直接地化作聲音跳出嘴巴。成為梅茵以後，這是我第一次來到高牆外。說實在的，我沒想到門內和門外的景色會差這麼多。

首先，看不到房子。狹小的城市裡星羅棋布地擠滿了房屋，但從大門往外跨出一步後，在稱作街道的寬敞道路一段距離外，只看得見三三兩兩僅有十到十五戶住家的聚落。

再來，空氣很好。大概是因為空間遼闊，穢物的氣味也被分散了，感受得到空氣很清新，沒有被阻隔在高牆內的那種窒悶氣味。

放眼四周，視野是一望無際的田野和有著高大樹木的森林，景色非常悠閒。

「梅茵，嘴巴不閉起來會咬到舌頭喔。」

「咦?!」

父親才警告完，板車就猛地大幅搖晃，顛簸的程度比在城裡還嚴重。因為街道不再是石板路，而是地表裸露的泥地。行李也搖晃得快要飛出去，但至少用繩索固定住了，未被固定住的我才是最危險的。我死命牢牢地抓住板車邊緣，以免被甩飛出去。

……我最討厭晴天時坑坑洞洞凹凸不平，下雨的時候又泥濘不堪容易打滑的馬路了！快點向柏油路面看齊吧！

正在心裡頭大肆抱怨的時候，父親稍微加快了腳步。接近目的地農村了。農村就位在出城後要十五分鐘路程的地方，一來到入口，就感受到了人聲的鼎沸。

「快到了！」

聽說基本上豬隻解體是男人的工作。因為要壓制住有上百公斤的豬，又要用繩子把豬吊起來，不管做什麼都需要體力。期間，女人就布置好燻製小屋，煮沸大量的熱水，準備加工所需的道具和鹽巴。

抵達農村的時候，鄰居們正要先一步開始解體。如果沒能參加到解體作業，當然也分不到肉。

「糟了！已經開始了！伊娃、多莉，快點過去！」

「糟糕！多莉，用跑的吧！」

「嗯！」

三個人慌忙放開板車，從板車上抓起用厚重的布料做成、表面塗了蠟的圍裙。母親和多莉邊穿上圍裙，邊往聚集了許多女人的燻製小屋跑去。

父親當場穿上圍裙後，拿起同樣是工作用具的長槍一溜煙衝上去。

……大家好快！

還在出神發呆時，家人已經撇下了我。

雖然也可以跟上母親的腳步，但在這麼大的陣仗裡，完全不知道自己該做什麼才好，讓我非常不安。像這種每年的例行活動，都有著大家不言自明的默契，真希望至少給我一本指導手冊。

很清楚自己不管做什麼都只會礙手礙腳，所以我決定先顧著板車，直到有人叫我。這也是重要的工作，我這樣說服著自己，和被留下的行李一起呆呆地坐在貨臺上。

但是，父親放置板車的地點，正好是即將屠宰豬隻的廣場正前方。雖然還有一段距離，但可以一清二楚地看見遭到追趕，正發出淒厲的慘叫聲，掙扎著想要逃脫的豬。木樁上綁著繩子，繩子綁著豬的右後腳，男人們拚了命地想要壓制住圍著木樁來回逃竄的豬。

我在其中看見了眼熟的粉紅色頭髮，拉爾法和路茲肯定也在附近。

「喝啊！上吧！」

剛抵達的父親這麼咆哮著，也加入了戰局。

他以驚人的氣勢架起手上的長槍，用力往豬一刺。

只這麼一擊，豬就抖動著抽搐了一會兒後，再也沒有動彈。

「噫——！」就在我面無血色的時候，廣場上為父親的英勇表現響起了盛大的歡呼聲。緊接著，母親拿來了鐵桶似的桶子和稍長的棍棒，其他婦女則拿著盆子走向豬隻。

下一秒，些許鮮血噴濺到四周，染紅了好幾個人的圍裙。肯定是因為準備好了接血，所以有人拔起長槍，血就噴了出來。我不禁摀住嘴巴，縮回好奇心驅使下往外探出的身體。

雖然在婦女們的長裙遮掩下看不見豬，但從她們忙碌地用盆子接血再倒進桶子裡的樣子來看，可以知道現場必定是血如泉湧。母親皺著眉，全神貫注地攪拌著豬血不停倒進來的桶子。

……嗚嗚，媽媽好可怕。

隨後，動員好幾個人把豬倒吊在事先準備好的木頭上，未放完的鮮血從吊著的豬身上慢慢地滲出滴落。正式的解體作業要開始了吧，一個男人拿著刀身極厚的巨大屠刀，抵在豬的肚子上。

記憶只到這裡為止。

等我回過神，人已經不在農村，而在石造建築物裡頭。有人讓我躺了下來，頭上是石造的天花板，但這裡不是我家。我繼續躺著眨了幾下眼睛，回想起了暈倒前一秒最後看見的畫面，感到反胃不適。

但是，為什麼呢？總覺得和我看過的某幕光景非常相像。

……是什麼呢？喏，就是那種吊起來剖開的過程……

感覺就快要想起來了，卻又想不起來。大概不是梅茵的記憶，而是麗乃的。我應該也在日本看過類似的畫面。

……啊！是跟在茨城漁港市場裡看過的吊切鮟鱇魚很像！真是豁然開朗！

這樣一想，豬隻解體也和鮪魚解體秀有異曲同工之妙，可以理解有些東西就是要新鮮才好吃，和大家熱鬧又開心地欣賞那幕景象的心情。

……不過，只是可以理解，精神上完全負荷不了。畢竟，鮪魚不會發出那麼淒厲的叫聲，也不會噴出那麼多血。嗚嗚，果然很不舒服……

我摀著嘴巴翻過身，下一秒，就從躺著的地方滾了下去。

「好痛……」

支著手坐起來，打量四周，發現自己原來是躺在面積不大的木頭長椅上。附近就是暖爐，燃燒著柴火，所以不怎麼冷。但是，四下沒有半個人，也聽不到聲音。

……對了，這裡是哪裡？

在我心想著得釐清自己身在何處的時候，大概是跌在地上的聲音很響亮，一名士兵探進頭來。

「哦，妳醒了嗎？」

「歐托先生？」

看到認識的人，我安心地鬆了口氣。既有歐托先生又是石造建築物，這裡一定是大門的等候室或值宿室。知道了所在地以後，不安也很快消逝。

「妳還記得我啊？」

見我還記得，歐托臉上也浮現了露骨的安心。因為我的外表還是小女孩，他一定是擔心我會不會把他當成陌生人，還哇哇大哭吧。

「怎麼可能忘記呢。」

……他可是這個世界裡珍貴的文明人，還會教我寫字的老師（預計）呢。

我模仿敬禮，敲了敲胸脯說，歐托苦笑著摸摸我的頭。

「班長臉色大變地把妳帶來這裡，說妳在板車上暈倒了。他說等事情辦完，很快就會來接妳。」

不知道豬隻解體要花多久時間，但解體之後還要加工，所以不會馬上結束吧。

……對了，多莉還說過晚餐的時候可以吃到剛做好的東西。

看來暫時要待在等候室等他們了。我早就料到自己一定會閒閒沒事做，所以也在板車的貨臺上放了做莎草紙的材料，可惜現在都不在我手邊。

「梅茵，怎麼了嗎？爸爸媽媽不在很寂寞嗎？」

「……不是，只是在想要怎麼打發時間。」

我搖搖頭，忍不住就說出了真心話。歐托目不轉睛地看著我，隨後低聲咕噥：「記得的確說過，不如外表那麼年幼呢。」

「梅茵，妳來得正好，這個可以打發時間嗎？」

「哇啊！是石板！」

歐托先生遞來的東西正是石板。似乎是因為今天我一定會經過大門，打算拿給我，才帶來了工作的地方。

……既是文明人，還細心又親切，歐托先生真是大好人！

「我得去守門，所以妳自己練習看看吧。」

歐托說完，在石板上半部寫了我的名字梅茵，再放下石筆和布，就離開了房間。我單手緊抱著石板，露出前所未有的燦爛笑容大力揮手，目送歐托離開，再低頭看向石板。

石板就像是A４大小的小黑板，木框內嵌著薄薄的黑色石板。正反面都可以寫字，其中一面劃有練習寫字用的基準線。

石筆則是在石板上寫字的道具。摸起來很硬，冰冰涼涼的，材質是石頭，但外觀儼然就是比較細長的白色粉筆。有些髒兮兮的布是當作板擦吧。因為只是把石板抱在懷裡，歐托寫的字就稍微被擦掉了。

「嗚哇，我心跳好快。」

我把石板放在桌子上，拿起石筆。

只是像拿著鉛筆一樣地握著石筆，心臟就怦怦直跳。

最一開始，因為歐托都寫了字，我便照著他的筆畫，試著寫下全然感到陌生的文字。因為是第一次寫，手緊張得有些發抖，字就寫歪了。如果身在日本，我只會嘖一聲，然後馬上擦掉重寫吧。

但是，現在闊別已久地再次看到字，我高興得甚至捨不得擦掉。

慢慢吸氣，再吐氣，拿起放在石板左邊的布擦掉，再重新寫一次。寫得比剛才像樣多了。後來，我一直反覆地擦掉重寫自己的名字。如果膩了，就用日語擦掉再重寫自己記得的短歌和俳句……

……呼，太幸福了。

想不到可以寫字、讀字，是一件這麼幸福的事情。

雖說挨著暖爐，但畢竟直到家人前來迎接之前，好幾個小時都待在冷風會從縫間灌進來的等候室裡把玩石板，於是我不辱體弱多病之名，馬上就發燒感冒了。

「今天梅茵還沒有退燒，要乖乖躺在床上，不可以出來喔！」

「……知道了。」

雙親忙亂的腳步聲在屋子裡進進出出，兩人正把耐放的根莖類蔬菜搬進過冬的儲藏室。多莉則在廚房把自己摘回來的果實，加進蜂蜜一起熬煮成果醬。光是屋子裡瀰漫著不曾在這個世界裡聞過的甜蜜香氣，就覺得有些幸福。

父母正忙著釀酒、把豬肉加工品搬進儲藏室時，多莉端著午餐的熱湯走進來。我放下石板，連同盤子接下。

「多莉，對不起喔。」

「就是說啊。」

「咦咦？妳應該要說，說好不道歉的才對吧？」

「誰跟妳說好了！」

……當然並沒有說好啦，但一般都會這樣說吧？

當全家人都為了準備過冬忙得人仰馬翻時，我卻一直躺在床上，悠悠哉哉地拿著歐托送我的石板練習寫名字，或用日語寫下文章。

……還是想要可以留下文字的書呢。只是可以寫字就這麼開心了，要是可以看書，一定會更開心。得快點養好身體，動手做紙才行！

向古埃及人投降

就在過冬的準備快要結束的時候，下起了細碎的雪花。冬天正式來臨了。

冬季期間，這一帶都會困在雪中，所以除了特別晴朗的好天氣外，基本上都在屋子裡度過。本來只要有書，要我在家裡窩多久都不是問題，所以並不覺得要長時間待在屋子裡是件痛苦的事。

但是，這裡沒有書。在沒有書的情況下，我能夠長時間都悶在家裡嗎？

一旦開始下雪，大多時候都是暴風雪，所以板窗都防寒地緊緊關著。上頭再鋪上有點厚度的布，或把縫隙塞起來，盡可能阻擋寒風透進來。

「……嗚，好暗。」

「因為下著暴風雪嘛。」

在門窗緊掩的屋子裡，光源竟然就只有爐灶和蠟燭。大白天的時候待在門窗緊閉又沒有半盞燈開著的昏暗房間裡，我還是生平頭一次。

麗乃那時候即使颱風天停電，也還有手電筒和手機的亮光，而且很快就會恢復供電。長時間都待在昏暗的空間裡，心情不會很鬱悶嗎？

「媽媽，每個人家裡都這麼暗嗎？」

「這個嘛，如果家裡比較有錢，聽說會有好幾盞燈，但我們家只有一盞，所以也沒辦法。」

「咦？那就點那盞燈啊。」

有照明設備的話就該使用。我這般主張，但母親嘆著氣搖頭。

「為了省油，我希望盡量少用。天氣還會很冷，如果今年冬天比預期中長，到時候沒有蠟燭就麻煩了吧？」

聽到為了省油，我無話可說。

麗乃的母親也嘴上說著要「節省、節省」，在很多地方上動了腦筋。像是為了節省電費，會拔掉電視的插頭，卻會開著電視打瞌睡；說要省水，刷牙的時候一定不忘關水，卻在洗碗盤的時候開著水龍頭，教會了我何謂自我滿足的重要性。

效法花了很多心思的母親，自己能不能也讓房間變得明亮一點呢？

「梅茵，妳在做什麼？」

「我在想辦法讓燭光亮一點……」

如果擺得像三面鏡或對照鏡那樣，說不定能讓燭光亮一點。於是我擦亮父親從前打仗時用過的金屬手背甲，試著擺在蠟燭旁邊。

「梅茵，住手。」

「看不清楚手上的東西了。」

兩人立即出聲抗議。

很遺憾地，手背甲並不是直條型的金屬，表面並不平滑，所以反而讓燭光胡亂反射，變得閃爍刺眼，更不容易看清楚手上的東西了。

「嗚嗚，失敗了嗎……還有其他東西可以當作『鏡子』使用嗎……」

「妳不要再做這些沒用的事情。」

母親不假辭色地制止，我也只好放棄利用光的反射讓室內更明亮的作戰。

明明沒有看書，卻也可能讓視力下降的這種情況令我無奈嘆息，在溫暖的爐灶附近占了個位置。

母親在一旁組裝起織布機。織布的工具不是我在日本看過的那種巨大織布機，而是更加原始的款式。先前還很好奇在這麼狹窄的屋子裡要怎麼織布，原來確實有著一定大小的織布機。

「多莉的洗禮儀式就快到了，所以很多事情得趕快學會才行。」

說完，母親一個動作一個動作地仔細教導多莉如何織布。多莉表情認真地拿起線捲。

「像這樣把線捲放在這裡，首先要準備織直線。這樣穿線以後……」

縫製衣服會用到秋季期間染好顏色的絲線，第一步要從織布開始。織布以後，再縫衣服、刺繡。順便也會用事先買好的羊毛，紡織出明年份的線。在這裡只買得到原料。沒有店家會販售新衣，布也不是平民買得起的東西。

「對對，就是這樣。多莉學得真快。梅茵也要試試看嗎？裁縫得要拿手，才稱得上是美人喔。」

「咦？美人？」

「是呀。替家人做衣服，外觀和實用性都很重要吧？成為美人的條件就是裁縫和廚藝。」

啊……那我絕對當不了美女。可是，如果是賢妻良母的條件也就罷了，但擅長裁縫跟廚藝很好，和美女沒有關係吧？

對我來說，衣服就是要去店裡買。到了服飾店，各種款式和各種設計的衣服一應俱全。反正衣服只要因應時間、地點和場合再做搭配就好了，我並沒有什麼興趣。不過，衣櫃裡頭還是堆滿了衣服。至少從來不曾一直反覆穿兩、三件有補丁，還是由姊姊傳下來的舊衣。

裁縫也只在學校的家政課上接觸過，還是操作著可以自動快速縫線的機器，頂多只有縫鈕扣的時候才會拿針。所以坦白說，就算告訴我冬季期間，紡線、織布、做家人的衣服是女人的頭等大事，我也備感苦惱，提不起幹勁。但如果織好的布可以當作羊皮紙使用的話，那要我織多少都不是問題。

「梅茵，妳不試試看嗎？」

「嗯～下次吧。」

多莉問，但我一點也不想織布。多莉想當裁縫學徒，才請母親教自己縫紉的技巧，但我先別說身高了，連手的長度、大小，更重要的是幹勁一點也不足夠，所以教我也是白費工夫。

「那媽媽，快點做我的正裝吧。我也會做籃子。」

「嗯，包在媽媽身上。我會做件非常漂亮的衣裳給妳。」

顯然對縫紉很有自信的母親鬥志高昂。洗禮儀式上，同季節滿七歲的孩子們會穿著正裝一同前往神殿，所以能夠準備什麼樣的服裝，正是母親展現本領的時候。對母親們來說，算是一種發表會吧。

母親笑意盈盈，開心地開始準備縱線，但看起來比剛才多莉練習時用的線要細上許多。

「這些線好細喔。」

這些要織成布很花時間吧。我心想著，母親露出苦笑。

「因為多莉的洗禮儀式在夏天啊。布不薄一點，會熱得很不舒服吧？」

「是夏天要穿的正裝，冬天就準備嗎？多莉還會長大吧？」

夏天的食物比冬天豐富，又能夠活力充沛地到處亂跑，小孩子應該會長得很快。現在就做正裝，如果到了夏天卻小得穿不下，那可怎麼辦呢？

「多少還可以修改，所以沒關係的。最麻煩的是梅茵和多莉的身高差太多了，沒辦法讓給妳穿，要修改也是大工程喔。明年該怎麼辦才好呢？」

……這可真辛苦。媽媽，加油！

乍看之下很細，但其實比用羊毛紡成的線要硬一些，母親用著這些線開始織布，多莉開始編織要拿去賣的籃子。雙眼也慢慢適應了昏暗房間的我，決定動手做莎草紙，做為我夢想的第一步。

……只要編織草的纖維，一定可以做出像紙的成品。我才不會輸給古埃及人！一決勝負吧！

把纖維放在桌上，回想著麗乃那時候做過的正方形杯墊，先試著從明信片的大小開始挑戰。我把比母親織布用的線還要細的纖維，縱橫交疊地編織在一起。沒有錢也沒有技術，年紀也還太小的我，只能靠著毅力、毅力和毅力來決勝負。

……嗚哇，實在太細了，眼睛都要花了。編編編編編……

……啊，錯了！再編編編編……

由於纖維很細，編錯的時候，重來可不輕鬆。形狀會完全歪掉。

我不服氣地火大起來，和極細的纖維奮鬥，做著籃子的多莉於是停下來，探頭看向我的雙手。

「梅茵，妳在做什麼？」

「嗯？我在做『莎草紙』。」

多莉再一次來回看著我和我的雙手，歪過了腦袋。臉上寫著聽不懂我在說什麼，而且看了也看不懂。

……嗯，看也看不懂吧？因為還不到一公分寬，製作著的我也不知道能不能真的做出莎草紙。

母親織著布，看著只是移動著指尖慢慢編織莎草紙的我，嘆一口氣。

編編編編……編編編編……

「梅茵，有時間玩的話，不如和多莉一起做籃子吧。」

「嗯，有時間的話我再做。」

我不是在玩，也沒有時間。甚至可以說自從變成梅茵，開始在這裡生活以後，現在是最忙最沒有餘力的時候。

……啊！又編錯了！都怪媽媽跟我說話，討厭！

編編編編……編編編編……

「梅茵，妳到底在做什麼啊？」

「都說了在做『莎草紙』嘛。」

完全沒有心情溫柔地回答多莉的問題，我語氣有些強硬地結束掉對話，繼續專心一意地編編編……我並不討厭細碎的工作，而且是自己喜歡才做的，所以只能抱著耐心持續下去。

編編編編……編編編編……

「梅茵，面積幾乎沒有變大耶。」

「我知道啦！」

多莉說的正中要害，煩躁的心情就這麼脫口而出。面積才只有指尖那麼大，卻花了我整整一天的時間。希望她能體諒一下我的心情。

編編編編……編編編編……

隔天，我也鞭策著自己「毅力、毅力」，繼續和纖維奮戰。不管多莉說什麼，只要在意就輸了。

「這個完成之後會是什麼？」

「……」

……在意就輸了。在意就輸了。編編編編編……啊！變得歪七扭八了啦！嗚嗚，直接繼續往下編吧！再修改下去我會崩潰！編編編編編……

「欸，梅茵……」

「不行了！我撐不下去了！『古埃及人』，是我輸了！」

我捏緊做到一半再也堅持不下去的莎草紙，大聲咆哮。莎草紙在好不容易達到留言卡大小的尺寸時，我就舉白旗投降了。如果要讓編織的密度細緻到和紙一樣，那想要做成明信片的大小，不知道得花上幾天的時間。

在這種情況下，我根本準備不了足以湊成書的莎草紙。

而我做出來的留言卡大小莎草紙，一摸就知道我從中途開始就失去耐心了。中心的編織很細膩，但越往邊緣，就越歪七扭八凹凸不平。整體來看，根本無法當作是寫字的紙。雖然有些凹凹凸凸，頂多還可以當作杯墊使用，但連便條紙也稱不上。

「嗚嗚嗚嗚……我的莎草紙計畫失敗了。」

原料的籌措、製作的難易度、完成的時間，不管從哪方面來看都不適合量產。就算真的做出了莎草紙，也做不了書。
「梅茵，妳好吵！別再玩那些草了，快點編籃子！」
「籃子又做不了書……」
「我不懂妳在說什麼，但是失敗了吧？好了，快點做成籃子！」
看到母親怒氣沖沖的模樣，我只好動手編籃子。比起用極細的纖維編莎草紙，編籃子簡單多了。
「多莉，我也要編籃子。給我材料吧。」
「那我教妳怎麼編吧。」
多莉喀沙喀沙地拉來材料，帶著笑容對我說，但我拿起材料搖了搖頭。
「不用了，我知道怎麼做。」
「咦？」
不理會訝異地眨眼睛的多莉，我開始編起籃子。細心地疊起材質很像竹子、有著筆直紋理的木條，不留半點空隙地密密編織。剛好正想要一個小型的外出包。莎草紙做失敗了，就當作是發洩，我要卯足全力編籃子。
先縝密地編出底層，設想好要在哪裡加入簡單的花紋後，再開始編側面。最後再費點工夫，加上可以減輕手的負擔的把手，籃子就完成了。和花了五天只做出留言卡大小的莎草紙不同，托特包一天就做好了。以孩童不甚靈活的手來說，成品算是相當出色。

「梅茵好厲害喔，居然有這種天分。將來可以當手工藝匠的學徒吧？」
「咦？這我就……」
平常只會礙事的梅茵所展現出的意外才能，讓母親高興得雙眼都發亮了，但我一點也不想當手工藝匠的學徒。我已經決定要在書店或圖書館工作了。雖然有個小小的問題，那就是這個世界沒有書，也沒有書店和圖書館，也就沒有這種工作。
「嗚嗚，為什麼梅茵會編得這麼好？」
多莉比較著我做的籃子和自己做的籃子，為了成品的差異而意志消沉。
「多莉，妳別放在心上啦。只要編得再密一點，知道怎麼加入花紋就好了。」
……因為成品的差異，來自於經驗的差異啊。
麗乃時期，曾被捲進母親帶頭開始的、把報紙的對折傳單捲成細筒狀再做成籃子的「主婦工藝」[2]裡。真想不到當時的經驗會有派上用場的一天，人生真是難以預料。
「嗚嗚，梅茵居然做得比我好……」
……不妙。看來我深深傷害到了多莉身為姊姊的自尊心。
「啊，呃……對了！是託付吉兒達婆婆照顧的時候，她教我的！多莉去森林的時候，我一直在編籃子，所以才編得比妳好一點而已。多莉在我編籃子的時候，都在做其

2. 專指中高齡的主婦媽媽們在閒暇時，用以裝飾居家的各種手工藝品總稱。

他事情，所以其他事情都做得比我好吧？」

我幾乎沒有討好小孩的經驗。但為了讓多莉恢復好心情，我腦筋全速運轉地掰著藉口，但老實說也不知道自己在說什麼。

「……原來是這樣啊。」

不知道是哪句話說服了她，多莉顯得稍微放下心來。

「那我冬天要做很多籃子，變得比梅茵還厲害。」

「嗯。加油喔，多莉。」

看見多莉心情好轉，我鬆了口氣。在這裡生活，不管做什麼事，若沒有多莉的支持就很難達成。要是她撇下我說：「妳自己做。」我就完蛋了。能夠恢復好心情，真是太好了。

「啊，多莉，在這裡要用一下力，讓洞更密，看起來會更漂亮喔。」

……但就算可以做出漂亮的籃子，內心也只感到空虛。因為我想要的是書啊。

我在旁邊看著多莉編籃子，教她訣竅，同時注視著做失敗的莎草紙。做不成莎草紙的話，接下來該怎麼辦才好呢？冬季期間，我都在多莉身旁編著籃子，思考著下一步。

……必須放棄埃及文明。對小孩子的我來說，難度太高了。

既然效仿不了埃及文明，下一步該做什麼呢？世界史教科書上，埃及文明之後就是美索不達米亞文明。

……沒錯，楔形文字！有了，黏土板！美索不達米亞文明萬歲！

記得有些黏土板歷經了戰爭和火災的焚燒，最終殘留了下來。如果製作黏土板，在上頭刻字，再用爐灶燒烤，說不定可以成功。而且，如果是揉捏黏土製作黏土板，看起來就像是小孩子在玩黏土，肯定也能騙過大人的眼光。

……決定了！就是這個。等積雪融化，春天到來，動手做黏土板吧！

冬天的美味

「放晴了！放晴了！爸爸！快點快點，快起床，梅茵！」

多莉興奮的嚷嚷聲在昏暗的房裡迴盪，被她搖晃了好幾下，我張眼醒來。

連日來都是強烈呼嘯的暴風雪，今天早上一起床，板窗的破洞和縫隙間卻透進了明亮的太陽光。

……哇，好久不見的太陽。

多莉一骨碌地跳起來，衝下床鋪，不顧房間冷颼颼，用力打開板窗。窗外就是萬里無雲的藍天，一望無際的雪景反射著太陽光，讓整座城市都耀眼發亮。

「你們看，天氣好好。爸爸，你今天休息吧？快點快點！」

「知道了、知道了。」

從窗戶灑下來的早晨陽光全都照在了父親臉上，他刺眼地皺起臉龐，然後迅速飛身躍起。之後動作就很快。多莉和父親快速地吃完早餐，哐咚作響地在儲藏室裡準備各式各樣的工具，急急忙忙衝出家門。

在我走向餐桌要吃早餐時，已經一身完美禦寒裝扮的多莉正好要出門。

「梅茵，我出門囉。我們會摘很多帕露回來！」

「路上小心。」我也對多莉揮了揮手，不解地側過頭。

……帕露是什麼？

搜尋了梅茵的記憶，似乎是種又甜又讓人感到幸福的白色飲品。多莉說會摘回來，但究竟是用什麼方法摘回來呢？

「梅茵，這些要吃完喔。媽媽要出去洗衣服。他們會摘帕露回來，所以中午過後有得忙了。」

母親將我無法靠著己力切斷和撕開的麵包切作小片，放進了湯裡。為了防止腐壞，烤得又硬又黑的麵包，都會放進溫熱過的牛奶或昨夜剩下的湯裡泡軟後再吃，這就是我們平常的早餐。

在我還沒爬上椅子之前，母親就抱著暴風雪期間堆積如山的待洗衣物，走出了家門。

我待在一片靜悄悄的屋子裡，慢吞吞地吃完一個人的早餐後，開始編織起唯一得到母親和多莉稱讚的籃子。

母親彷彿算準了兩人回來的時機，準備好了午餐的時候，父親和多莉就帶著無比愉快的笑容回來了。看樣子對成果相當滿意。

「媽媽、梅茵，我們回來了。摘到了三個帕露喔！」

「你們回來啦，真是厲害。容器我已經準備好了喔。」

母親指著底部較深的容器說，又從儲藏室裡的木柴中，拿出一開始點火時會用到的細長枯枝。多莉拿著枯枝湊向爐灶的火焰，再戳了一下帕露。下一秒，被枯枝碰到的表皮就裂開，從中流出了濃稠的白色果汁。

「嗚哇，好香喔～」

屋內頓時彌漫起了香甜的氣味，濃稠的果汁慢慢流入容器裡。久違的甜香也讓我嚥了口口水，這的確是能讓人感到幸福的味道。

多莉拿走容器，小心著不讓白色果汁灑出來，父親再用壓榨器，把已經取完果汁的帕露果實壓碎。

「帕露很神奇喔。果汁又甜又好喝，果實也可以榨油，剩下的果渣還可以當作家畜的飼料。我們家沒有養動物，所以會拿去路茲家，和他們交換雞蛋。」

「既然這果實這麼神奇，競爭很激烈吧？」

「對啊。因為只有像今天這樣，在天氣放晴的雪地裡才採得到，所以城裡的人一大早就會跑到森林，大家都想要多摘一點嘛。不過，摘帕露很辛苦喔。」

「怎樣辛苦？」

多莉用細枝在第二個帕露上戳出了洞，果汁又慢慢地流入容器裡。我能夠幫上忙的，就只是壓著容器，不讓它翻倒。

「摘帕露的時候，必須溫暖長有果實的樹枝，讓它變得柔軟，可是，在帕露樹上絕對不能用火，因為會被樹木擁有的神秘力量吹熄。所以只能脫掉手套，直接用手溫暖樹枝。」

「在這麼寒冷的冬天直接用手溫暖樹枝，然後摘果實嗎?!這也太辛苦了。」

這樣子不只會凍傷吧。就算父親和多莉兩人可以輪流，但要直接以手溫暖樹枝還是太殘忍了。

「不能中午再採嗎？至少在天氣暖和一點的時候再去？」

「不行不行，只有中午前才採得到帕露。」

多莉說著，把第二個帕露遞給父親，拿起第三個帕露。表皮又啪地裂開，開始流出果汁。

「到了中午，太陽高掛空中，陽光開始照進森林以後，帕露的樹葉就會發光，樹木自己搖晃起來，葉子也會發出沙沙沙的聲響。」

……葉子會發光，樹木還會自己搖晃，然後沙沙沙？什麼？

儘管多莉好心為我說明，但我的大腦完全想像不出那幅畫面。

「一旦樹葉開始發出聲音，帕露樹就會朝著太陽不斷長高。長得比森林裡茂盛的樹木還要高以後，就會像女人在甩頭髮一樣，開始搖晃樹枝。就好像是這樣，啪沙啪沙……」

「不斷長高，再啪沙啪沙……？」

「對。搖晃的樹枝照到了光以後，那些沒被摘下來的果實就會咻地飛往各個地方。等所有果實都飛走了，帕露樹就會融化般慢慢變小，轉眼間就消失不見了。」

「咻地飛走以後，就消失了？……好神奇的樹喔。」

我只有這個感想。憑我貧乏的想像力，完全想像不出來。

「好，倒完了。雖然只有一點點，但喝喝看吧？」

把果汁倒進保存用的水壺裡，多莉喝了兩口容器裡殘餘的些許果汁，再把容器交給我。我也有樣學樣，小口地喝了兩口。

香濃的甜味立即在口中擴散開來，讓人情不自禁彎下眼角，綻開笑容。

……這就是幸福的滋味！好像是濃醇的椰子牛奶！

才想再喝一點的時候，多莉就說了：「這是冬季期間必須非常、非常珍惜著喝的貴重果汁，所以不可以一口氣喝完喔。」沒辦法，只好一點一點品嘗了。

「爸爸，這些是果渣嗎？」

多莉拿起布袋，往裡頭窺看。「嗯，是啊。」父親用壓榨器咚咚咚地壓碎著帕露果實回道。帕露油可食用也可做為燈油，有點類似橄欖油。

「多莉，我也要看。」

榨完了油的帕露最後是什麼樣子呢？我從多莉旁邊探頭看向布袋，發現裡頭的東西看來就像是散發著甜味的豆腐渣。

「這個味道好香喔，不能吃嗎？」

我說著就把手伸進去，捏起果渣放進嘴裡。

「梅茵！那是雞飼料！」

多莉急忙把我的手從袋子裡拉出來，說：「快點『呸』地吐出來！」但我歪著腦袋反覆咀嚼。

被榨乾以後，變得乾巴巴的果渣很像粉末，聞起來很香，吃起來卻沒有味道，如果要當作人的食物確實難以下嚥。可是，應該可以像豆腐渣那樣用來做菜。我把一小撮果渣放進剛才盛裝了果汁的容器裡，用手指推開果渣，讓它們吸收果汁。

「梅茵，妳在做什麼？」

「……我在想這樣混合以後，是不是就可以吃了。」

「都說那是雞飼料了！不是人吃的東西啦。」

我「嗯嗯」地點著頭，試吃沾在手指上的果汁渣。滿好吃的。和果汁混在一起，如果能再加上雞蛋和牛奶，搞不好可以做出果渣鬆餅。

「……嗯，可以。」

「不行啦！」

我把還剩下一些的帕露果渣連同果汁放進多莉嘴裡，起先她還生氣地大喊：「妳做什麼?!」但隨即表情複雜，動著嘴巴咀嚼起來。

「那走吧。」

我和多莉一起前往路茲家。筆直穿過井邊的廣場，對面建築物的六樓就是路茲家。為了拿兩個帕露的果渣交換雞蛋，我努力地上下爬著階梯。從自己住家所在的五樓走下來，再爬上路茲家所在的六樓，骨頭都要散了。

……換到雞蛋以後，就試著做鬆餅吧。唔呵呵。

「打擾了——」

「路茲，請和我們交換雞蛋吧。」

我笑容滿面地遞出麻袋，路茲就嫌棄地皺起臉。

「我們家飼料已經夠了。別拿那個，有肉嗎？肉都被哥哥他們吃掉，我根本沒吃到多少。」

冬天大家通常都在家，所以飯被搶走的機率也變高了，我老是餓肚子——路茲大發牢騷。「因為體格不一樣，所以會被搶走呢。」多莉苦笑著說，沒把路茲的不滿放在心上，但餓肚子這種事太讓人難過了。為了解決這件事，我把麻袋舉到路茲面前。

「路茲，那你吃這個吧。」

「雞飼料怎麼能吃！」

真是意料之中的反應。果然在這裡，大家都不會想辦法把果渣煮來吃。

「……只要做法對了，就可以吃喔！」

「啊？」

「是因為把果實完全榨乾了才吃不下去。既然果實很好吃，果渣也只要好好料理就沒問題。」

路茲一臉不敢置信地看向多莉。他的腦子裡肯定在想，這世上絕沒有人會吃雞飼料。

「妳！妳這樣做太浪費帕露了！與其吃掉帕露的果實，把果實分成果汁、油和雞飼料更能有效利用吧?!一般才不會吃掉果實，這太浪費了！辛辛苦苦才採到的果實，居然不充分利用就吃掉，我簡直不敢相信！整座城裡會這麼做的笨蛋只有梅茵了！」

……我又沒有吃掉果實。但比起吃雞飼料，可能更容易想像吧？

面對路茲強烈的反彈，我沉吟起來。

「可是雞飼料已經夠了吧？那用來填飽人的肚子有什麼關係？」

「我都說了，乾巴巴的果渣不是人吃的東西！」

「那是因為使力壓榨到想多取點油，才變成了人沒辦法吃的東西。只要花點工夫，就可以吃了喔。」

「梅茵，妳啊……」

不管我怎麼說，路茲都難以接納。這下子只能和多莉一樣，直接付諸實行了。只要吃了就一定會明白。

在我握拳下定決心的時候，多莉無力地垂著腦袋瓜，小聲開口說了。

「路茲，我跟你說。你可能很難相信，但真的可以吃喔……而且很好吃，我受到了好大的衝擊。」

「咦？真的嗎？多莉，她讓妳吃了雞飼料?!」

路茲朝多莉投去充滿無限同情的眼神。

「明明很好吃，你真失禮耶。做給你看比較快吧。路茲，你還有帕露果汁嗎？」

我走進路茲家，往小容器裡倒了一些自己帶來的果渣，再往裡頭倒入兩小匙路茲那一份的果汁，然後攪拌。我捏了一口放進嘴裡，嗯嗯地輕輕點頭。做得很好吃。

「路茲，啊——」

大概是因為看到我吃了，路茲戰戰兢兢地張開嘴巴。我把果汁渣放進他嘴裡。路茲闔上嘴巴，咀嚼起來，然後震驚地瞪大雙眼。

「看，很甜很好吃吧？」

我「唔呵呵」地挺起胸膛，至今一直狐疑地在旁看著的路茲的哥哥們也一窩蜂湧上來。

「很甜嗎？」

「好吃嗎？」

「真的假的？路茲，借我吃吃看。」

所有哥哥爭相把手指頭伸進小容器裡。無論路茲怎麼逃竄，不讓他們把容器搶走，但體格終究差太多了。別說逃跑，連躲也躲不了。

「喂，放開我！不要舉高！搶走弟弟的東西，你們還是哥哥嗎?!」

「弟弟的東西就是我的東西。」

「好吃的東西就要大家一起分。」

「好耶！拿到了！」

抵抗也是徒然，路茲被三人壓住，整個容器被搶走。三人接連把手指伸進容器裡，轉眼間就吃光了果汁渣。如果平常吃飯就是這幅光景，可以明白路茲抱怨的心情。

「啊啊啊！我的帕露！」

「真好吃耶。這是雞飼料吧？」

完全無視路茲的悲鳴，試了味道的哥哥們也和路茲一樣，都難以置信地睜大眼睛看著我。這搞不好是個機會。

「如果是在路茲家，可以做得更好吃喔！」

「真的嗎?!」

所有人全撲了上來。明明剛才還不屑地說「這是雞飼料」，想不到翻臉比翻書還快，看來是真的肚子很餓。

「……啊，可是，可能得請你們幫忙才行。因為我沒有力氣也沒有體力。」

「好，交給我吧！」

路茲幹勁十足地捲起袖子。見狀，哥哥們也推開路茲往前站。

「怎麼能讓路茲一個人獨占。梅茵，我也會幫忙。」

「沒錯沒錯，我比路茲還有力氣和體力。」

「太好了！那麼，請哥哥們去準備煎東西的鐵板。路茲就準備材料，拉爾法負責攪拌吧。啊，還有，只用路茲的果汁太可憐了，各用一些大家的果汁吧。好了，快點拿出來。」

我連連拍手，使喚路茲兄弟，下達指示。靠我的體力、臂力和體格，什麼也辦不到，只好請正值發育時期的少年們賣力幹活了。

「路茲，拿兩顆雞蛋和牛奶過來。拉爾法就用那邊的木鏟負責攪拌。札薩哥哥和奇庫哥哥就用爐灶加熱鐵板。」

請路茲準備好必要的材料，我一一把食材倒進大碗。拉爾法接過木鏟後，用力地攪拌起來。札薩和奇庫在後頭搬來鐵板，放在爐火上開始加熱。

「嗯，這樣就差不多了。路茲，有奶油嗎？」

我用小湯匙挖了一匙路茲遞來的奶油，站上有點高度的椅子，把奶油放在鐵板上。一放上鐵板，奶油就發出滋滋聲融化變小，美味的香氣刺激著嗅覺。

然後再用較大的湯匙，放上拉爾法哥哥所攪拌的濃稠鬆餅糊。滋滋滋的聲音響起，現場除了奶油，又多了帕露的甘甜香氣。因為是用類似豆腐渣的果渣代替麵粉，所以比起鬆餅，看起來更像是大阪燒，但做出來的成品和想像中的樣子差不多。

「就像這樣，替每個人各煎一份吧。」

示範性地做了第一個以後，我就把煎鬆餅的工作全都交給不需要站上椅子的哥哥們。哥哥們想必看過一次就知道該怎麼做，立刻從我手中拿過料理工具，開始自己煎起鬆餅。

「像這樣開始冒泡的話就可以了。該翻面了喔。」

「好。」

札薩哥哥用木鏟輕鬆翻面，鬆餅呈現出了恰到好處的金黃色澤。四周傳來了吞嚥口水的聲音。

「把這片移到這裡來，有空位的地方再煎一片吧。」

請他把煎到一定程度的鬆餅稍微移到旁邊，再重新倒入奶油和鬆餅糊。我負責在旁邊確認熟了沒有，煎好的鬆餅一一疊在盤子上。

「完成了！『用果渣簡單做鬆餅』！」

我拿著盤子，「唔呵呵」地挺起胸膛。不過，大家好像聽不懂，路茲納悶地歪了歪頭。

「……咦？妳說什麼？」

「啊……我是說，簡單的帕露煎餅完成了～」

擺在桌上的帕露煎餅不斷冒著熱氣，釋放出甜甜的香氣，讓人食指大動。

「要小心燙喔。那大家請享用～」

我咬了一口，細細咀嚼。帕露煎餅好吃得讓人大吃一驚。餅皮鬆鬆軟軟，一點也沒有雞飼料的那種乾澀感。可能是因為加了帕露果汁，明明沒淋上果醬或其他東西，吃起來還是很甜。

「欸，路茲。這個的做法很簡單，也可以吃得很飽吧？」

「嗯，很飽。梅茵，妳好厲害。」

由於想和路茲家交換雞蛋的人絡繹不絕，所以家裡一直會有大量的帕露果渣，又因為養雞，雞蛋隨手可得。雞蛋也可以換到牛奶，所以從來不缺，冬季期間隨時都可以做帕露煎餅吧。

「這下子冬天就可以吃得很飽了吧？」

「嗯！」

路茲開心地張口咬下帕露煎餅。看到他狼吞虎嚥的樣子，腦海中浮現了幾種可以用到果渣的食譜。

「其他還有幾種可以用到帕露果渣的料理，但我力氣不夠，做不出來。」

「只要妳教我怎麼做，我可以幫妳。願意教我怎麼做好吃的東西，梅茵在我心裡就和神一樣，所以我也會幫忙沒有力氣也沒有體力的梅茵。」

這件事之後，需要力氣和體力的食物，我都請路茲兄弟代勞。

我給他們食譜並負責試吃，路茲他們負責製作並填飽肚子，形成了良好的循環。

歐托先生的幫手

在這座城市，冬季放晴的日子都會出去採帕露。上一次剛好工作休假，所以是父親和多莉一起去採，但今天父親必須工作。本以為這次只好放棄帕露了，卻見母親拿起大衣。

「今天我和多莉一起去吧。」

帕露的用途很廣，所以我們家也希望盡可能取得。而在外出方面上相當無用武之地的我，至少要盡己所能為她們加油。

……加油、加油，多莉！必勝、必勝，媽媽！

但是，如果媽媽和多莉一起去森林，家人的煩惱就是不知道該拿我怎麼辦。畢竟我沒有體力，又體弱多病，還一無是處。明知道我會發燒，絕不可能帶我去冬天的森林；但留我一個人在家，又不知道我會做出什麼事情來，所以不敢放任我看家。雖然這麼說是有點過分，但大致上都沒說錯。

父親沉思了良久，一邊準備出門工作，突然敲了下掌心。

「……有了！梅茵，要不要和爸爸一起在大門等媽媽她們？」

父親帶我去大門，母親和多莉則去森林採帕露。採完帕露後，再回到大門接我，一起回家。這樣一來，母親和多莉就可以毫無後顧之憂地前往森林，我也不用一個人看家了。父親如此提議。

「這提議不錯，那梅茵就交給昆特了。多莉，我們走吧。」

「嗯！梅茵，那我們之後再去接妳！」

「昆特，真是好主意！」母親大力誇獎了父親一番，頃刻間就準備好必要的工具，帶著多莉出門了。帕露只能在中午之前採到，所以必須盡早出發。

「那我們一起去大門吧？」

……也是，比起待在家裡，更能夠轉換心情。如果歐托先生也在，還能請他教我新的字……

坦白說，我也厭倦一直待在家裡了。莎草紙做失敗了以後，我在家裡能做的，不是玩石板，就是編籃子。沒想到只是沒有書，時間會這麼難打發。

而且，最近經常在我腦海裡播放的歌曲，就是〈春天來吧〉和〈收音機體操〉。春天再不快點到來，我也沒辦法出門製作黏土板。

所以，為了強化外出的體力，我開始每天做收音機體操。雖然家人都用有些詭異的眼神看著我，但為了增強體力，從能做的小事情開始慢慢累積是很重要的。但說真的，麗乃那時候我很少在注意身體健康，其實也不知道該從何著手。

「爸爸，歐托先生今天在嗎？」

「嗯，應該在吧。」

「太好了。那得帶石板去大門。」

可以期待留在大門那裡了。我也興高采烈地開始準備。出門的必需品是石板。穿上衣服，套上外套，再把石板和石筆放進自己冬天期間編好的托特包裡，我的出門準備就大功告成了。

「爸爸，走吧！」

「……梅茵，妳這麼喜歡歐托嗎？」

「嗯，最喜歡了。」

……對方可是給了我石板，還會教我寫字的老師（擅自決定），我當然喜歡啊。

來到屋外，空氣冷得要命，不過是吹到了一丁點風，肌膚就痛得像要裂開。臉頰不斷傳來陣陣刺痛，連生性懶惰的我，也開始心想如果今天取到了帕露油，得用來做點保溼乳液。

「呀啊！好冷！」

而且，積雪深得難以行走。可能需要某種訣竅，但本來就不是在下雪地方出生長大的我，根本不知道要怎麼在雪地上行走。才走了兩步路，小孩子短短的雙腳就陷進了積雪裡，動彈不得，完全不曉得下一步該怎麼辦。

「爸爸！這要怎麼走路？」

「……算了，妳小心別跌倒。」

雙腳都埋在雪堆裡，我張開雙手，保持平衡，走在前頭的父親便一臉無奈地走回來。他用手腕勾起我的托特包，再把手伸到我的腋下，一口氣將我舉得老高，然後讓我坐在他的肩膀上。

「哇啊！好高，好驚人！」

視野比拉爾法背著我時更高。但是，並不怎麼感到害怕，可能是因為擔任士兵的父親肩膀又寬又結實，讓人覺得安心又平穩。

麗乃那時候，記憶中很少與父親有過這樣的接觸，但現在我想起了一些片段。賞花的時候，父親也曾讓我坐在他的肩頭上撫摸櫻花。

「妳要自己抓穩喔。」

太久沒有坐在別人的肩膀上，心跳有些加速。我抓住父親的頭，他就開始在雪地上邁步。小巷子裡沒有什麼人鏟雪，父親沿著前人的腳印，一步步謹慎地前進，來到大馬路上後才恢復平常的速度。

「梅茵，歐托已經結婚了喔。」

父親一直沉默走著，冷不防劈頭就冒出這一句。

……咦？我有說過想嫁給歐托先生這種話嗎？也沒有說過想當爸爸的新娘啊。

「呃……所以呢？」

「那男人滿腦子就只有自己的老婆。」

……對五歲的女兒說這種話，究竟想牽制什麼呢？應該很清楚歐托先生不會把我視為那方面的對象啊。真的是愛女兒的傻爸爸。

我故意無視父親的臉色。這麼麻煩的老爸，我絕不要對他說「爸爸更棒」、「我更喜歡爸爸」。

「所以意思是，歐托先生是很珍惜自己老婆的專情好男人囉？」

「……不是。」

父親似乎真的鬧起了彆扭，後來一路上都不吭一聲。坐在實在令人頭疼的父親肩膀上，我抵達了大門。

「早安。」

我不由自主基於習慣，向站在門旁的士兵點頭致意。瞬間，他用看著怪人的眼神看著我，我這才想起來，這裡沒有在寒暄時低頭行禮的習慣。

還是因為我是坐在父親的肩膀上打招呼，他才露出了奇怪的表情？

「這是我女兒梅茵。內人採完帕露就會帶她回家，中午之前會讓她待在值宿室。」

「知道了。」

「梅茵，妳就待在值宿室。歐托也在那裡，可以了吧？」

……嗚哇，感覺父親講話句句帶刺。咦？難不成他就像小朋友一樣在吃歐托先生的醋？人際關係出現裂痕了嗎？

「我只是很期待歐托先生教我新的字而已喔。」

「又不一定非得找歐托。」

……歐托先生，對不起。本來想替你解釋，但好像讓情況更棘手了。

明明我只是雀躍著可以學到新的字，真不知道父親聯想到哪邊去了。每當這種時候，我就覺得自己還不知道怎麼和父親相處。

「我進去了。」

父親輕敲了敲門，打開值宿室的門。值宿室裡的暖爐燃燒著火紅的火焰，桌上擺著燈，比我們家亮多了。靠近暖爐的地方有張桌子，歐托正在桌前處理文件。

「歐托。」

「班長……和梅茵？怎麼了嗎？」

「家人去採帕露的時候，她會留在這裡等。你要負責照顧她。」

簡潔——但其實是粗魯地說完，父親就把我從肩膀放下來。突然被迫追加了保母的工作，歐托想當然耳地瞪大了眼睛，面有難色地來回看著文件和父親。

「咦？不，可是我……還有會計報告和預算……」

「梅茵，這裡很溫暖吧。妳要小心別感冒。」

父親完全無意聽歐托說話，直接走了出去。「好～」我揮手目送父親離開，然後轉向歐托。

「歐托先生，對不起喔。因為我拿到石板後太高興了，想到今天可以見到歐托先生，又更高興了。」

「那真是太好了。我也很高興可以看到梅茵……」

歐托有絲靦腆地笑了笑後，露出納悶的表情：「但不需要向我道歉吧？」

「其實是我一稱讚歐托先生，爸爸就不高興……」

「哎啊……」

「在媽媽來接我之前，我會乖乖不吵你，教我新的字吧？」

看見桌上擺著羊皮紙和墨水，可知歐托正在處理文件。我不想打擾到他工作，但也不想錯過可以學習新字的機會。

「嗯，好吧。既然是梅茵，應該會安靜練習……」

我迅速地遞出石板後，歐托就這麼咕噥說著，喀喀喀地寫下文字。這個世界的文字和字母很像。不像平假名是表音文字，也不像漢字是表意文字。拼法不同，發音和意思也會不同。

拿到石板的時候，我可以一個人對著石板把玩好幾個小時，因此得到了歐托的信賴吧。

「梅茵，妳要是感冒了，班長很可能會比現在還不高興，所以妳坐這裡吧。」

歐托苦笑著一一挪開桌上的東西，把暖爐前面的位置讓給我。我全面贊同他的意見，所以沒有無謂推辭，往暖爐前方的位置坐下。

「謝謝你。這下子我就可以練習了。」

好一會兒時間，屋內就只有石筆寫著字的喀喀聲、筆尖在羊皮紙上滑動的沙沙聲，以及木頭在燃燒時爆裂的聲音。

差不多記住了石板上的字以後，我抬起頭，只見歐托正神色認真地對著羊皮紙計算。歐托手邊還擺著類似算盤的計算工具，但我不知道怎麼用。我本來就只在小學的課堂上用算盤算過加法和減法，所以就算用法和算盤一樣，我也不會用。

看準計算告一段落，我開口問了：

「歐托先生，那是什麼？」

「我在撰寫會計報告和編列預算。冬天的時候必須列出一整年的預算，然後在春天之前提交，但很多士兵都不擅長算數。所以，最擅長算錢的我，只好負責撰寫會計報告和編列預算了。」

「接下了燙手山芋呢。」

看向羊皮紙，雖然看不懂，但寫著文字的欄目旁邊並排著三個數字。應該是單價、數量和總和。因為最後一個數字是前面兩個數字相乘後的結果，所以應該是吧。

「啊，歐托先生，這個算錯了吧？」

是要申請備品嗎？我邊看邊想道，發現有數字算錯了。

「咦？」

「這裡是七十五和三十吧？那結果應該是兩千兩百五十吧？啊，這邊也錯了。」

雖然看得懂數字，但我不知道乘法公式在這裡要怎麼說，所以說得非常迂迴，但歐托似乎聽懂了。

「咦？妳不是不識字嗎？為什麼會算數？」

「唔呵呵，數字是媽媽在市場裡頭教我的。所以看著這邊的數字，我就可以計算，但這邊的字完全看不懂。」

我一說看不懂欄目裡的文字之後，歐托就陷入沉思，還小聲喃喃說著：「不、可是……」

「……梅茵，我想拉下臉皮拜託妳。可以幫我的忙嗎？」

……這種事可以答應嗎？先不說這算不算社內機密或洩露機密，但讓我這樣的小孩子幫忙不太妥當吧？不如說，他已經走投無路到了連我這樣的小孩子只要有計算能力，也得請我幫忙不可嗎？

既然歐托都說要「拉下臉皮」了，表示請小孩子幫忙的情況並不尋常。但歐托都開口了，我也希望能幫上他的忙。而且，我正好想要一樣東西。難得有這機會，就附上交換條件答應他吧。

「好啊。只要你幫我買石筆，再當教我寫字的老師，我就答應。」

「啊？」

八成沒有料到一個小女孩會突然提條件吧，歐托瞪圓雙眼。他的反應在預料之中，我輕笑著說明自己的情況。

「剛才我也說了，因為有媽媽教我，我才看得懂數字。可是，我看不懂文字，所以想請歐托先生當我的老師。」

「這是沒關係……但為什麼要石筆？石筆並不昂貴吧？」

歐托說得沒錯，石筆在市場的雜貨店裡也買得到。

「家人之前還願意買給我，但最近越來越不願意了……」

「為什麼？」

「因為我拿著石板一直在寫字。就算買給我，也一下子就用完了。」

「啊哈哈哈哈哈……」

每天都寫上好幾個小時，石筆一下子就變短了。對於根本沒有零用錢的我來說，有沒有人願意提供石筆，可是攸關生死的大問題。

「總、總之！我才沒有那麼好說話，沒有任何獎勵就為你工作。」

「……我倒覺得很好說話呢。」

面帶苦笑的歐托，正式地成為了我的老師。

「那麼我要做什麼？」

「可以幫我核對這邊的計算是否正確嗎？因為不知道到底有哪裡算錯，光是檢查就得耗掉不少時間。」

原來是在檢查別人製作的文件。這個世界當然沒有電腦，單是製作簡單的文件，就得花上許多時間，似乎連核對計算有無錯誤，也必須一個人負責完成。

「很需要稍微會算數的士兵呢。」

「……是啊，雖然我也是因為會算數，才能夠進來這裡……」

聽起來歐托先生成為士兵的過程，曾有過一番曲折。渴望得到資訊與知識的我，內心興奮得很想打破沙鍋問到底。但是，核對作業的數量龐大，所以我強忍下來，決定下次再聊天。

「梅茵，妳要用計算機嗎？」

「不用了，因為我也不知道怎麼用。而且我有石板。」

可以擦掉再寫字的石板正好適合當作計算紙。利用石板，我用筆算幫忙核對計算有無錯誤。現在大腦已經完全記住了數字，當我想著數字九，就可以正確地寫出這裡的數字。

「工作變得好輕鬆！我好感動，妳真是幫了大忙。沒想到可以這麼快就做完檢查。梅茵算數這麼好，說不定適合當商人喔。如果妳想當商人，我可以把妳介紹給商業公會。」

大概是這幾年來都得自己獨力完成會計報告和預算編列，只是替他核對了計算金額而已，歐托就對我感謝得五體投地。等我可以製作大量書籍，當書店老闆也不錯。想不到在這種地方取得了成為商人的門路。

同時，歐托已經將我視為了重要的助手。

「梅茵，如果妳想學會寫字，那我就認真教妳吧？這樣一來，明年妳也可以協助我撰寫文件了。」

「真的嗎?!好耶！」

「咦？這值得高興嗎？」

歐托吃驚地張大眼。他如果願意認真教我寫字，當然值得高興啊。

……因為協助他撰寫文件，就表示可以碰到羊皮紙吧？還可以用墨水寫字吧？這當然是值得慶祝的大喜事！

多莉的髮飾

在大門等待母親她們歸來的那天之後又過了數日，上午時分，母親為多莉使出渾身解數縫製的正裝終於完成了。

基本上就是一件輪廓簡約的素色連身裙。樸素得頂多只有領口、袖子和裙襬的邊緣加了裝飾性的刺繡，寬腰帶為藍色，為整體增添了沁涼的色彩。可愛歸可愛，但畢竟我擁有麗乃的記憶，在日本的七五三節[3]，常會看到廣告裡頭，小朋友們穿上和服或洋裝等各種鮮豔華麗的服裝，在照相館裡拍照，所以總覺得少了點什麼。

「梅茵，怎麼樣？可愛嗎？」

……如果能讓衣服再蓬鬆飄逸些，或者增加點裝飾，就會更可愛了。

我在心裡這麼想，但母親顯得信心十足，多莉看起來也很高興，所以算是非常漂亮了吧。況且，這也不是要拍攝滿足自己虛榮心的紀念照，是要穿去神殿的服裝，可能不能穿得太過花枝招展。我還不清楚這裡的常識，不該對服裝的好壞發表意見。但是同時，我也發現了自己可以開口發問的地方。

就是頭髮。多莉的頭髮在保養下變得越來越有光澤，但髮型經常是在腦後綁成一條麻花辮。如果能在洗禮儀式時改變造型，不知道能不能加點精緻的髮飾？

但不管要做什麼，都必須先了解這裡的標準再行動。因為年幼梅茵的記憶裡，完全沒有和洗禮儀式有關的畫面。

「多莉，好可愛喔！……可是，髮型妳打算怎麼辦？洗禮儀式有規定一定要綁什麼髮型嗎？」

「我打算就綁這樣喔！」

……多莉，這怎麼可以！都換上正裝了，再精心打扮一下啦！

我忍不住灰心地垂下腦袋，但馬上重新振作，繼續發問。就算不改變髮型，說不定會為髮飾費點工夫。

「呃，那髮飾呢？妳會戴東西嗎？」

「是啊。到時是夏天，會摘朵野花來戴吧。」

「不行！難得服裝這麼可愛！」

在這個世界，小孩子不能把頭髮全部綁起來，但應該可以編髮。如果沒有髮飾，那自己做就好了。我會編織蕾絲，而且距離夏天還有很長的時間。

「我來做髮飾！讓我幫忙吧，多莉！我一定會把妳變得很可愛。」

發下豪語之後，我才驚覺家裡沒有織蕾絲用的鉤針。母親雖有毛線用的鉤針，但那麼粗的針織不了蕾絲。

3. 日本的傳統兒童節日。當男孩、女孩三歲、男孩五歲、女孩七歲，都會在當年的十一月十五日前往神社參拜，祈求平安。

……怎、怎麼辦?!

家人中看起來會做工具的，就只有父親。把多莉做給我的髮簪削得更加平滑好用，還抹上油脂的人，其實也是父親。

我斜眼偷看父親的表情。在大門請歐托教我寫字，至今已經過了好幾天，但父親還在不高興，臉色看起來似乎不適合撒嬌。

「爸、爸爸？」

「幹嘛？」

「爸爸的手工很厲害吧？像是多莉的娃娃，也是爸爸做的吧？」

「嗯、嗯，對啊。咳！啊~怎麼，唔，梅茵也想要娃娃嗎？」

父親擺出嚴肅的表情，像在表示自己還在生氣，卻又用充滿期待的眼神，頻頻覷向我這邊問。

「不是，我想要鉤針。」

「鉤針？媽媽織東西用的鉤針嗎？向媽媽借就好了吧？」

我才說完，父親就露出了非常失望的表情。沒出息到想請他也稍微掩飾一下。

「我想要比那個鉤針更細的鉤針。不是用來織毛線，而是用來織線的……爸爸，我覺得很細的鉤針很難做得出來，你有辦法嗎？」

我讓雙眼有些水汪汪的，抬頭仰望父親，並在胸前交握雙手，極盡所能地擺出可愛的撒嬌姿勢。雖然不知道這個撒嬌姿勢在這個世界是否行得通，但在傻爸爸眼裡，女兒的可愛想必是全世界共通……希望如此。
大概是成功展現出了我的可愛，父親撫著邋遢的鬍子，「嗯——」地苦思。
「……木頭做的可以吧？」
「嗯！可以嗎？要很細很細喔？」
「我試試看。」
看來有些刺激到了父親的自尊心，他馬上走進儲藏室裡翻找，拿出了數種小刀和樹枝，動手削了起來。習慣了用小刀的父親動作很快，咻咻咻地削著細細的樹枝，一眨眼工夫樹皮就不見了，只剩下中間堅硬的木頭。然後，他看著毛線用的鉤針當作範本，細心地削起手上的木頭。
「既然織毛線的這麼粗，織線的大概要這麼細吧？」
「嗯……能再細一點嗎？」
「這樣？」
「就是這樣！」
決定了針的粗細後，父親換了另一把小刀，開始削鉤針的針尖。即使技術不至於爐火純青到媲美工匠，但畢竟是我辦不到的事情，所以坦率地稱讚了父親。
「爸爸好厲害！形狀已經出來了呢。還有，希望你可以把針磨得光滑到不會卡住線，再抹上潤滑用的油，那就更棒了！」
「包在我身上。」

被女兒一誇獎，可能就恢復了身為父親的自信，父親眉開眼笑地賣力磨起細細的鉤針。

「梅茵，爸爸好像恢復了好心情呢。太好了。」

多莉露出了天使般純真的笑容。「嗯嗯，對啊。」我也點著頭，但在心裡偷偷嘀咕。

……爸爸會心情不好，就是因為我啊。

眼見父親這麼賣力磨針，為了可以馬上使用做好的鉤針，我開始找線。準備用來縫製多莉正裝的大量絲線還剩下一些，那些織布用的白色……應該說原色絲線還能用吧。但是，用來為邊緣加上刺繡和縫製腰帶的彩色絲線都已經半長不短，不適合織成布料。我想應該沒有什麼用處了。

「媽媽，這些有顏色的線給我吧。」

「妳要做什麼？」

很意外我會想要線的母親露出狐疑的表情。

「我想『編織蕾絲』，要做多莉的髮飾。」

麗乃時期的母親，不只把廣告傳單揉成筒狀編作籃子，還接二連三地沉迷於各種手工藝。雖婆的母親為了讓我也對書本以外的事情產生興趣，不管迷上什麼，都會把我也拖下水。也就是說，我的「主婦工藝」資歷也很長。

事實上，在經歷過的諸多「主婦工藝」中，完成品比較能派上用場的就是蕾絲編織。只要工具齊全，我有信心可以編織蕾絲做成髮飾。雖然麗乃的人生已經結束了，但哪些知識會派上用場，真是無法預料。
但是，不知道我擁有過麗乃這段人生的母親，對於要把線給我顯得猶豫。一定是覺得把線給了我只會浪費，所以捨不得吧。
「髮飾只有洗禮儀式時會用到吧？只是一點小裝飾，用這麼多線太浪費了，用野花當髮飾就夠了吧？不需要再打扮得更可愛，多莉本來就很可愛了呀。」
「如果可以再打扮得更可愛，那就試試看嘛。可愛才是正義！」
我用力握拳主張，母親卻不知怎地大嘆口氣，轉過身宣告沒得商量。我慌忙抓住母親的裙子央求。
「媽媽，只要這些多出來的線就好了，給我嘛。爸爸都花時間做了，我想用用看鉤針。就快要做好了，拜託。」
做好的鉤針會白費喔，我向父親投去求助的眼神。於是，不知是感受到了我眼神中的求救，還是不希望自己手上的鉤針做了白工，還是害怕我對父親的尊敬會消失無蹤，父親開口為我說話。
「伊娃，難得梅茵對裁縫感興趣，就給她一點多出來的線吧？」
「……好吧。」
考慮了一會兒的母親，這才不情不願地給了我幾條短得不知該做何使用的線。
「太棒了——！媽媽，謝謝妳。爸爸，我最喜歡你了！」
我高舉雙手，表現得歡天喜地，父親就咧嘴笑了起來。磨著鉤針的手卯足了力，鼻孔還噴著氣，露出嘿嘿傻笑。有女兒撒嬌的父親都是這個樣子嗎？

……看樣子心情也恢復了，那之後就算不理他也沒關係吧？

得到了父親灌注的愛情濃烈得教人吃不消的鉤針後，我馬上動手編織蕾絲。要做很多蕾絲小花。

編編編編編……

蕾絲編織和之前失敗的莎草紙一樣，必須細心編織，所以相當需要耐心。不過，我動手織的是小花，所以只要十五分鐘，就能完成一個。

把黃色的蕾絲小花放在桌上，往下一朵邁進。多莉對完成的蕾絲花朵感到讚嘆，端詳了老半天後，歪過小腦袋。

「這樣不會太小嗎？」

「我會把小花縫在一起做成髮飾。」

……因為要是織大的花朵，在完成之前就感到厭倦，覺得麻煩就糟了。

這些真心話就放在心裡吧。

既然已經誇下海口，就一定要把多莉的髮飾做出來。所以為免中途感到厭煩，我決定多做一點小花再縫在一起。事實上，麗乃那時候就曾經厭倦編織大花，做到一半就不做了，所以一定要事先排除危險。

「本來想過編織蕾絲緞帶，但必須要夠長才能綁起來，每種顏色的線又有可能縫到一半就沒了。所以，我決定做很多小花。」

「梅茵，妳想得好周到喔。」

「那當然！這都是為了多莉嘛。」

為了把平常對我照顧有加的多莉打扮得漂漂亮亮，我全速運作著腦袋：如果把最後做好的小花縫在一起做成髮飾，就算編織到一半膩了，還是可以完成；而且就算線沒有了，也可以用其他顏色的線繼續編織花朵，所以不會浪費到線。

編編編編編……

完成了幾朵小花時，感受到視線，我不經意地抬頭。母親似乎被引起了好奇心，探頭盯著我的雙手。在這裡，名列美人的條件就是裁縫要出色，母親更是眾所公認的美人，也難怪會好奇我在做什麼。她把織好的小花放在掌心輕輕擺弄，看得聚精會神。

「……這個並不會很難呢。」

「媽媽已經織習慣毛線了，只要記住幾種織法，一定會織得比我還好喔。要試試看嗎？」

我遞出鉤針，母親就看著小花，手指靈巧地編織起來。頂多不時用指尖撥弄小花，確認網眼，頃刻間就織好了一個。

……哇，不愧是裁縫美人。只看網眼，就知道怎麼編織嗎？和必須一個指令一個動作，學得心不甘情不願的我截然不同。

「媽媽好厲害。」

「知道這種織法的梅茵更厲害喔。我雖然織過圍巾和毛衣，但從來沒想過要編織這種裝飾品。」

在這個為了生活就窮盡心力的世界裡，一般人根本不會有多餘的心思放在裝飾品上，更沒有人做過，所以也從來沒人見過蕾絲編織吧。我之所以會知道，是因為擁有另一份記憶，在衣服上通常都有著裝飾的世界裡長大，但連這樣小小的裝飾品，在這個世界裡也顯得奇異。

「梅茵，那妳要怎麼把這麼多的小花裝飾在頭上？」

母親看著桌上的蕾絲小花，似乎想像不出完成品會是什麼樣子。於是我盡可能簡單明瞭地說明。

「呃，先用這些碎布做出一個小圓圈，再一朵朵縫上去，就會變得很像是花束吧？然後再繞在『髮夾』上……啊，『髮夾』?!」

說明說到一半，全身的血液瞬間凍結，我忍不住發出慘叫聲。母親嚇了一跳地彈起來。

「梅茵，怎麼突然大叫呢？」

「……怎麼辦，沒有『髮夾』！」

……完了！這個世界沒有髮夾。至少我在家裡從來沒見過。在這個沒有髮圈、只能用繩子綁起頭髮的世界，該怎麼完成費心做出來的髮飾?!

「爸、爸爸爸、爸爸——！」

光用口頭很難說明，所以我拿出石板，一邊畫圖一邊央求。

「我想要一個和我一樣的髮簪，但比較短，其中一邊削尖，另一邊則像這樣稍微削平，再鑽出一個小洞，爸爸做得出來嗎?!」

「哦，這比鉤針簡單。」

「真的嗎?!爸爸好厲害！我現在最尊敬爸爸了！」

我感激得就像之前抱住多莉一樣，一把抱住父親，只聽見父親小聲嘀咕：「哼哼哼，歐托，我贏了！」原來是在和歐托較勁。

父親笑逐顏開地為我做了短簪，我便比照縫鈕扣的做法，把小小的蕾絲花束縫在短簪的圓孔上。

「好，完成了！多莉，穿上正裝坐在這裡。」

穿上了夏季正裝的多莉坐在離爐灶最近的椅子上。我拖著自己的椅子移動到多莉背後，脫下鞋子站上椅子。接著解開多莉的麻花辮，用梳子梳頭髮，從兩側開始編髮。多莉有著一頭蓬鬆的自然捲，編成辮子公主頭以後，就變身成了讓人眼睛為之一亮的優雅小公主。

最後用一條粗繩子牢牢紮起編髮的尾端，再小心不掉下來地輕輕插上髮簪。黃藍白色的小花裝飾在多莉藍綠色的頭髮上更是醒目。

「嗯，很可愛！」

「真的呢！多莉，非常可愛喔！」

「梅茵的手真巧。雖然沒有體力，但應該找得到需要手工的工作吧。」

聽到家人的讚美，多莉帶著害羞的笑容，一下子向右轉、一下子向左轉，摸了摸頭髮和髮飾，但過沒多久就鼓起臉頰。

「梅茵，妳把髮簪插在後面，我根本看不見。」

「話是沒錯……但也沒辦法嘛。」

「可是，我想知道變成了什麼樣子嘛。」

家裡沒有鏡子，無法實現多莉的這個心願。該怎麼辦呢？我尋思了一會兒，看到多莉一臉非常不甘心的表情，便拔下小小的花束髮簪，試著插在自己的髮簪旁邊。

「就是這樣子喔，怎麼樣？」

「哇啊，好可愛！好厲害喔！媽媽，我的頭髮也是這樣子嗎？」

看了插在我頭髮上的髮飾，多莉發出歡呼。

「梅茵替妳把頭髮綁得很漂亮，線的顏色又是配合妳的髮色，所以更適合多莉喔。」

「是嗎？這樣子啊。呵呵……大家，謝謝你們。我好高興。」

多莉的小臉脹得通紅，開心地笑得嘴角不住上揚，輕輕從我頭上拿下髮飾。

於是在春天來臨的前夕，完成了多莉正裝的整體造型。這下子夏天洗禮儀式時，多莉肯定是場上萬眾矚目的焦點。

此外，母親似乎迷上了蕾絲編織，當我注意到時，父親做給我的鉤針已經收進了母親的裁縫箱裡。

帶我去森林

森林的積雪已經開始融化，到處也冒出了植物的綠芽。去了森林的多莉這麼說道。孩子們可以前往森林採集，也就意味著看不了書、時間多得讓我不知該如何打發的冬眠終於結束了。

……總算可以做黏土板了！

多莉也說了，現在積雪還很厚，地面溼滑，不好走路，能夠採到的東西也不多。但是，能採到的東西多還是少，對我來說構不成什麼問題。因為我想要的是黏土質的泥土，挖就有了。我也想去森林製作黏土板，只要去得了森林，我就贏了。

當然，家人絕不可能讓我單獨前往森林，需要有負責陪同的多莉。所以首先，為了達到目的，我挨著多莉向她撒嬌。

「多莉，拜託妳。我也想去森林，和大家成為好朋友。帶我一起去森林嘛。」

「梅茵走不動，不可能啦。」

多莉的回答和以前一模一樣。雖然依舊不相信我，但這時候放棄，比賽就輸了。

「我的體力有稍微變好了，如果走不動了，我就留在大門那裡等。拜託妳啦。」

多莉面帶難色。但我每天都在做收音機體操、盡可能注意飲食，還跟著洗碗盤的多莉一起走到井邊，用自己的方式努力在增強體力。我想應該去得了森林了。

「……如果爸爸說可以的話。」

多莉放棄靠自己讓我打退堂鼓，把判斷全權交給父親。事實上如果體力不足，必須留在大門等候，也得事先和父親商量，所以這也無可奈何。我轉而說服父親。

「爸爸，我可不可以也去森林？最近我很少發燒了吧？」

「是啊……」

冬季期間，因為相當注意身體健康，發燒病倒的紀錄僅有五次。

……啊，減少了很多呢。家人還連連稱讚我說：「了不起、了不起。」

因為很少發燒，如常吃飯的次數也增加了。於是，當然也攝取了較為充足的營養，身高也長高了一些。雖然還沒達到我這個年紀的平均身高，但體力應該也增加了。

「如果真的走不動了，我就留在大門休息。好嘛？好嘛？」

父親「嗯——」地陷入長考。既然沒有馬上拒絕，想必和多莉不一樣，還有一線希望。為了得到許可，我發揮八爪章魚的纏功。

「只要習慣就好了。也有小孩子才三歲就被帶去森林吧？那我也可以去啊。」

「嗯，的確是有……但那個三歲的孩子是因為體力太過充沛，在家裡根本待不住，簡直是破壞狂，才會把他帶出去。」

「……意思是如果我也開始搞破壞，就會放我出去囉？」

「沒那個必要，不要動歪腦筋。」

無論如何一定要取得父親的同意，否則春天到了，母親很快又要開始工作。那樣一來，我又會被送去保母吉兒達那裡。那根本是一種精神拷問，我絕對不要，再也不想去那種鬼地方了。我不想看到被放置不管的孩子們。

「爸爸，你是擔心我沒有體力吧？那我該怎麼做才可以去森林？該怎麼做，爸爸才會覺得沒有問題？」

「這個嘛……」

父親輕閉上眼睛思考。我靜靜等著父親說出答案。

「……暫時先每天走到大門吧。」

「走到大門？暫時是指多久？」

「直到妳可以一個人走到大門為止。等妳不會被大家甩在後頭，就可以去森林。」

果然沒那麼容易就答應我去森林。我心心念念的黏土板彷彿又離我更遠了。但是，要求我每天都走到父親工作崗位所在的大門，增強體力，對於可信度十分薄弱的我，已經是最大限度的讓步了吧。雖然去不了森林，但至少不必再去吉兒達婆婆那裡，就識時務地就此打住吧。

「……知道了，就照爸爸說的做吧。」

我姑且同意，點了點頭，父親便鬆了口氣地放鬆表情。難不成以為我要是不接受，就會大搞破壞嗎？

「爸爸，你要我走到大門，是指來回一趟嗎？」

「不，妳可以請歐托教妳寫字。」

「咦？……可以嗎？」

之前還大吃飛醋，不肯讓歐托教我寫字，父親的心境究竟起了什麼變化？我歪過頭，父親就稍微垂下了眉角。

「梅茵的身體不好吧？但是，歐托說妳很聰明，如果要找工作，適合找用頭腦的工作。他說應該要讓妳學會寫字，從事體力上負擔不會那麼大的工作。」

居然為我說服了頭腦簡單還超級溺愛女兒的父親，歐托真是善良到我眼淚都要撲簌簌掉下來了。萬萬沒想到竟然能在父親的認可下，向歐托學習寫字。

「梅茵的手很巧，我本來還想妳可以從事這方面的工作，但用腦的工作似乎收入更高，對身體的負擔也更小。」

「用腦的工作嗎？例如？」

我完全想像不出這個世界有什麼用腦的工作。真的有不需要勞力的腦力工作嗎？

「例如嗎？歐托說了，像是幫忙書寫要給機關和貴族的文件的代書，就可以在身體狀況良好的時候，在家裡完成。」

代人書寫文件，類似於行政書士嗎？行政書士確實只要有證照，就可以在家工作。雖然我沒有考過證照，所以不太了解。

「歐托雖然是士兵，但以前是旅行商人，現在還和商業公會互有往來。爸爸和媽媽能夠介紹的工作，都不太適合梅茵，所以最好和歐托保持友好的關係。」

……之前還那麼嫉妒歐托先生的爸爸居然變得這麼成熟?!

「爸爸，謝謝你。我會加油的。」

父親輕輕拍了拍我的頭，轉向多莉。

「多莉可以幫忙嗎？」

「……梅茵辦不到的啦。」

多莉左右搖搖頭。只要是妹妹的請求，十之八九都會答應的多莉，卻唯獨帶我去森林這件事堅決不肯點頭。父親也無意否決多莉的看法，重重頷首。

「我知道。但是，如果再不努力讓梅茵能走到森林，頭痛的會是她。」

「話是沒錯……可是，太累贅了嘛……」

「沒錯。照現在這樣下去，她只會是大家的累贅。」

不只多莉，連父親也直截了當地明言我累贅。雖然自己也很清楚，但被人當面說得這麼斬釘截鐵，內心還是很受傷。

「至少要讓她走路的速度變得跟大家一樣快，否則無法和妳一起在森林裡行動，所以要先走到大門。直到她能走到大門為止，爸爸會陪梅茵一起走。所以，如果梅茵能夠走到大門了，希望多莉到時也能幫忙。」

「……如果是這樣，那我會加油。」

擁有強烈責任心的多莉用力點頭，我有些垮下肩膀。看來在家人的認知當中，他們對於我體力的評價，依然還在谷底徘徊。

……可是，他們居然覺得我連大門都走不到。明明最近走到井邊，我已經不像以前那樣氣喘吁吁了。

隔天上午，日頭已經升起不少，我和父親一同前往大門。只有父親輪到中班的日子，我才會和父親一起去大門。

守門的工作為三班制，分別是開門前到中午的早班、上午到關門的中班，以及關門後直到開門的晚班。直到我能走到大門為止，都會和上中班的父親一起前往大門，再根據當天的身體狀況，和從森林裡回來的多莉他們一起回家，或者等到父親工作結束，再和他一起回家。

「別太勉強自己喔。昆特，要好好照顧梅茵。」

「嗯，我知道。梅茵，走吧。」

「我出門了。」

向一臉擔憂地目送我們出門的母親揮揮手，我和父親手牽著手，朝大門邁進。雖然好不容易脫離了只是走下階梯就需要休息的階段，但來到大馬路上後，只是走了一會兒路，呼吸就開始變得急促。

……仔細回想起來，我一直都是被人背在背上或坐在肩膀上，或者是坐板車，從來還沒有靠過自己的雙腳走到大門。

「梅茵，還好嗎？」

「我還、可……以……」

要是這時候就棄權，搞不好一輩子也不會讓我去森林。在這種想法驅使下，我嘴硬地說「還可以」，但身體根本撐不下去。身體好重，好想直接就地坐下來。

「看起來哪是還可以……嘿唷。」

父親嘆了口氣，輕輕鬆鬆地把我抱起來。瞬間，我全身癱軟地靠在父親身上，急促地喘著大氣。

……不行！會死！家人是對的。我根本走不到森林。

「爸爸，雖然要請歐托先生教我寫字，但占用他那麼多時間，真的沒關係嗎？歐托先生還有工作吧？」

歐托自然也有守門的工作要做。教我寫字，怎麼看都不算是士兵的份內工作。

「現在有五個春天剛受洗過的見習兵。教那群孩子寫字，正好是歐托的工作。」

士兵必須具有基本的讀寫能力。如果無法讀寫人名和職務名稱，就無法成為守門士兵。

「所以我會跟著一起學囉？」

「嗯，是啊。只是身分上，妳不是見習士兵，而是歐托的助手。」

「助手？」

我這麼小的孩子可以擔任助手嗎？雖然自己說很奇怪，但我可是外觀年齡只有三歲的小女童。如果介紹我為助手，沒有半個人會相信吧。

「梅茵，妳之前幫忙過歐托的工作吧？」

「如果是指會計報告和編列預算那次的話……可是，只有計算而已喔。」

協助歐托的工作，只有那麼一次而已。當時他都說了是拉下臉皮拜託我，所以我才判定最好保持沉默，沒有向父親報告。但看來，歐托明知可能會挨罵，還是向父親報告了。

「嗯。之前歐托就一直跟我說，把那些工作都交給他一個人負責，負擔太大了，但又找不到人可以幫忙。所以歐托才提議，希望能教妳寫字，然後請妳當助手。」

當時請他教我寫字，是我把這當作是幫忙他核對計算的報酬。但想不到他想請我當助手這件事，不是在開玩笑，原來是認真的。

「雖然算是僱用妳為歐托個人的助手，但不能讓還沒受洗過的孩子開始工作。所以，才會以教妳寫字為名義，讓妳每天來大門。薪水是石筆，身體不舒服的時候就休息，天底下沒有預算這麼低廉的助手了。歐托成天拿這套說法說服我。」

看來一邊向歐托學習寫字，一邊幫忙書面工作，就是我該付出的回報。已經在為明年的預算季節布局了嗎？還和上司交涉，把我納為助手，再把當作薪水的石筆列為預算的支出，不愧是商人。很懂得如何得到利益，還讓自己不用出到半毛錢。

剩下一半的路程，都由父親抱著我移動，抵達大門。人才剛到，我就必須待在值宿室裡休息。而且老實說，感覺什麼事情都做不了。見我完全癱軟不動，父親就讓我躺在值宿室的長椅上。

中午過後，我總算能夠起身。

「梅茵，差不多要開始了，妳身體沒問題吧？」

「是的。」

歐托來叫我了，於是我拿著托特包，從值宿室移動到訓練室。

訓練室一角擺著木桌和椅子，五個剛受洗過的男孩子坐在桌前。他們就是父親說的見習士兵吧。

「梅茵是這裡班長的女兒，我請她來幫忙處理書面資料。現在因為想要學習寫字，才讓她一起參加。不可以欺負她喔。」

介紹完我以後，歐托老師開始上課。他在石板上寫下字母。學習語言最重要的第一步，就是記住所有字母。

「這些就是全部的字母。」

字母共三十五個，今天一邊練習其中五個的發音，一邊在石板上書寫。之前已經稍微學過了其中幾個字母，所以我不怎麼費力就記住了。

「……梅茵學習的速度真的很快呢。」

「因為我比起運動身體，更喜歡這些事情。」

不同於這世界的小孩，我很習慣學習這件事。而我自身也完全不排斥學習，所以才會學得快吧。常言道，有興趣就學得快。這群孩子是初學者，甚至是生平頭一次拿筆，還得從怎麼拿筆開始學習，拿他們和我做比較未免太可憐了。

「歐托先生，我想字母練習該告一段落了。」

我對歐托說，歐托就瞪大眼睛回過頭來。

「咦？這麼快？」

感覺上時間才過了三十分鐘左右，但要一群男孩子安靜不動坐著寫字，是件很痛苦的事情吧。從剛才開始，他們就扭扭捏捏地開始蠕動，正是膩了的證明。

「要第一次拿石筆的人長時間集中精神寫字，是不可能的。應該要稍微練習一下寫字，再讓他們學算數、畫城市的地圖、教他們士兵的規範，中間再穿插運動。像這樣讓他們在一天當中慢慢體驗各種事情，會學得比較快。」

歐托愣愣地看著我。

依他們的年紀，最好參考一般小學生的時間分配。如果一整天都只上國語課、寫平假名，就連我認知中的小學生也受不了，更遑論在這個世界並不習慣坐著的孩子們。

「接下來學算數吧，從數數開始。」

因為出門買過東西，所有人都能從一數到十。不過，也有孩子比較奇特一點，會一邊發出聲音數數，一邊在石板寫下數字一到五。

等到所有人又開始坐不住地蠕動身體，一樣就結束數字的抄寫練習，接著讓孩子們出去鍛鍊身體。

「今天上課就上到這邊吧，歐托先生。」

表面上是我向歐托先生提議，但很快就讓孩子們解散。

「下次上課之前，要把今天學的字母和數字全都背下來喔。如果沒背下來，就只有背好的人會在上課的時候進步神速。記住字母和數字，也是重要的工作喔。」

我一說完，孩子們就發出歡呼聲跑出訓練室。見狀，歐托一臉難以釋懷，表情越來越凝重。

「梅茵，對他們這麼寬容，他們會學得很慢吧。」

「嗯～？可是，如果讓他們覺得很難，反而會花更多時間，而且一次教那些就夠了。不可以拿他們和我做比較喔。」

「啊……也是。」

似乎察覺到了自己無意識間拿我做了比較，歐托搔搔臉頰。

「而且，背誦這些是自己的責任，其實沒有那麼寬容喔？」

「要求才剛開始工作的小鬼要有責任心，還真是強人所難啊。」

歐托露出苦笑，我也跟著笑了，然後輕吁口氣。雖然忍不住就依據麗乃那時的經驗干涉了新人教育，但這樣子真的好嗎？

回到值宿室，剩下的時間歐托為我個別指導。請歐托寫下單字，我再在石板上練習。練習期間，歐托就處理文件工作。

「妳好像已經學會了字母，那就開始背單字吧。我會教妳常用的單字。」

於是學會了字母的我，另外在歐托老師的個別指導下學習單字。但是，他教的單字全都和備品以及守門的工作有關。看來真的打算讓我幫忙書面工作。等我稍微可以派上用場了，大概不等明年的預算季節，馬上就會把文件丟給我處理吧。

……因為，最先教我的單字，居然是「人物查詢」、「貴族」、「介紹函」和「請願書」。日常生活根本用不到這些吧？至少先從備品項目開始，就能記住乾草、食品、武器和護具的名稱了啊……

埋頭在石板上寫字，就聽見父親來叫我。再過不久就要關門，多莉他們也從森林裡回來了。我把石板放進托特包，決定和大家一起回家。

「梅茵，回家吧。」

幾個背著採集用的籃子，拿著各種工具和採集物品的孩子們，目不轉睛地端詳只拿著一個托特包的我。

「咦？她是梅茵嗎？」

「多莉的妹妹？我第一次看到。」

孩子們髒兮兮的，無禮的視線讓我不由自主躲到多莉背後，多莉就苦笑起來。

「沒辦法，誰叫梅茵這麼少出來呢。」

很少在左鄰右舍的活動上露面的梅茵，在孩子們之間就像是一種稀有動物吧。雖然多莉緩頰說了：「他們只是在看妳，不是欺負妳，不用擔心。」但視線還是讓人很不舒服。

「梅茵也要一起回去嗎？」
「路茲！」
一看到認識的人，我這才真的放下心來，也搜尋起拉爾法的蹤影。但是，卻沒看見個子高大、紅髮又搶眼的拉爾法。
「咦？今天拉爾法不在嗎？他生病了？」
「拉爾法今年春天就滿七歲了，所以今天要工作。」
「哇……」
……拉爾法才七歲嗎？雖然藉由梅茵的記憶知道拉爾法的年紀，但因為個子高壯，又很會照顧人，所以我一直以為他八、九歲了……哦？路茲也在冬季期間長高了不少喔。
路茲的視線高度好像比以前高了一些。一邊想著這些事情，一邊朝著住家開始邁進。在森林裡採集完，背著許多東西的孩子們大概是想快點回家，自然而然地加快了腳步。
為了不讓我被一群人拋在後頭，只有多莉和路茲配合著我的步伐。
「大家，不可以走那麼快！」
「梅茵，妳還可以嗎？」
我也自認為用最快的速度行走，卻與大家越離越遠。小孩子太無情了，一點也不願意等待動作慢吞吞的我。

「大家、好快……」

「路茲，對不起，梅茵可以麻煩你嗎？我要照顧大家。」

多莉在尚未受洗的孩子們之間是最年長的，所以比起妹妹，更要優先照顧所有人。

「知道了。梅茵，妳慢慢走。今天就算妳走到一半累了，我也不會背妳喔。」

只剩下路茲陪著被撇在後頭的我一起慢慢走路。由於不能再給路茲添更多麻煩，所以我不再客氣，放慢速度走路。

「梅茵在大門那裡做什麼？」

「學習寫字。」

「字？妳會寫字了嗎?!」

路茲大吃一驚地看著我。他的雙眼似乎正因為對我的尊敬而閃閃發亮，但我記得的單字還沒有多到可以寫字，所以真的不必用那麼燦亮的雙眼看著我。

「我還只會寫自己的名字而已，接下來要繼續練習。」

「梅茵，妳好強！居然會寫自己的名字！」

……咦？尊敬好像完全確立了？

想不到只是會寫名字而已，就如此受到尊敬。但仔細想想，之前曾經說過，農民當中懂得讀寫的至多只有村長，父親光是寫得出別人的名字，也就很了不起了。

……我還覺得爸爸怎麼連這點小事也不會，但在這裡已經很值得尊敬了。

稍微可以理解能夠幫忙撰寫文件，是項多麼寶貴的能力了。難怪歐托比起身邊的士兵，更想優先栽培我。如果寫得了人的名字就滿足了，根本沒辦法教他們撰寫文件。

「呼……呼……」

「梅茵，妳還好嗎？」

對我來說，記住文字很簡單，增強體力卻很難。我心有不甘地切身體會到了，人都有擅長和不擅長的事。

路茲擔心地一路陪著我，等我走回家的時候，已經累到連話都說不出來。毫不意外地，還發高燒躺了兩天。

「都叫妳不要勉強自己了！」

母親氣得七竅生煙，但我似乎一點一滴地增強了體力，原本都要躺上五天，居然在第三天就可以出門了。

和父親一起前往大門，走到大約一半，就由父親抱著我移動。中午開始練習寫字、幫忙計算。回程再和大家一起回家，但馬上就落在後頭，上氣不接下氣，害得路茲心驚膽顫。一回到家，就昏迷不醒。

大約一個月都持續著這樣的循環，但我的體力確實慢慢變好了。本來去一天要休三天，變成了休兩天，又變成了去一天休一天。雖然速度還很慢，但也已經可以勉強靠著自己一路走到大門了。漸漸地，又變成了去兩天休一天，再變成了去三天休一天。頭一次連續去了五天時，家人還為我盛大慶祝。

「太棒了，梅茵。妳第一次沒有休息，每天都去了呢。」

「看來體力增強了不少，爸爸太高興了！」

「好像可以去森林了呢！」

我聽了非常開心，下定決心「要再更加努力」，卻在隨後又發了高燒，躺了兩天。真是天不從人願。

開始每天走到大門，持續了三個月以後，我終於得到了可以前往森林的許可。這時已屆春季尾聲，隱約感受得到夏天的氣息。

美索不達米亞文明萬歲

今天是首次靠著自己雙腳走去森林的日子。

不再背著裝有石板的托特包，我也背著比大家小一號的籃子，帶了看起來只像是木刀的挖土用鏟子。難道就只有我覺得要用這個木刀挖土，比給小孩子玩的塑膠製鏟子還靠不住嗎？

我隨手亂揮著看似很快就會壞掉的木鏟，父親就猛地抓住我的肩膀。自從確定要去森林以後，他就一再重複說著我耳朵聽到都要長繭的叮嚀。

「梅茵，妳今天就只是去森林，再走回來而已。回程大家東西都很多，而且也累了。所以梅茵的目標，就是在森林裡休息，再和大家一起回來。明白了嗎？」

「明白。」

大概是只有我的保證還是感到不安，或是臉上「我已經聽好幾遍了」的表情太明顯，父親垮著臉，轉頭看向多莉。

「多莉，我知道妳很辛苦，但就拜託妳了。為了讓梅茵能夠在關門前回來，也跟路茲商量一下吧。」

「嗯，我們今天會早點回來。」

富有責任感的多莉收到父親的請託，使命感更是熊熊燃燒。今天的多莉可能會比平常嚴格一點。

來到屋外，幾個孩子同樣背著籃子，已經聚集在一起。包括體格和我差不多的孩子，以及多莉和弗伊等較高的孩子在內，總共有八個人。由粉紅色頭髮的弗伊領頭，多莉負責殿後。通常出發的時候我都走在前面，但抵達的時候都變成最後面。

「梅茵，那走吧。慢慢走沒關係。」

已經能和一般人一樣走到大門的我，是頭一次前往森林。而我的領跑員，就是路茲。這三個月來一同往返住家和大門，路茲似乎在不知不覺間掌握到了不會讓我感到吃力的速度。最近可以不太費力地走路，都是多虧有路茲在。今天他是從父親那裡獲得了零用錢的監視員。

「路茲，謝謝你。」

「哪裡，梅茵也幫了我們家大忙。」

前陣子，最後一次在路茲家處理了帕露果渣。帕露只能在雪中取得，天氣一熱，很快就會腐壞。所以，為了表達平常的感謝，和以後也請他們多多指教，我取代豆腐渣加量的豆腐渣漢堡排，教了他們做帕露漢堡排。把外觀乍看下像是黃椒，但味道很像是番茄的普瑪煮成醬汁，再放上起司，漢堡排就完成了。帕露柔和的甜味帶出了意想不到的濃醇滋味，完成品好吃到連製作的我也嚇了一跳。

不只路茲，哥哥他們也真的都吃到流下了眼淚。好吃當然是好吃，但聽說更感動於吃到的量是平常的好幾倍。卡蘿拉伯母也對我表示感激：「梅茵的料理不會對家計造成負擔呢。」家裡有四個那麼會吃的男孩子，恩格爾係數[4]肯定非常驚人吧。幸好能幫上忙。

「為什麼冬天的時候，妳沒有教我們那道帕露漢堡排？」

「因為如果沒有新鮮的肉，就做不了絞肉吧？而且把肉絞碎很辛苦的，我也不知道你們願不願意幫忙……」

「啊……那的確很累人，但為了梅茵做的菜，我們會努力。」

我既沒有體力可以用菜刀把肉剁到變成絞肉，明知辛苦，也開不了口對母親說「做給我吃」。截至目前為止，一直沒能吃到像漢堡排的食物。所以能在路茲家請大家做出來，還能一起吃，實在很幸運。

就這樣一邊聊天，一邊走向森林。邊走邊聊天很開心，所以可以走很長的距離，但抵達時的疲憊感也非同小可。

大家都在採集的時候，我就坐在稍大的石頭上，恢復體力。看我坐在石頭上不斷咻咻喘氣，路茲擔心地拍著我的背，說：

「弗伊和多莉很快就要受洗了，梅茵得快點習慣森林才行。」

「……為什麼？」

之前縫製了衣服和髮飾，所以我知道多莉即將參加洗禮儀式，但受洗之後會有什麼變化，具體而言我並不清楚。

「受洗完以後，多莉也要開始學徒的工作了吧？到時候一週有一半時間，梅茵都必須自己一個人來森林。」
經路茲這麼一說，我瞪大了雙眼。多莉當學徒開始工作，就意味著我必須代替她完成的家務事也變多了。
「怎、怎麼辦……我完全沒想過。」
梅茵體弱多病，多莉又是個不論什麼事都會幫忙擦屁股的姊姊，所以截至目前我才能過得這麼逍遙自在。沒有了多莉，我恐怕活不下去。
見我面無血色，路茲嘿嘿笑著搓了搓鼻子。
「就算多莉不在了，我也會保護梅茵。因為梅茵太軟弱了。」
路茲真是大好人。從我成為梅茵第一次見到他開始，路茲就很有男子氣概。
「路茲，謝謝你。那就拜託你了。」
「嗯。那我去撿木柴，梅茵好好休息吧。要是回不了家就糟了吧？」
說完，路茲就去撿柴火了。等到他的腳步聲遠去，四周沒有半個人，我便火速拿出形似鏟子的木片，開始挖洞。今天我的目標，就是「走到森林再回家，而且盡可能不要發燒」。這我明白。雖然對擔心我的家人和路茲很過意不去，但都來到森林了，能夠不做任何嘗試就回家嗎？不，我辦不到。

4. 指食物支出占消費總支出的比重。

雖然老實回答了問題，但路茲的怒氣不減反增。低頭望著我的視線感覺變得更加冰冷。我「唔唔」地小聲呻吟，抬頭看著路茲。

「呃，這個嘛，因為我想要『黏土質』的泥土。」

「咦？妳說想要什麼？」

路茲聽不懂地歪過頭。露出了納悶的表情後，怒氣也變淡了一些。

「我想要會黏在一起、感覺很重，又不利於排水的泥土。」

「……那種泥土的話，不是這裡，那邊草木稀疏的地方比較多吧？」

黏土質的土壤排水不易，植物不容易生長，所以確實該找植物不多的地方比較有效率。

「不愧是路茲，謝謝你！」

「慢著！梅茵，等一下！」

我匆匆忙忙想要移動，路茲就揪住我的領子，把我拉回來。我的體格和力氣都比不上路茲，根本掙脫不了。

「我都說了，梅茵今天的工作是休息吧？妳沒聽到嗎？那東西有必要非得馬上蒐集到不可嗎？」

領子之後，路茲接下來用力揪起我的兩隻耳朵。我揮舞著兩條手臂哀嚎。

「好痛！好痛！……我無論如何都想要嘛。因為和平常生活沒有關係，才沒辦法拜託多莉，也沒辦法拜託別人嘛！」

我「嗚嗚～」地按著耳朵，雙眼含淚地瞪向路茲，路茲顯得有些不知所措。不知道是沒料到我會反駁，還是因為基本上對身外之物沒什麼執著的我難得這麼堅持，才會感到不知所措。但是，本能告訴著我，不能放過這個機會。

「難道我乖乖坐著不動，路茲就願意幫我挖嗎?!」

「……等我撿完了今天的木柴，我就幫妳挖。所以，梅茵乖乖坐著吧。」

始料未及的回答讓我呆在了原地。我只能愣愣地看著路茲。

雖然是把我說的話原封不動還給我，但路茲真的知道自己在說什麼嗎？與其幫忙毫無關係的我製作黏土板，當然是自己能採到越多東西越好。

「呃，路茲，我很感謝你有這份心，但路茲去做自己的事情比較好吧？」

「梅茵這麼弱小，根本挖不了土，所以我幫妳挖吧。但相對地，梅茵要說清楚妳到底想幹嘛，要用那些土做什麼？」

「……為什麼？」

「因為要先搞清楚梅茵想做什麼，才不會白白浪費時間。就連現在，妳明明很清楚自己想要哪種泥土，卻根本挖錯了地方吧？」

……嗚，踩到我的痛處了。

的確，我的目標雖然很明確，但經常因為不曉得在這個世界裡怎麼稱呼，又因為外觀和麗乃那時候見過的東西不一樣，所以沒有發現，手邊也沒有工具，老是魯莽行事。多虧了路茲的當頭棒喝，我明白了他說要幫忙並不是順勢隨口說說而已，但還是不懂他為什麼要幫我，內心難以釋懷。
「路茲為什麼願意幫我呢？」
「嗯？在我肚子快餓扁了的時候，梅茵為我做了帕露煎餅吧？從那時候起，我就決定要幫梅茵了。」
……咦？就這樣？只是因為這樣，就願意幫我挖黏土嗎？
老實說，我無法理解路茲只為了一塊帕露煎餅，就願意為我做體力勞動的心情，是因為這裡的風俗民情重情重義嗎？既然本人都說要挖了，讓路茲幫忙也未嘗不可。雖然有些過意不去，但需要體力的工作就全部拜託他了。
「……那就拜託路茲了。我會等你。」
「嗯，我馬上就做完。」
路茲真的不一會兒工夫就收集好了成堆的木柴。緊接著，帶著我走到土壤排水不良的區塊。是森林裡地勢有些傾斜的低處。
「應該這附近就有。」
路茲說著，拿走我帶來的鏟子，開始用木片似的鏟子挖土。
「梅茵，既然妳都準備好了工具帶過來，表示妳不是臨時起意，根本打從一開始就不打算遵守約定吧？」
「咦?!這、這是，呃，因為好不容易可以來森林了，一時忍不住就……按照原訂計畫地做了點準備。」

路茲的臉頰抽搐了下，像要發洩情緒，用力舉起鏟子刺向地面。

「可惡！所以才說梅茵雖然一臉乖巧聽話，但根本不能大意！」

「路茲要是也大意一下就好了……你比爸爸還敏銳呢。」

「是昆特叔叔太寵妳了！」

路茲洩憤地大力挖土，我一句話也不敢說，只能看著他。只是一把平凡無奇的木鏟，居然接連不斷地挖開了土。和慢慢刨土的我不一樣，泥土正被大量挖開，簡直太神奇了。

……這就是力量的差距嗎？還是使力的方式不同？有什麼訣竅嗎？

「啊，土的顏色變了。」

路茲挖到了十五公分深時，土質的顏色改變了。

「妳想要的就是這種土嗎？」

我拿起一些路茲挖出來的泥土，試著揉捏。土冰冰涼涼的，重量十足，能在掌心中任意改變形體，就是我在找的黏土沒錯！

「就是這個！如果只有我一個人，一定要花上好幾天！路茲好厲害喔，力氣真大。」

「這世上才沒有男生還比梅茵沒力氣。」

路茲沒好氣地回道，繼續挖出黏土質的土壤。我雙眼發亮地望著逐漸堆積起來的黏土，一點一點地把黏土搬到較大的石頭上。這些黏土可以做成多少塊黏土板呢？光是試著想像，就覺得這些土塊可愛得不得了。
「那麼，妳拿這些土要做什麼？」
「唔呵呵～我要做『黏土板』。」
「『黏土板？』」
「沒錯！」
這些黏土可說是路茲汗水的結晶。我開始又揉又捏，做成薄薄的黏土板。做好了黏土板以後，再拿起掉在附近地上的細木棒，用日文把母親睡前對我說的故事刻在黏土板上。
其實我也希望可以用這裡的文字書寫，但歐托教我的單字，全都只和工作有關。我現在已經會寫貴族的頭銜和制式的介紹函了，卻還不會寫日常生活用語。
「梅茵寫的是字嗎？」
「嗯，對啊。像這樣子記錄下來，就算忘了，看到紀錄就可以再想起來。紀錄是很厲害的喔，而可以不斷寫下這些紀錄的書，更是了不起。」
「哦……」
「路茲，謝謝你替我挖黏土。真的幫了我大忙。如果你還要採集東西，儘管去沒關係。我會一直待在這裡寫字。」
「好吧，絕對不可以亂跑喔。」
現在我寫的故事，類似於「老鞋匠與小精靈的異世界篇」。雖然每張黏土板都密密麻麻刻滿了字，但全部寫完也變成了多達十張的巨作。

「好耶，完成了——！」

寫完故事，最後加上「完」這個字，達成的感動讓我全身直打哆嗦。

……黏土板太棒了！我做出黏土板了！偉大的美索不達米亞文明，萬歲！

之後要在爐灶燒烤黏土板，讓它們變得堅固，才算是真正的完成。我緊握著木棒，回頭看向自己剛才寫了字的黏土板。

「呀啊啊啊啊啊啊！」

瞬間，我像孟克畫作的〈吶喊〉般雙手捧住臉頰，發出慘叫。眼前難以置信的光景讓腦袋變作一片空白。

抱著採集到的東西回到籃子放置處的路茲，十萬火急地往我這裡跑過來。

「梅茵，怎麼了?!」

「被弗伊踩爛了！變成一團爛泥了！……嗚哇啊——！」

我耗盡心血寫的故事前半部，有一半以上都被弗伊和他的跟班們踩成了稀巴爛。上頭全是腳印，也完全沒有了黏土板的形狀，更辨識不了上頭的字。

「好、好不容易做好了……太過分了……嗚哇——！你們知道我花了多久時間才能來森林嗎?!為了讓體弱多病的自己增強體力，我又多麼努力……還連累了路茲和多莉，好不容易才完成了！笨蛋笨蛋笨蛋！」

眼淚和嗚咽都停不下來，我惡狠狠地瞪著弗伊他們。血液彷彿要沸騰的怒火在體內翻滾，但反而感覺得到腦中有某個部分冷靜得驚人。雖然理智上也知道自己這樣子太不成熟了，卻無法壓下怒火。

被瞪的弗伊他們嚇了一跳，不約而同發起抖來，往後退了好幾步。

……就差那麼一步！只差那麼一步就可以得到書了，卻變成這副慘狀！你們要怎麼賠我！

我正想著要怎麼發洩黏土板被人摧毀的怨恨時，想必是聽到了我的慘叫聲，多莉臉色大變地飛奔而來。

「梅茵，妳怎麼了?!」

多莉問著，探頭關心我，但隨即不只是被瞪的弗伊他們，連多莉也露出了害怕的表情。

「……發生什麼事了？妳的眼睛變得好可怕。」

多莉從我臉上別開視線，向四周的人詢問前因後果，接著安撫我。

「梅茵，不可以這麼生氣。大家又不是故意要欺負妳，好嗎？」

不管是不是故意的，被踩成稀巴爛的黏土板也不會恢復原狀。截至今日的努力遭到踐踏，單憑多莉這麼安撫幾句，根本消滅不了我的怨恨和怒火。

「不要！我絕不原諒他們！」

我「呼、呼」地流著淚水和鼻水，繼續瞪著被我的兇狠模樣嚇得瑟瑟發抖的弗伊等人，路茲拍了拍我的背。

「因為妳說過想來森林，和為了來森林花了三個月增強體力，都是為了做『黏土板』嘛。我明白梅茵為什麼這麼生氣，也知道妳很不甘心。可是，生氣也不會讓『黏土板』恢復原狀，那倒不如重做吧，我也會幫忙。」

「現在開始重做，還趕得上關門喔。我也來幫忙。好嗎，梅茵？弗伊他們也知道自己做錯了，會一起幫忙，對不對？」

「對，我們會幫忙！我們不知道那個那麼重要，對不起啦！」

路茲和多莉開口調停後，弗伊和他的跟班們就像看見救星，忙不迭點頭並道歉，急急忙忙地伸手拿起自己踩爛的黏土板。

聽到弗伊他們道歉，又聽到「關門前還做得出來」，全身熊熊的怒火瞬間消散。與其繼續生氣，重做更加合理。

「……知道了，再做一次吧。」

反正黏土板算是完成了，方向並沒有錯。既然比做莎草紙簡單，也該心滿意足了。不過，我不忘警告弗伊和他的跟班們。

「不准再有下一次喔。」

在孩子們間口耳相傳的「絕不能惹他生氣的排行榜」上，據說我好一陣子都榮登遙遙領先的第一名。

黏土板失敗

去了森林，做了黏土板，還火山爆發般大發雷霆的我，果然不出路茲和多莉所料，發了高燒臥病在床。

連續好幾天夢囈喊著「黏土板」以後，發燒總算退了。要快點去森林做黏土板！我握起拳頭幹勁十足，卻沒能得到父親的許可。

「不行不行！要看妳的身體狀況，所以明天再說。知道了嗎？」

「……是。」

畢竟病才剛好，不允許我這麼亂來，馬上就去森林。但是，既然說了只要今天一天都沒發燒就可以去森林，我還是興沖沖地開始為明天做準備。

首先，把儲藏室裡不知道做什麼用的板子鋪在籃子底部，再悄悄拿走母親事先收起來，之後要當作抹布使用的破布放進籃子裡。要用抹布包住黏土板再帶回家。

……好了，做黏土板吧！要做好多好多黏土板！

心頭無比雀躍的我，隔天早上一起床，外頭卻下著大雨，還是這一帶罕見的豪雨，暴風雨等級直逼颱風。就算關上了窗戶的板窗，還是聽得見風雨的聲音。

「什麼——！居然下雨?!」

在這個沒有氣象預報的世界，我壓根忘了注意天氣。正確地說，是因為大多時候都發燒躺在床上，除非家人判定「今天可以出門」，否則不會讓我外出，所以至今從來沒有留意過天氣。

黏土板被大雨沖毀的影像在腦海中飛快旋轉。就算先藏在了矮灌木底下，但在暴風雨的肆虐下，也不可能完好如初吧。

……呀啊啊啊！我的黏土板！要變成爛泥巴了——！

「等一下，梅茵！妳想去哪裡?!」

「森林！」

我拔腿就想往外飛奔，卻被母親揪住領子遏止了。

「妳本來就容易發燒，還想在這種暴風雨的天氣出門，腦袋瓜在想什麼?!現在的風雨連井邊都去不了喔?!」

風雨敲打在緊閉板窗上的聲音響徹了整間屋子，訴說著暴風雨有多麼狂暴。這種時候連一般人去井邊都會猶豫了，我更不可能外出。我絕望地頹然癱坐在地。

「我的『黏土板』……啊嗚……」

「梅茵，別擔心。大家都說了會幫妳，所以可以比之前更快又更輕鬆地做好喔。所以，妳不能再眼睛變色地生氣。」

多莉說著，表示安慰地摸了摸沮喪的我的頭。多莉真的是個好姊姊。

難得的大雨持續了兩天，又過了兩天，孩子們才得到可以前往森林的許可。

天清氣朗的早晨，因為睽違了好幾天才能去森林，每個孩子的臉龐都興奮得發亮。今天是沒有學徒工作的日子，所以大孩子很多，人數比往常多了不少。路茲的哥哥拉爾法也會一起去森林，背著大籃子，拿著弓箭。

「嗨，梅茵，妳退燒了嗎？」

「早安，拉爾法。爸爸說我可以出門了的那天，就開始下起了暴風雨。」

「那可真倒楣。」

拉爾法大力摸了摸我的頭髮，再走向多莉。

「嗨，多莉。」

「拉爾法，感覺好久不見了呢。」

也許是因為開始了學徒的工作，拉爾法的神態變得更穩重了。而為了之後的洗禮儀式，在我精心的保養下，多莉的笑容更是耀眼動人。

……果然這兩個人的氣氛很不錯。拉爾法和多莉都很會照顧人，應該很登對。

我嘿嘿傻笑地看著兩人，路茲就用力拉扯我的手臂。

「梅茵，不要發呆。妳速度最慢，所以出發時要走在最前面。」

「啊，對不起。」

前往森林的孩子們會成群結隊移動，穿過大門。原本放眼望去是一片綠意的景色，如今卻四處都是暴風雨肆虐過的痕跡，每塊農地的模樣都慘不忍睹。

……這個世界對於自然災害會有補償嗎？

我出神地望著風景，往前走路，突然有什麼東西橫切過視野。我回神地轉過頭，發現路茲在我面前不停揮手。

「咦？幹嘛？」

「不，我只是懷疑妳真的看得到嗎？……對了，梅茵，妳今天還要做那個『黏土板』吧？那是什麼東西？」

因為路茲不識字，就算寫的不是日語，也看不懂我在寫什麼。況且這裡的生活，家家戶戶根本沒有文字和紙。不只黏土板，肯定也不知道紀錄媒介的美妙。我突然湧起了奇妙的使命感，覺得一定要將此發揚光大，於是開始對路茲說明。

「那是用來把不想忘記的事情寫下來的東西。只要全都記錄下來，就不會忘記了吧？然後再審慎保存起來，就隨時都可以拿出來看。『紀錄媒介』就是為此而存在，『黏土板』則是『紀錄媒介』的一種。動手捏捏黏土就能做出黏土板，要是寫錯了字，也只要用手抹平就能擦掉，燒烤之後更能保存。你不覺得很了不起嗎？」

可能是說明得太過滔滔不絕，路茲怔怔地張著嘴巴，微偏過頭。

「……我不是很懂。那麼，梅茵之前寫了什麼？」

「我把故事寫了下來喔。是媽媽告訴我的故事。寫下來以後，就不會忘記了吧？其實我想要的是書，但這裡沒有，所以我才要自己做。」

「哦……這就是梅茵想做的事情嗎？」

路茲一問，我忽然思考起來。現在是因為身邊沒有半本書，我才千方百計想做書，但我真正想做的事情並不是做書。

「嗯，不算是呢。因為我真正想做的事情，就是在書的包圍下生活。一個月會出很多新書，我想全部買下來，沉浸在閱讀的世界裡。」

「呃，也就是說，妳想要書嗎……？」

「沒錯！我現在就想要！但是書太貴了，根本買不起，既然得不到，就只能自己做了吧？因為紙也貴得買不起，我才想試著做黏土板，寫下故事，再燒烤固定。」

聽到這裡，路茲才「啊啊」地恍然大悟拍手。

「所以，梅茵現在在做書的代替品吧？」

「對！之前雖然失敗了，但這次一定要成功！」

「知道了，那我也會幫妳。」

只是一時興起做了道食物，路茲竟然就願意為我如此兩肋插刀。我也開始想要幫他做點什麼。

「那路茲想做什麼呢？既然都問我了，路茲也有想做的事情吧？」

「我嗎……嗯，想去其他城市看看。像是旅行商人和吟遊詩人都會行遍各地，知道各種故事吧？我也想看看各種不一樣的事物。」

「那很棒啊。」

這麼說來，麗乃那時候我也一直想去各國的各種圖書館，沉浸在書的世界裡頭。在腦海裡勾勒著再也無法實現的夢想，我靜靜垂下眼皮。

「……妳真的覺得很棒嗎？表示我想離開這座城市耶？」

「啊～旅行也不錯呢。遊遍世界各地，感覺就很好玩。我啊，以前的夢想一直是逛遍『世界各國』的『圖書館』喔……」

「唉，突然覺得煩惱的自己好蠢……如果是梅茵，絕對想做什麼就會去做吧。」

「路茲也去做就好了啊。」

滿腦子都是麗乃那時候的夢想，和曾經想做的事情，我完全沒有留意到這時候路茲臉上的表情。

走在終於乾了的道路上，前往森林。走進森林就有塊遼闊的小空地，這裡是集合地點。

「那大家各自去採集吧。比較小的孩子不可以跑太遠，一定要待在可以看見集合地點的範圍內，知道了嗎？」

年長的孩子們說完，就拿著弓箭跑進森林深處。年幼的孩子們頻頻往我的方向偷瞄。才抵達森林就已經四肢發軟的我，還是想馬上檢查黏土板的情況，環顧起四周。

「欸，有沒有人知道『黏土板』放在哪裡？」

找不到大家幫忙做了記號的那棵樹。已經好幾天前了，還以為只是我忘了，但所有人也都面帶難色地來回張望。

「記得是在那邊的樹上做了記號吧？」

弗伊說，跟班們動作一致地點頭。弗伊指著的地方也和我的推測一致，但那一帶的樹木已經被暴風雨吹倒了好幾棵。

「既然大概知道在哪裡，就先找找看吧。」

路茲開始翻找起矮灌木下方，大家也紛紛散開展開搜尋，一起為我尋找。不光弗伊他們，居然大家都來幫忙……明明是我的任性，大家真是太善良了。

「喂，是不是這個？」

因為記號不見了，找起來花了一點時間，但最後弗伊蹲著大力揮手。我盡可能以最快速度衝過去，低頭察看，找到了已經走樣到看不出文字的土堆。不出所料，變成了一團爛泥巴，根本看不見上頭刻的字。黏土板又變回了土堆。

……啊啊，又回到原點了。

「這、這次不是我弄壞的喔！」

「……我知道。」

弗伊慌忙辯解，但不用特地解釋我也知道。我也知道大家鬧哄哄的，是顧慮著不知道該不該開口安慰我，又不知道該怎麼辦。明知道讓大家擔心了，但就是止不住湧上來的淚水。

當我「嗚嗚～」地發出嗚咽聲時，聽見有人朝我走過來。腳步聲在我身旁停下，然後腦袋被輕敲了一記。

「梅茵，與其有時間哭，不如再做一次吧。」

路茲的聲音讓我的理智迅速恢復。沒錯，路茲說得對。最好趁著難得願意幫我的弗伊他們還在，重新再做一次。
我嘶嘶地擦去鼻水，抬起頭。
……絕不認輸！第一次失敗的原因是弗伊他們，第二次是因為暴風雨。天災和人禍我都經歷過了，不會再有比這些更慘的失敗原因了。這次一定要完成！
現場就有糊成一團的黏土，只要揉捏做成黏土板，就能重新寫字；數量要是不夠，我也還記得哪邊有黏土。比起上一次得從找土開始，起點可謂天差地別。
……放心，還沒有回到原點。
這幾次的失敗也讓我學到了教訓，必須在晴天的時候一鼓作氣完成，不然就必須在有屋頂的地方製作。今天天氣晴朗，又多了三個擁有過多力氣和活力的助手。雖然弗伊他們是被我的怒火嚇到，才會答應幫我，但多了這麼多願意幫忙的人手，一定可以在短時間內就做出來。
「有路茲和弗伊他們幫忙就夠了，多莉去採集東西吧。」
「好吧……大家加油喔。」
「嗯！」
有了多莉的聲援，我也重新打起精神，再一次挑戰製作黏土板。
我請弗伊和跟班一號負責挖黏土，再請跟班二號和路茲幫忙揉捏黏土，直到成形。我負責的，就只是用細木棒在上頭刻字。
……嗯嗯，進度不錯。

「要用來寫故事的『黏土板』需要十張，所以只要做完十張，你們就去採集吧。謝謝你們。」

「哦、哦。」

接連捏好的黏土板一字排開，很快就完成了十張黏土板，弗伊他們爭先恐後地跑進森林採集。但是，路茲卻又挖起了黏土。

「路茲不去採集嗎？」

「今天拉爾法也在，所以我幫梅茵的忙就好。」

「這樣啊……那不用再挖黏土了，你在地面上練習寫這個吧？」

我拿起在黏土板上刻字的木棒，刺在經雨水沖刷後變得潮溼柔軟的地面上，用這裡的文字寫下「路茲」。

「這是什麼？」

「是路茲的名字。至少要會寫自己的名字，才能去其他城市吧？」

城裡的人進出大門時，基本上認得長相就好，但以前曾是旅行商人的歐托說過，進入其他城市的時候，士兵會詢問你的名字，或要求你寫下名字。

事實上出入大門時，城裡的人和外地人排的隊伍也不一樣，對外地人的檢查很嚴格。路茲如果以後想去其他城市，至少要懂得寫自己的名字。

「梅茵，這是我的名字嗎？」

「對啊，如果你想去很多地方，最好先乖乖練習寫字。」

路茲的一雙碧眼熠熠生輝，在地面上練習寫著名字的時候，我則孜孜不倦地繼續寫著黏土板。用日語一字一字刻下自己在這個世界聽到的第一個故事。同時在心裡反覆唸著：我一定要把書做出來！

「完成了！」

母親告訴我的其中一則故事寫好了。我想照著這個速度，做出「母親的故事集」。對我來說，這本書將寫滿我來到這個世界後首次聽到的故事。

我用帶來的破布包起完成的黏土板，小心不讓黏土板變形，也小心別摩擦到文字，輕輕地疊在籃子裡頭。全都放進籃子裡以後，我「哈呼～」地吐了口大氣。眼眶不禁發熱，淚水浮了上來。

第一次完成了。

雖然黏土板是一種根本稱不上是書的紀錄媒介，但對我來說，卻是在這個世界第一本得到手的書。開始在這個世界生活，是在秋季的尾聲，現在已經是春天的尾巴。直到獲得第一本書為止，經過了很長一段時間。

但是，真正體驗到可以把書做出來以後，我終於有種雙腳踩到了地面的踏實感。

「在這個世界也能看書……所以，我應該撐得下去吧。」

因為轉生到了這個書昂貴到平民買不起的世界，又有著動不動就發燒的虛弱身體，所以就算有些亂來，就算死了，其實我也無所謂。我從來不覺得這麼虛弱的孩童身體屬於自己，也無法想像自己要活在沒有半本書的世界裡，所以一點留戀也沒有。

但是，得到了一本書後，我在這裡也有了想要珍惜的事物。開始想要在這個世界好好活下去，好像找到了自己的生存目標。

「梅茵，妳做好了嗎？」

「嗯，做好了。都是多虧大家幫忙。」

儘管多莉和路茲對我付出的情感，對象其實是並不是我的梅茵，但在做書這件事情上，他們真的幫了我很多。我拿開最上頭的布，向多莉和路茲展示做好的黏土板。

「欸，梅茵，上面寫了什麼？」

「這是星星的孩子們的故事喔。是第一天晚上，媽媽說給我聽的故事。」

「第一天？」

多莉納悶地皺眉。

「對，是我記得的第一則故事。」

剛轉生變成梅茵的時候，媽媽為發高燒睡不著覺的我低聲講了故事。雖然充滿了母愛的嗓音是在對自己說話，我卻覺得是朝著自己以外的另一個人。接受不了自己變成了梅茵的我，只是徒然地讓母親的聲音和情感穿過自己的身體，沒有辦法接受，一團混亂下，好像只有精神逐漸在分離。母親的愛只是加深了我的孤獨，讓我前所未有的痛苦。

但是，決定在這裡製作書本時，腦海中卻只想起了母親說的故事。如果母親的故事集能夠變成我寶貝的書，我好像就能夠接受灌注在故事裡頭的愛。

「我不想忘記媽媽對我說的故事，所以想全部記錄下來。」

「可是，不會又消失嗎？」

多莉一臉不安，我笑著回答：

「現在這樣的話會消失喔，所以要烤過，讓黏土板變硬。這樣一來，就隨時可以重看母親說的故事了吧？」

開始在這裡生活，已經快半年了。我終於覺得自己可以自然地露出笑容。

如果能夠劃下完美的句點，就會非常感人，但結果沒有。一回到家，想要馬上燒烤黏土板的我，便趁著母親不注意的時候把黏土板放進爐灶裡，然後就爆炸了。不，我說真的。可能會聽不懂我在說什麼，但我沒騙人。

一放進爐灶裡烤，就「砰！」的一聲。

我做的第一本書就這麼變成一團土煙和碎片，席捲整間屋子。

還來不及查明原因，呆若木雞的我就被母親罵到臭頭，要我保證再也不做黏土板。

……咦？完全回到了原點？……不，可是，也算是完成了一次，所以心情上比較遊刃有餘了，但感覺好像是走三步退兩步？……下一步該怎麼辦？

多莉的洗禮儀式

……要是能在烤過後，成功保存黏土板就好了。唉，想不到居然會爆炸。如果能和多莉一樣有小刀，就可以做木簡了。

自從在爐灶引發了小型爆炸，我就被禁止製作黏土板，造書之路陷入僵局。就在我思考著下一個方法時，多莉滿七歲了。

這裡的風俗習慣，會盛大地慶祝七歲的生日。正確說來不是生日，而是出生的季節。每個季節都會在神殿舉行洗禮儀式，所有年滿七歲的孩子會前往神殿受洗。之後才能成為學徒，開始工作，也才會被認定是這座城市的一分子。

一想到是宗教儀式，內心就有些敬而遠之，但只要想成是七五三那類的節日，就覺得可以接受。真神奇。未滿七歲的孩童不能進神殿，所以我不能去參觀。

不能去參觀的不單是我，父親也是。非常不走運地，父親居然在多莉的洗禮儀式當天，有場怎麼樣也無法推掉的會議。這場會議是在上級貴族的召集下決定的，所以如果不出席，會「物理性」地掉腦袋。

……物理性是什麼?!好恐怖！

然而，父親卻從早開始就一直絮絮叨叨抱怨，遲遲不肯出門工作。

「不要，我不想參加會議。今天是多莉的洗禮儀式耶！為什麼要在這麼重要的日子召開沒有意義的會議？」

洗禮儀式確實是個大日子。貴族應該也有小孩，該關照到這一點才對。

「啊？難不成貴族大人的小孩不會參加洗禮儀式嗎？」

「……我聽說他們不是去神殿，而是把神官叫到家裡。所以貴族大人才不懂老百姓的心情。」

好吧，如果只是在家裡發發牢騷就能消氣那也好，所以我從昨晚開始就一直當作是馬耳東風，但好煩。愛女兒的傻爸爸發現工作和小孩的運動會或七五三撞期時，那種哀傷和悶悶不樂也是全世界共通的嗎？

我細心地為多莉梳頭髮，一邊把頭髮中分一邊嘆氣。

「爸爸，我陪你一起出門，去工作吧。陪多莉走到半路上不就好了嗎？反正能進神殿的只有多莉和其他小孩子，大人得在神殿的廣場上等吧？」

只要陪隊伍走到一半，看見多莉盛裝打扮的樣子，心情也能好一點吧。我這麼心想著如此提議，父親卻又開始嘟嘟囔囔。

「但在廣場等女兒是父親的責任……」

「我覺得出門工作賺錢也是父親的責任喔。」

「唔！」

「算了。如果爸爸這麼不想和我一起去工作，那就一個人去吧。」

我哼地撂下狠話，父親就用充滿哀求、隨時像要哭出來的眼神看著我。

「……我會和梅茵一起去工作。但等會議一結束，馬上就會趕回來。今晚一定要大家一起慶祝！」

我正編著頭髮，所以多莉不能轉頭，只轉動眼珠子看向父親，露出甜笑。

「爸爸真是的，我知道啦。大家要一起為我慶祝對吧？我很期待，要早點回來喔。」

「沒問題！」

父親害羞地笑著應道，心情急速變好，我不禁在心中鼓掌：「不愧是多莉，我們家的天使！」而天使面帶笑容，順勢開口要求我。

「梅茵，妳要監督爸爸有沒有好好工作喔。」

「包在我身上！為了讓多莉能安心地參加洗禮儀式，我會加油的！」

「喂，梅茵?!」

看到父親毫無威嚴的樣子，多莉終於忍不住大笑出聲。

很棒的笑容。感受到了父親這麼濃烈的愛，即使父親不能來參加儀式，多莉也不會寂寞吧。

「好，完成了……嗯，多莉真可愛。」

「梅茵，謝謝妳。」

把頭髮分成兩邊，再從左右兩側編髮，綁成公主頭，最後插上髮簪。髮簪是冬天用蕾絲小花做的，和正裝上的刺繡相同顏色，看起來就像是小小的捧花。用各色小花做成的髮飾，更是襯托出了多莉明朗又溫婉的氣質。

「哎呀，多莉，梅茵幫妳把頭髮綁得好漂亮。」

「咦……媽媽？」

今天要和多莉一同前往神殿的母親也穿上最好的衣服，打扮了一番。樣式簡單的長裙長達腳踝，隱隱約約可以看見鞋子，淡淡的藍色看來就像一抹涼風。只是換套衣服，再抹上把紅色果實搗爛做成的口紅，居然就搖身一變成了驚為天人的大美女。

……我家媽媽基因太好了，根本美若天仙。

「媽媽也坐在這裡吧。」

「我就不用了。梅茵一綁頭髮，看起來就會變得很高貴。不能比主角的孩子們還精心打扮。」

「……這樣啊。」

我並沒有要加上髮飾，不覺得會變得很高貴，但母親都這樣說了，只好作罷。我不知道這一帶的盛裝都是什麼樣子，所以確實有可能不小心打扮過度。我跳下為了綁頭髮而站上去的椅子。

「那走吧。」

和盛裝打扮的多莉一起，我也拿著準備要去大門的托特包踏出家門。以及陪著多莉的母親，和穿上了工作服的父親。

平常不管抱了多少東西，母親照樣大步行走。但今天為了不讓裙子拖地，她雙手捏起裙襬，從容優雅地走下階梯。多莉也學著母親，輕捏起裙襬，一階階地下樓。

穿著平常衣服的我難得比兩人快一步來到平地。

「嗚哇……」

水井所在的廣場滿滿都是人。看來這裡的洗禮儀式，是整座城市一起慶祝。明明和今天的洗禮儀式無關，我還看見了路茲和春天剛受洗完的拉爾法。左鄰右舍都跑出來，向今天的主角獻上祝福。冬天和春天應該都有洗禮儀式，但當時我的身體狀況無法外出，所以今天還是第一次親身參與其中。

「弗伊，恭喜你！」

「越來越有男子氣概了。」

粉紅色頭髮的弗伊今天也要參加洗禮儀式。他和多莉一樣，穿著以白色為基底、邊緣加上了藍色刺繡的上下兩件式正裝，繫著綠色腰帶。

……哦，原來如此。裁縫的本領真的很重要。

因為全身上下都是手工製作，成品的優劣就會變得很明顯。在日本並不需要懂得裁縫，再加上在這裡成天都穿著破破爛爛的衣服，所以就算聽到裁縫出色是成為美人的條件，我也無法理解。但是，如今一穿上新衣，差異就高下立判。

……因為至今都沒有比較對象，所以沒發現，但母親的裁縫技巧真是太優秀了。難怪會自賣自誇。至此可以肯定，討厭針線活的我，在這裡也交不到男朋友，更結不了婚了。

「天哪，多莉！太可愛了！」

路茲的母親卡蘿拉一看見走出來的多莉，就感動得捧著臉頰，用洪亮到傳遍了整座廣場的嗓門稱讚多莉。多莉頓時成了眾所矚目的焦點，四面八方傳來祝福的話聲。

「多莉，恭喜妳！」

「頭髮還綁得這麼漂亮，好像公主一樣。」

聽到卡蘿拉的稱讚，多莉羞赧地紅著臉頰笑了。穿著母親自豪的雪白正裝，充滿光澤的藍綠色頭髮又有著其他孩子沒有的天使光環，輕柔地左右搖曳。

……我們家的多莉真像天使。父親會變成傻爸爸的心情，我懂！

「是梅茵認真綁的喔。」

「哎呀，梅茵嗎？除了做奇怪的料理，還有其他長處嘛。」

……卡蘿拉伯母，太過分了。

儘管內心受到打擊，但我稍微鬆了口氣。雖然老是派不上用場，但看來我在這個世界也有能夠得到認同的長處。

「這個好複雜喔，是怎麼綁的？」

「我看我看。」

大批女性不分年齡，一窩蜂地探頭檢視起多莉的頭髮。

……呀啊！只是簡單的編髮而已，別看得那麼仔細！而且因為沒有真正的梳子，分邊的地方不是很整齊！

「多莉好好喔。我冬天也要受洗了，好想綁妳這樣的髮型。」

有個女孩子羨慕地嘆著氣說完，其他人就紛紛表示同意。「我也是、我也是！」一有人開口附和，接著更是此起彼落。

「大家都想請梅茵幫忙綁頭髮呢。那就替她們綁吧？」

多莉高興得笑著提議，但我立即搖頭拒絕。

「不行啦。」

「為什麼？」

「因為我不知道什麼時候會發燒。連參觀洗禮儀式，今天也是第一次喔。」

雖然對於為了自豪的妹妹笑得很開心的多莉感到抱歉，但要我每次洗禮儀式，就為不認識的女孩子綁頭髮，我做不到。

因為，絕對沒辦法變得像多莉這樣。她們的頭髮都和以前的多莉一樣，完全沒有經過保養。我不想為家人以外的人，從清潔頭髮開始從頭做起。

「對喔。雖然現在比較健康了，但還是不知道什麼時候會發燒。我只是想讓大家知道，梅茵有多麼厲害而已。」

平常總是一無是處又只會礙手礙腳的我，也想答應多莉的請求，但生理上辦不到。

「……如果是示範綁多莉的頭髮給大家看，這倒是可以。但是，我不想答應幫別人綁頭髮。」

「嗯，爸爸之前也說過，別答應自己做不到的事情。大家，梅茵說可以綁我的頭髮當示範，教大家怎麼綁喔！」

多莉十分滿意我提出的妥協方案，於是在她的發起下，日後在井邊的廣場召開了編髮教室。想不到編髮會這麼受到注目，難怪母親不想綁頭髮。

「那這個髮飾呢？這是誰做的？」

「梅茵。」

「不對喔，多莉，是全家人一起做的！花是我和媽媽，髮簪的部分是爸爸。」

連擅長裁縫的母親都不知道了，蕾絲編織在這裡果然很稀奇。追問起髮飾，婆婆媽媽們的氣勢非常驚人。

「梅茵，那就教大家怎麼做吧？」

「要教是很簡單，但必須先做一把細長的鉤針。而且，我想髮飾的做法由媽媽來教就好了，她織得比我還好。」

我不擅長面對陌生人，又不清楚這裡的常識，搞不好會說些不恰當的話，也不知道要和附近的嬸嬸阿姨們聊什麼。與其暴露出自己古怪的一面，不如保持適當的距離，才是與鄰居相處的最佳模式。

噹噹噹……神殿的第三鐘響了。中央神殿敲鐘後，鐘聲就迴盪著響遍整座城市。井邊廣場上吵吵鬧鬧的人們也瞬間安靜下來。

但下一秒，眾人齊聲歡呼，只聽見有人大喊：

「往大道出發吧！」

將要受洗的孩子們走在最前頭，一大群人絡繹不絕地來到大馬路上，就看見每一條巷弄也同樣紛紛走出了許多孩子和參觀民眾。

從城市的尾端直到中央神殿，以身穿白衣的孩子們為首，隊伍在大道上行進著。隊伍由將要受洗的孩子和陪同者構成，除此之外的人們只能站在路邊目送。

……這幕光景跟那個好像。

像是沿途路邊都有人揮手、開口慶賀，隊伍走在其中的樣子，和透過由遠而近的歡呼聲，可以知道隊伍走到哪邊了這點，都跟正月的驛傳[5]好像。

熱烈的歡呼聲從遠方逐漸逼近。我偷偷看向身旁的多莉，她看起來很緊張，表情有些僵硬，於是我用力踮起腳尖，用食指戳了一下多莉的臉頰。

「咦？幹嘛？」

「記得要笑喔。笑起來，多莉是最可愛的。真的喔！」

多莉先是瞪大雙眼，才又慢慢地瞇起來，露出了平常的笑容。

「梅茵真是的。」

「沒錯。但就算沒有笑，多莉還是最可愛的。」

5. 指日本每年一月二、三日舉辦的箱根驛傳，正式名稱為東京箱根間往復大學驛傳競走，由十名跑者組隊跑完約兩百二十公里的接力賽。因為會透過電視轉播，已成日本正月的代表性活動。

……唉呀，真是不知道該拿這個傻爸爸怎麼辦。

聊沒多久，開始看見了隊伍。在如雷的歡呼聲、掌聲和口哨聲中，同樣穿著白色正裝的孩子們有些面帶愉快的笑容，有些表情稍顯僵硬，有些則趾高氣昂，有些也很不安，各自邁著步伐前進。

多莉和弗伊從站在路邊的參觀民眾間往前踏出一步。看著隊伍的行進，踩著輕盈的步伐，加入孩子們隊伍的最尾端。確認兩人加入了隊伍，弗伊的家人和我們也加入後方親人的隊伍。

每一次在大道上遇到街角，孩子的人數就慢慢增加。抵達位於城市中央的神殿時，真不知道到底會增加到多少人。光是排在隊伍裡行進，有些父母就已經感動得熱淚盈眶。例如父親。

我小跑步以免跟不上隊伍，同樣走在震耳欲聾的歡呼聲中。歡呼聲從四面八方飛來，我來回張望四周，發現有人正從林立於大道兩旁的住家窗邊探頭觀看，還有人扔來不知道在哪裡摘的小白花，給予祝福。

從高處的窗戶拋下來的小白花，彷彿來自於藍色的天空。隊伍裡的孩子們都發出了開心的尖叫聲。遠比周遭的人要矮的我，只看得見孩子們伸向天空，想要接住白花的小手。

在兩條大道交會，設有噴泉的一處十字路口，隊伍一度停下來。和從其他道路走來的孩子們會合以後，隊伍變得更是壯觀。我和父親只能一起走到這裡。

「爸爸要走這邊喔。」

我拉著已經一心想跟著隊伍一起去神殿的父親的手，離開隊伍。為了不妨礙隊伍的行進，先後退到路邊，和參觀民眾一起目送。

「多莉……」

「真是的！爸爸要往這邊啦！」

隊伍一經過，參觀民眾也三三兩兩返家。我們順著人潮，往南門的方向轉彎，父親依依不捨地不斷回頭看著隊伍。真的趕得上開會的時間嗎？

「班長！太慢了！」

抵達大門時，就看見歐托橫眉豎目。把父親送往會議室以後，我就一如既往，開始用石板練習寫字。

而且從今天開始，為了能看懂商人的貨物表，我終於開始背經常出入城裡的用品名稱了！還是第一次學習日常生活用語。

今天的單字全是這個季節的時令蔬果。比如普瑪（形似黃椒的番茄）、費魯（紅色萵苣）和附莎（綠色茄子），這種平常煮飯時就會用到的蔬菜雖然好記，但不曾出現在餐桌上的蔬果就無從想像，所以要花點時間才能記住。

……真想去一次市場，把單字和實物連在一起。不過，肉攤還是敬謝不敏。

獨自一人努力練習寫字時，一個年紀較輕的士兵拿著文件衝進來。

「妳知道歐托先生去了哪裡嗎？」

「他今天去開會了喔。」

「啊，對喔！怎麼辦……」

看來今天的守門士兵看不太懂文件上的字。

「我幫你看吧？」

「啊？妳嗎？」

「我算是歐托先生的助手。」

對方用非常懷疑的眼神看著我。這也無可厚非，我的外表不像是識字的人吧。已經習慣這種眼神了。

我只是基於好心才開口提議，如果不想請我過目，那也無所謂。見士兵沒有反應，我重新看向石板，繼續練習寫字。

「……妳看得懂嗎？」

見我低頭看著石板，看了石板的士兵吃驚得瞪大眼睛，這麼問我。若論是否全都看得懂，這要視文件的種類而定，不是那麼有信心。不敢說我全都背下來了。

「唔，如果是人物查詢單和貴族的介紹函，都可以看得懂。但商人的貨物表我看得懂數字，品項就不太有自信了。」

「那這是貴族的介紹函，麻煩妳了。」

貴族的介紹函很多囉嗦冗長的措辭，但只要除去裝飾性的社交辭令，內容並不難懂。只要看懂是誰要介紹誰，又需要誰的印章就好了。

我先用力吸了一口羊皮紙與墨水的氣味，一邊沉醉在其中一邊看起介紹函。

……啊，士長也在開會呢。既然是下級貴族的介紹，請對方等到開完會比較好吧？

「嗯，這位是在布朗男爵的介紹下，要去拜訪格雷茲男爵。需要士長的印章呢。」

我回想著歐托工作的樣子，翻過羊皮紙。只要記住了應對流程，這點小事我也應付得來。

「請帶這位拿著介紹函的商人去下級貴族專用的等候室吧。只要好好向他說明，今天的會議是由上級貴族召開，所以得等到會議結束，再由士長為他蓋章，我想格雷茲男爵的客人也不會刁難你吧。」

「謝謝妳，得救了。」

對方敲了兩下胸膛敬禮，我也跳下椅子回敬。擔任歐托的助手期間，我也自然而然地會這麼做了。

嗯……再這樣下去，我可能不得不成為這裡的職員喔。

雖然想在明年開始學徒的工作之前做出紙張，成為書店老闆，但前途一片渺茫，讓人灰心喪志。

我繼續在石板上練習寫字，開完會的父親就一個箭步衝進來。

「梅茵，回家了！」

「啊，剛才……」

「有話回家路上再說。多莉在等我們！」

父親把石板和石筆丟進托特包，一把將我抱起來，拿起行李開始移動。速度之快讓我大吃一驚，猛拍父親的肩膀。

「爸爸?!等等，我有事情要報告……」

「在被歐托逮到之前快走。」

「等一下！我有事向歐托先生報告啦！」

正爭執不下時，歐托追上來了。

「啊，歐托先生。有位商人拿著布朗男爵的介紹函要拜訪格雷茲男爵。因為士長也在開會，我請他在下級貴族專用的等候室等候，麻煩你盡快處理。」

「不愧是我的助手，做得好。」

「她是我女兒。」

聽到父親這麼反駁，歐托按著太陽穴嘆氣。

「那我有重要的任務要交給優秀的助手，馬上和班長一起回家吧。開會期間，班長一直動來動去靜不下來，上級貴族都在瞪我們，我壽命都縮短了。」

「……爸爸，請保重你的生命。」

「歐托也這麼說了，那我們回家吧！」

一顆心已經完全飛回家的父親抱著我直奔家門，當晚家人一起慶祝多莉的生日。

對我來說，慶生就要有蛋糕，但我們家沒有那種東西。我尋找能用的食材，能夠準備的替代品，就是冒牌法國吐司。

我請母親把硬邦邦的雜糧麵包切成薄片，浸入用食譜和路茲換來的雞蛋與牛奶裡，再請母親用奶油煎麵包，法國吐司就完成了。因為沒有蜂蜜和砂糖，我試著加了一點果實很像覆盆子的果醬。

我能為多莉做的還有一件事，就是湯裡蔬菜的壓花。多莉高興地稱讚了切成愛心和星形的蔬菜很可愛。

「來，多莉，這是禮物。」

「哇，爸爸、媽媽，謝謝你們。」

多莉收到了工作服和工作用具。年滿七歲接受洗禮以後，就會開始學徒的工作。有些工作會提供住宿，但多莉這份裁縫學徒的工作住家裡就好。

……目標是精進裁縫的技巧，名列美人吧。想聽到拉爾法稱讚自己說「多莉真是好女人」吧，我懂。

「並不是每天都要工作吧？」

「是啊，畢竟一開始還做不了什麼工作，一週去一半的時間。」

「何況如果要一直指導學徒，工作也不用做了。」

這倒是。教見習士兵寫字和算數的日子，我也幾乎無法學習，歐托的工作量好像還增加了。

「還有，這是梅茵的禮物。」

父母把用布包起的細長形物體「咚」地放在桌上。我眨眨眼睛，歪過頭。不明白為什麼沒有受洗的我會收到禮物。

「我還沒有參加洗禮儀式耶？」

「為了代替開始工作的多莉，以後要由梅茵負責撿柴火了，所以妳需要這個。」

把布掀開，裡頭是一把閃爍著濁光的小刀。刀身有點厚度，拿在手上頗有重量。如果是在日本，大概會有人說，怎麼能讓小孩子拿這麼尖銳又危險的東西！但以這裡的常識，如果不至少攜帶一把小刀，連保護自己都做不到。等同什麼也不會，什麼忙也幫不上的小嬰兒。

……我得到小刀了。

至今的我完全被當成小嬰兒看待。是幫忙做家事的多莉的跟屁蟲。說得直接一點，根本是只會畫蛇添足的累贅。但是，因為多莉要開始學徒工作了，也不得不給我一把小刀吧。

……小刀！這下子就可以做木簡了！開始做木簡吧！

黃河文明我愛你

多莉頭一天開始學徒工作的那天，我受到了一連串的打擊。只要把家事交給我，我居然沒有一件事情可以做得好。本來還以為我擁有現代知識，只要有心就辦得到，但知識完全派不上用場。

……多莉真是偉大的姊姊。

首先，我搬不了水。根本沒辦法從水井汲水，因為力氣太小了。每次都只能汲出一點點水，連上樓梯也要費盡千辛萬苦。為了搬滿一桶水，我得來回五次。當然，水該裝滿的量不是一桶，而是一缸。

母親也一起裝水，但母親裝滿一缸水的速度，跟我裝滿一桶水的速度一樣。

……我好沒用。

為了準備午餐，母親要我為爐灶生火。

麗乃那時候參加過野外活動，所以堆木柴不是問題。把較粗的木頭和容易燃燒的細枝疊在一起，製造空氣能夠流通的空隙，再放上乾草方便等一下點火。到這裡為止都很順利。但是，我點不了火。因為以前用的是點火器，根本沒用過打火石。我有樣學樣地模仿多莉做過的動作。

「呀啊?!」

用力敲下打火石後，當然就迸出了火花。突然在眼前竄起的火花讓我嚇了一跳，忍不住就一把丟開打火石。感覺和煙火很像，很可能會燙傷，後來我就怕得不敢再用力敲打火石。結果中途就被收走了。

……我真的好沒用。

煮飯的話我可以幫忙！結果卻也不如預期。菜刀太重，不用兩手根本拿不起來。看到被勒死的雞，我還會全身僵硬。

我能幫忙的，就只有用小刀替母親幫我切到一定大小的食材再切得更小，以及提供食譜。自己能夠做的事情少之又少，因為身高不夠，站上踏板也攪拌不到鍋子。雖然母親稱讚了我提供的食譜，但坦白說，我真為自己的無能感到心如死灰。

……我真的一無是處。

「梅茵，妳怎麼了？」

頭一天結束工作回到家的多莉，看到陰沉又失落的我這麼問道。母親代替消沉的我，苦笑著回答：

「……今天請梅茵幫忙做家事，但什麼都做不好，好像正在沮喪呢。」

「咦？現在才沮喪？」

……對，現在才沮喪。雖然慢了很多拍，但我總算體認到了。我真的超級沒用。

「我試著做了很多事情，但是全都做不好。」

「哎呀，既然知道了事實，繼續努力就好了。」

「雖然梅茵很沮喪，但只有打掃屋子，梅茵是最能幹的喔。」

如果只是用掃把掃地、用抹布擦地，我早有經驗，而且不需要花費多少力氣就能辦到。雖然有時候還會打掃得太起勁而發燒。而且，打掃住家對我來說並不是家事。我只是忍受不了骯髒的環境。身體都這麼虛弱了，才想改善可能會讓病情加重的環境而已。我是為了自己，不是為了家人。

麗乃時期全都交給機器處理，所以打掃、洗衣和煮飯大致上都沒有問題，但在這裡一點忙也幫不上。老實說，我沒想到會這麼辛苦。明明差一歲的多莉都做得到，為什麼我的身體卻這麼虛弱又沒用呢？

……真希望身體再強壯一點，至少不要變成絆腳石。

「哈哈哈，梅茵，妳很在意自己幫不上忙嗎？」

「……當然在意啊。」

「嗯，也是……不過，爸爸原本就對梅茵沒有任何期待喔。」

……嗯？父親好像帶著笑臉說了意外很過分的話喔？

我不覺得自己能讓他人懷有期待，但被這個愛女兒的傻爸爸當著面說：「原本就沒有任何期待。」還是徹底出乎我的預料。我張口結舌，父親就輕拍了拍我的頭，雙眼居然莫名地開始泛淚。

「因為一直以來，都擔心梅茵不知道什麼時候會離開，或者下次再倒下可能就沒救了，所以現在光是看到妳變得健健康康，這就夠了。」

但多莉聽了父親的話卻聳起肩膀。

「爸爸說得沒錯，但再這樣下去，沒有任何地方會僱用梅茵喔。因為梅茵什麼也做不了嘛。」

對此，父親大搖其頭。

「不，大門可以僱用她。」

「咦？有梅茵可以做的工作嗎？」

多莉和母親驚訝地偏頭，我倒是無法理解她們為什麼會一臉訝異。明明以前就和她們說過，我都在大門那裡做什麼了。

「就是處理文件的工作啊。現在在大門，她也會幫忙歐托的工作……雖然一半以上的時間是請他教梅茵寫字。」

「咦咦?!梅茵每次去大門不都是為了休息而已嗎？」

「不是梅茵在吹牛嗎?!」

……多莉，有必要那麼吃驚嗎？還有媽媽，太過分了，居然以為我在騙人。

「尤其是計算方面的工作，梅茵備受稱讚。如果梅茵沒有其他希望，洗禮儀式後可以留在大門工作。梅茵也想和爸爸一起工作吧？」

「咦？不要。因為我想開『書店』，或者成為『圖書管理員』。」

很遺憾地，在我將來的預定計畫中，完全沒有和父親一起出門上班，在大門處理文件資料這一項。不過，從沒在這裡看過的書店和圖書管理員，果然大家又聽不懂了，全部都歪過頭。

「啊……梅茵，妳說的到底是什麼？」

「因為是賣書的人，所以算商人嗎？唔，也不算商人吧，總之我要從事和書有關的工作。」

「雖然不太明白，但妳有想做的事情就好。總之，從妳辦得到的事情開始做起就好了。半年前的妳甚至走不到森林，也不喜歡外出，現在已經能自己來回往返了。」

「……嗯。」

在今天要努力多撿木柴回家的指令下，我和多莉一起背著籃子出門。

如家人所言，我已經可以自己走到森林了，但是到了森林，還是得休息一下才能工作，而且行動的時候也得萬般小心，否則隔天就得躺在床上。

……這麼弱不禁風的身體真是可恨。

到了森林，呼吸恢復平穩以後，就開始撿柴火。我只能撿掉在地上的木頭，多莉則是看到樹枝，就會用柴刀似的劈刀砍下來。喀喀，磅！

「多莉真的好厲害喔。」

我重新體會到多莉有多麼能幹。

「我也只能從做得到的事情慢慢做起呢。」

辛勤地撿著樹枝，沒多久就開始喘氣。我坐在石頭上休息，馬上拿出小刀準備做木簡。

「唔，滿重的呢。」

把閃著鈍光的小刀拿在手上，我嘆一口氣。我當然不是完全沒碰過刀。在日本用過菜刀，日常生活也會用到美工刀。

但是，我幾乎沒有削過木頭的經驗。以前麗乃就讀小學的時候，曾有項要用小刀削鉛筆的作業。當時我還說：「鉛筆用削鉛筆機削不就好了。」根本沒有認真嘗試，現在卻對此痛切地感到後悔。

……要做木簡卻不太會用小刀，連我自己都覺得很危險！

由於只畏畏縮縮地削過鉛筆，更不可能靈活地駕馭這種小刀。我真的做得出木簡嗎？

我從撿來的樹枝裡挑了一條細枝，試著削削看。這雙小手沒有力氣，所以費了點工夫，但還是成功削掉了樹皮，看到了裡頭的顏色。

……啊，雖然會有點辛苦，但好像可以喔！

既能練習使用小刀，又能做木簡，真是一舉兩得。我興沖沖地開始用小刀削平撿來的樹枝，做出了不少切作同樣長度的細長木片。只要再用繩子串起來，就是像樣的木簡了。可以當作便條紙使用吧。

……黃河文明和祖先們，感謝你們留下這般偉大的智慧。我在出生之前就好愛你們。爸爸、媽媽，謝謝你們給了我這麼棒的小刀。我可以做木簡了！

只要撿樹枝再削樹皮就好，比起一條一條地編織纖維做莎草紙和挖泥巴做黏土板，做木簡付出的勞力少多了。

……木簡太棒了。

我慢慢地削著手邊現有的樹枝，盡量把要寫字的那一面削平。真希望自己有力氣和技術可以一口氣削好，但沒有就是沒有，奢望也於事無補。只要腳踏實地，一點一點增加木簡的數量就好了。現在靠我這雙手，只削得了細長的樹枝，每條木簡也只寫得了一行字，所以數量很重要。

「梅茵，代替黏土板，妳這次又開始做什麼了？」

看似撿完了柴火的路茲看向我的雙手，開口問道。這個問題出乎意料，我歪頭反問：

「……咦？你怎麼知道這個是要代替黏土板？」

「因為梅茵看起來很開心啊。」

「咦？很開心？」

「妳的表情只差沒用臉頰磨蹭樹枝了。做黏土板的時候，妳也陶醉地看著黏土吧？」

……咦？意思是我露出了只差沒用臉頰磨蹭樹枝的表情，一個人樂不可支地削著樹枝囉？這也太像變態了吧？……嗚啊！毫無自覺太可怕了！好丟臉！

意外地知道了真相，我丟臉得在心裡瘋狂打滾，路茲目不轉睛地觀察起我削的木簡。
「那麼，妳在做什麼？」
「……我在做『木簡』。」
「『木簡』？妳這次要在這上面寫字嗎？」
「對，所以要做很多『木簡』。靠我的力氣，沒辦法做得像板子那麼大。」
我再次拿起小刀，開始削樹枝。於是路茲在我旁邊坐下，拿起較粗的樹枝。
「我幫妳。當作回報，能安排我和梅茵之前提過的歐托先生見一面嗎？」
「為什麼？」
「我想聽聽看旅行商人的事情……」
路茲留意著四周，小聲嘀嘀咕咕補充的樣子，之前也出現過。記得當時路茲說了，他以後想和旅行商人及吟遊詩人一樣離開城市，去世界各地看看。既然會在意有沒有旁人在場，又壓低了音量，在這個世界，旅行商人和吟遊詩人可能不是值得表揚的職業吧。我也不清楚。
與其沒有常識的我亂出意見，讓路茲聽聽歐托的想法，對他應該更有幫助。
「他看起來很忙，但我還是會問問看。如果他拒絕，先說聲對不起喔。」
「那也沒關係。」
路茲放心地吐口氣，表情像是卸下了心頭的重擔。隱約感覺得出，他至今都沒辦法找任何人商量這件事。

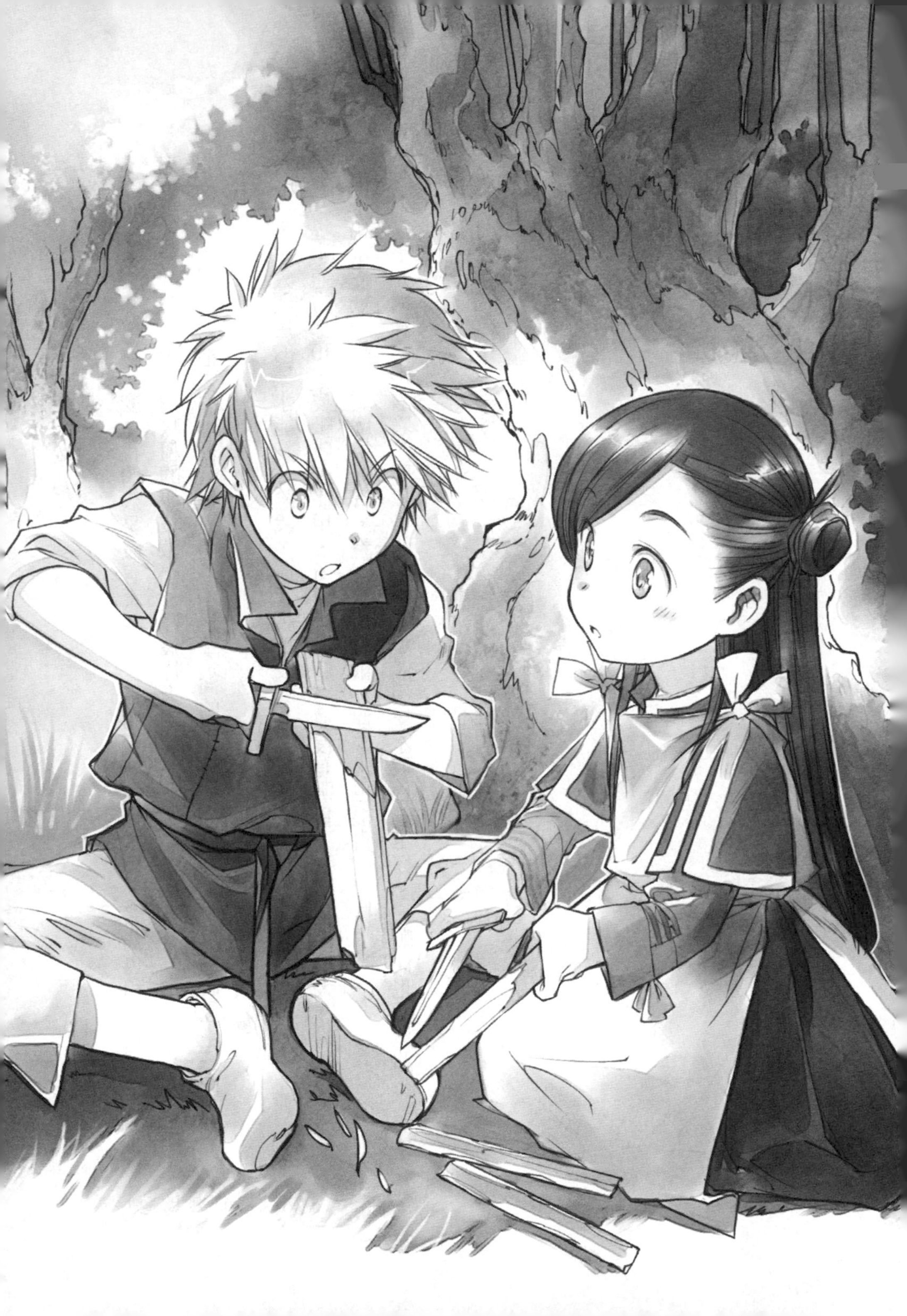

後來不知道為什麼，我們幾乎沒有交談，只是勤奮地做著木簡。路茲也和多莉一樣帶著像柴刀的刀子，用較粗的樹枝做出了好幾片大木簡。

我再用小刀把表面削得更加平整。當作木簡的木板雖然增加了，但兩面還是一片空白。

……大門用的墨水能夠分給我，或者讓給我嗎？

墨水通常都和羊皮紙成套使用，所以一般店家並沒有販售。這麼說來，大門的墨水都是和羊皮紙一起受到嚴格保管。說不定不只紙，連墨水也很貴。

試著和歐托交涉看看，問以後的薪水能不能用墨水取代石筆好了。順便也轉達路茲的請求吧。

好想要墨水

多莉去工作的日子，就沒有人監視我，所以我會前往大門學習。最近日常生活上會用到的單字量增加了，所以學得非常開心。

從今天開始，有三個和多莉他們同期的見習士兵加入。又得教他們寫字和算數的歐托忙得暈頭轉向。因為結束新人訓練，回到值宿室，還得處理平常的工作。

我一邊練習單字一邊計算，等著可以攀談的時機。大概是文件工作告一段落了，眼見歐托開始收拾墨水，我開口說了。

「歐托先生，我可以問你一個問題嗎？」

「可以啊。」

「要怎麼樣才能成為旅行商人？」

「啊?!梅茵，妳想當旅行商人嗎?!咦？等一下！難道是因為我的關係？班長會殺了我！」

歐托的雙眼瞪得老大，在桌子上往前傾，聲音高了八度地大叫。看他這麼震驚，我反而嚇到，慌忙揮手否認。

「不，不是我啦，是朋友。」

「什麼啊。那，告訴他最好放棄吧。」

「啊，果然嗎？」

聽了歐托簡短的回答，可以確定旅行商人是會遭到反對的職業了。

「妳說果然是什麼意思？」

歐托對我的反應瞇起眼睛。我思索著該怎麼說明才容易讓對方理解，說了：

「呃……因為對方說話的時候，都會注意有沒有其他人，還會壓低音量，所以我才覺得，可能是一提出來就會被反對的職業吧。」

「是啊，大概會被父母罵到狗血淋頭。」

「而且，旅行商人的生活必須一直移動吧？時常都要盤算著在這個地方要採購哪些東西，在另一個地方又要賣掉哪些東西，得在廣大的地域上來來往往。生活方式和定居民族根本上完全不同，也應該有父傳子、子傳孫的門路，和長年往來的老主顧，不可能城市裡的孩子說想當，馬上就當得了吧……」

我想定居在既定土地上的農民小孩，都會憧憬可以自由地往來各地的遊牧民族。但基本的生活方式截然不同，又要在自己的常識完全派不上用場的情況下生活，甚至是工作，其實比想像中要困難。出於好意所做的事情卻造成了反效果，更是家常便飯，還不明白為什麼會造成反效果。以為什麼都不做才是對的，但什麼都不做又會被罵。這種靠日常生活累積的不成文規定，並沒有指導手冊可參考。

突然來到異世界，不知道該做什麼才不會做錯，只想躲在家裡的我，非常明白常識的鴻溝有多麼巨大。

但就算我想躲在家裡，沒有書也躲不了，所以不得已下只好走出家門，但應該做出了不少一般人難以理解的事情吧。我多少有自覺的。

「既然妳這麼清楚，那就告訴他吧。」

「嗯……與其讓同樣住在城裡的我來說，我覺得讓歐托先生告訴他現實情況，他更聽得進去。而且爸爸說過，歐托先生跟商業公會有些交情吧？雖然不可能當旅行商人，但如果能成為商人的徒弟，說不定以後可以在採購的時候去其他城市啊。」

比起在外流浪，成為家人全然感到陌生的旅行商人，擁有固定的住所，偶爾因為工作才出趟遠門，家人也不會太過反對吧。

「原來如此。還特地當介紹人，梅茵很喜歡對方喔？」

歐托賊笑著勾起嘴角。看見他像是嗅到了戀愛氣息的揶揄表情，我輕輕聳肩。

「不是喜歡，是我每次都承蒙路茲的照顧，所以必須在可以報恩的時候回報一下，不然恩情會越欠越多，那就不好了。」

「經常照顧梅茵的人，是那個金髮少年嗎？」

從森林裡回來的我總是累得筋疲力盡，路茲身為我的領跑員，都會在大門向父親報告當天的行動，再領取零用錢，所以歐托也見過他吧。

「是啊。不過，多了培訓新人的工作，歐托先生看起來也很忙，不行的話……」

「現在是最清閒的季節，這陣子沒關係。約下一個休假日怎麼樣？」

「歐托先生，謝謝你！」

不過，現在的雜務就已經多到數不清了，居然還是最清閒的季節，那到了請我幫忙編寫會計報告和編列預算的時期，工作量又會有多驚人啊？我已經確定要幫忙了，所以真不想去想像。

「啊！我還想問一件事，就是這個墨水，能夠分我一點嗎？」

「妳說的墨水是這個嗎？」

歐托皺眉，手指敲了敲蓋上了蓋子的墨水壺。看著在玻璃壺裡微微搖晃的黑色液體，我用力點頭。

「從下一次開始，可以代替石筆，給我墨水當作薪水嗎？」

「要無償工作三年，預支免談。」

歐托淡淡丟來的話語讓我無法理解，不由得猛眨眼睛。很希望是我聽錯了，但歐托眼神認真，扳著手指算起來。

「從助手到學徒，薪水雖然會變高，但依妳現在助手的薪水，再加上預算那時候的特別加薪，也要工作三年才賺得到吧。」

「三年?!……好貴！」

實在沒想到貴得這麼離譜，見了我的反應，歐托面帶苦笑說：「下次來記預算品項的單字吧。」

「基本上只有寫給貴族的文件才會用到墨水，所以不是小孩子當玩具買得起的價格喔。」

……換句話說，現在的我完全不用肖想對吧？了解。

好不容易做好木簡了，卻寫不了字，我不甘心地低吼。

「唔——！才剛解決了紙的問題，接下來又是墨水！怎麼辦才好嘛?!」

別說我司空見慣的原子筆、自動鉛筆、鉛筆和鋼筆，這裡也沒有店家在賣墨水和油墨。如果能夠隨心所欲地使用墨水，就可以削尖樹枝書寫，但墨水貴得讓人下不了手。我知道一枝石筆多少錢，卻無從得知編列預算時期的特別加薪有多少，所以算不出墨水的價格。

……無償工作三年到底要多少錢啊？

用買的？用撿的？請人送我？用偷的？用做的？想了各種取得墨水的方式，顯然只能自己做了。

……總不可能真的去偷值宿室裡的墨水嘛……

不只書，這下子連墨水也得自己動手做了。可是，墨水該怎麼做呢？我知道原料是顏料和乾性油，可是要去哪裡，才能取得這裡能用的顏料和乾性油？

「還是乾脆去抓『章魚』和『烏賊』？『大海』在哪裡嘛?!」

我忍不住握著做到一半的木簡吶喊，路茲嚇了一跳地回過頭來。

「妳幹嘛突然大叫？」

「路茲，你覺得這裡的墨水是用什麼做成的？我該怎麼做才做得出來?!」

好歹我也知道離鄉背井尋找大海，去捕捉章魚和烏賊，根本不切實際。但是，靠自己身邊的東西，真不知道做不做得出墨水或油墨。

「話說回來，墨水是什麼？」

「唔，就是一種黑色液體，用來在這種板子上寫字……」

要向平常沒有看過墨水的人說明真難。我把腦海裡想到的都說出來，路茲就側過臉龐說了。

「黑色的東西？如果妳不介意像是沾到了汙垢，灰燼和煙灰可能可以吧？」

「好主意！我試試看！」

灰燼和煙灰都是木柴燃燒過後的殘渣，家裡要多少有多少。今天家裡也有。一定馬上就能得到手！

一回到家，我立刻向母親要求。

「媽媽，我可以用這些灰燼嗎？」

「不行。灰可以做肥皂、可以融化積雪、可以用來染布，還能賣給農家，用途很廣，妳不可以擅自拿走喔。」

這麼說來，早春的時候曾要我幫忙撒灰，我還一頭霧水，撒灰的時候覺得自己就像是開花爺爺[6]，原來是為了融化積雪啊。現在才知道。

……唔，做肥皂的時候也用了大量的灰燼，灰真的很重要呢。

想拿到有多的話還能賣錢的灰燼，似乎有難度，但另一個候補煙灰也有其他用途嗎？

「媽媽，那煙灰可以嗎？」

我提出了第二個選項，母親略微蹙眉，然後不知為何笑吟吟地答應了。

「雖然不知道妳想做什麼，但煙灰可以喔。表示梅茵願意打掃爐灶裡頭吧？要是順便也把煙囪清一清，可以蒐集到更多唷！」

「咦咦?!……啊，嗯……好像、是呢。」

被笑容滿面的母親趕鴨子上架，結果變成要打掃爐灶和煙囪。不應該是這樣的，但為了得到煙灰，這是不得不為。我鼓起幹勁，拿起除灰用的清潔工具後，母親臉色大變地阻止我。

「等一下，梅茵！妳要穿這身衣服打掃嗎？」

「……咦？不行嗎？」

穿著這身早就髒兮兮還破破爛爛的衣服打掃，有任何問題嗎？我歪過腦袋，母親便拿來了裁縫箱和抹布籃。

「我馬上做給妳，妳等一下。」

6. 日本的民間傳說，撿到一隻白狗的善良老夫婦在小狗的叫聲指引下，從田裡挖出了金幣。隨後白狗被惡鄰搶走，還慘遭惡鄰打死。善良老夫婦日後在小狗的托夢下，將之前托夢做出來又被惡鄰燒毀的木臼灰燼蒐集起來，撒在枯萎的櫻花樹上，櫻花因而盛開，更因此得到了大名的賞賜。惡鄰最終也惡有惡報。

母親眉飛色舞，眨眼間就拼湊抹布做出了衣服。

我換上抹布衣，為了不弄髒頭髮，雖然都說不是小孩子該綁的髮型，還是用髮簪把頭髮全盤起來，同樣再用抹布代替三角巾包住。

……哇噢，如果不想成自己是在扮演灰姑娘，真想找個地洞鑽進去。

首先把灰燼掃出來。然後，把頭伸進爐灶裡，清潔沾附在壁上的煙灰，加以回收。這可能是我嬌小的身體第一次派上了用場。

抵抗不了母親的笑容，順便也打掃了煙囪，收集煙灰。黑色煙灰紛紛剝落，壁面變得越來越乾淨，自己想要的煙灰也越來越多。實際動手打掃以後，意外地樂在其中，所以好像打掃得太起勁了。最後我又發燒病倒了。

雖然自己也滿身煙灰地倒下，但還算成功地回收了煙灰。身體也恢復了健康。希望今天可以用這些煙灰寫字。

「梅茵，妳要怎麼處理這些煙灰？」

「先試試加水吧。」

最先想到的方法，就是加水溶解。可能就會變得像墨水一樣吧。應該。

我用木瓢裝了一些河水，再放進煙灰，用木片來回攪拌。但煙灰只是浮在水面上，幾乎沒有溶開。

「這樣子可以嗎？」

「妳先試著寫寫看吧？」

路茲說，我於是把當作筆使用的削尖木棒浸入水裡，在木簡上試著寫「一」。但是，煙灰多數都附在木棒上，寫在木板上的不多，字跡淡得看不清楚。

「不行～失敗了。」

「接下來怎麼辦？」

「嗯……雖然理論上，製作墨水要加油調製……」

這我開不了口向母親要求。因為植物性的油會用來煮飯，也會用來製作簡易版洗髮精，在我們家經常處於缺乏的狀態。而動物性的油會用來做蠟燭和肥皂，也不可能輕易分給自己。恐怕會和灰燼一樣，二話不說就拒絕吧。

「因為油平常要用，應該拿不到吧？」

「嗯，拿不到。還有其他的替代品嗎……」

為了尋找線索，我一一回想在日本用過的文具。

「嗯……『膠彩畫』的『顏料』會用到『膠』，但我不能用火，應該是不行。沒有體力又沒有力氣，身高也不夠，真是麻煩。」

將來可以把膠列入選項，但現階段我做不出來。如果可以用膠，感覺就能用大自然的材料做出類似顏料的東西，能做的事情也會增加許多。只能等自己長大了。

「喂～梅茵，妳還好吧？快回神。」

雖然看見路茲在眼前猛力揮手，但現在還不能把意識拉回現實世界。

「嗯……不一定非得要液體才行吧。像是『蠟筆』、『粉筆』和『鉛筆』……對了，黏土！和黏土混看看吧！」

「啊？」

「記得『鉛筆芯』就是把『石墨』和黏土加在一起。啊，還是『炭筆』？算了，不管了。雖然不是『石墨』而是煙灰，但說不定行得通！」

把黏土和煙灰混在一起，搓成細細的圓柱形，再讓它乾燥。變硬以後，說不定就能寫字了。

「路茲，做『黏土板』時的黏土是去那邊挖的吧？」

「不用再挖了，那塊石頭附近應該還有之前沒用完的黏土。」

正如路茲所言，黏土形成了一座小山。我挖下一些黏土，和煙灰混在一起搓揉。腦海中的想像圖是只由筆芯構成的塑膠色鉛筆和鉛筆芯。如果手摸了卻沒有變黑，表示顏色還不夠。自己的手和石頭平臺都變得烏漆抹黑了，我繼續搓著圓柱形的煙灰鉛筆。然後，再切成和鉛筆差不多長的長度。

……如果乾燥之後變硬，那就成功了。

用河水洗了手腳，卻洗不太乾淨。但是，既然髒汙這麼難洗掉，應該就能寫在石板上吧。

「不知道要放多久才會乾呢？」

「我也不知道。」

「乾脆烤烤看吧？」

「我勸妳最好別亂來，不然又會爆炸喔。」

「嗚嗚。」

我決定不違背路茲的忠告，安分地等著煙灰鉛筆變乾。

與料理的奮鬥

多莉開始工作以後，也輪到我負責煮飯。但是，我拿不好菜刀，也點不著火，在這種情況下，還無法從頭到尾都由我一個人負責。所以變成了我能夠幫忙的事情就幫忙，和母親一起做飯。

這種機會可不多，所以我想發揮創意，吃到日本菜。麗乃時期的知識終於要傾巢而出了！……想是這樣想，卻心有餘而力不足。

因為，從一開始就束手無策。儘管想念日本食物，卻沒有米，沒有味噌，沒有醬油。當然，也沒有店家在賣味醂和日本酒。沒有調味料，也就無技可施，想要做出來根本是痴人說夢。

……不過，好歹我也知道怎麼做味噌和醬油，也知道需要什麼材料。材料就是大豆、麴和鹽，還學過製作流程呢。小學的時候參觀過味噌工廠，在參觀以前實際上是怎麼製作味噌的區域時，還聽得很認真，也在圖書館查了很多資料。

我回憶著麗乃那時候的工廠觀摩，拚命回想並統整味噌和醬油的製作方式。以前我還把在圖書館查到的資料寫進報告裡，得到了老師的稱讚，放在教室裡展示。

……可是，這個世界哪裡有大豆和麴？大豆也許能用其他豆類取代，但有人在賣麴嗎？

但要我利用大自然的材料自己做麴，還是太恐怖了，我辦不到。因為麴就是黴菌，只要稍有不慎，就會連累全家人一起食物中毒。而且就算這裡剛好有麴，要在充斥著雜菌的家裡釀造也太可怕了，更遑論會有臭味，肯定在釀好以前就會被丟掉。

我放棄了自製調味料，絞盡腦汁思索著有沒有不需要調味料的日本菜。

……生魚片呢？雖然沒有醬油，但沾鹽巴或柑橘類的果汁，說不定也很好吃？

但是，這裡似乎離大海很遠。每次去市場，從來沒有看見過新鮮的魚，更看不見海帶和海藻。別說生魚片了，連海藻沙拉也做不出來。

附近沒有大海，想當然也沒有昆布，也沒有蝦酥和柴魚。想做日本菜，卻做不了高湯，真是致命性的缺憾。

……我不敢奢求高湯粉，但至少請給我昆布和柴魚吧。

我曾試著用像是黃瓜的蔬菜和葡萄酒醋做了醋拌黃瓜，但因為沒有醬油也沒有砂糖，做出來的味道相差太多，完全無法滿足我的味蕾。雖然勇於挑戰，卻酸得讓人咳嗽連連，和我想像中的醋拌黃瓜差了十萬八千里。

做不出半道日本菜讓我心有不甘，所以又做了小孩子的我也能做到的簡單料理：加鹽搓揉小黃瓜。搓了鹽讓小黃瓜稍微出水，微軟又有著恰到好處鹽味的小黃瓜，吃起來倒是有點像醬菜。還以為吃了像日本菜的食物以後就能心滿意足，反而更加想念白米，忍不住潸然淚下。順便說，雜糧麵包和搓鹽小黃瓜不怎麼搭，只會讓人在心裡大聲吶喊：不對！不是這個！

……白米、白米、日本菜！拜託來人賜給我吧！請施捨給我日式食物！

吃了搓鹽小黃瓜以後，更激發了想吃日本菜的渴望，所以我動起了在河川釣魚，自己動手做日本菜的念頭。不能碰火的我，只能把釣到的魚晒乾。在河川釣魚，再晒成魚乾看看吧。只要撒上鹽巴風乾，應該行得通。希望行得通。

「欸，路茲，我想釣魚，這條河川釣得到魚嗎？」

去森林採集的日子，我在河邊問路茲。

「我想梅茵應該釣不到。」

路茲果然料事如神，釣魚的結果慘敗。這門技術太深奧了。我垂頭喪氣，路茲便拿來他釣到的魚。

「喏，這是我釣到的，妳想做什麼？」

「可以給我嗎？」

「可以啊，我又不需要這種東西。」

「路茲，你可以生火嗎？我想撒鹽烤魚。」

我再也忍不住，把路茲釣到的魚當作香魚加以鹽烤，接著試吃。

……好臭！好苦！好難吃！

吃了一口，我不禁把臉皺成一團。奇怪了，有種跟我想像中不一樣的土味。

為什麼會這麼臭？是烤魚的方法錯了嗎？我歪著頭搜尋記憶，只見路茲皺眉。

「不先處理乾淨，那樣吃不臭嗎？」

「……很臭。」

……這種魚好臭。要是能早點告訴我就好了。

我用小刀處理了另一條魚。用起來不如日本菜刀順手，所以切得有些支離破碎，但味道應該沒有問題。再削木頭串起來，試著晒乾。

應該可以做成魚乾吧。於是我放下魚串，任其自然日晒，就去撿木柴了。結果，魚串變得又乾又硬，根本沒辦法吃。顯然水分蒸發過度了。

「梅茵，這是什麼？」

「……晒得太乾的魚乾。已經不能當魚乾吃了。」

「我想也是，看起來不像食物。」

「不過，說不定能用來煮高湯。帶回家煮煮看吧。」

雖然不能當魚乾吃，但說不定能煮出高湯。我把乾巴巴的魚乾帶回家，試圖用來煮高湯。

「梅茵，這是什麼?!太噁心了！慢著，不能放進鍋子裡！」

「媽媽，我跟妳說，我想用來煮湯。」

「不行！只有食物可以放進鍋子裡！」

……其實這也算是食物啦。

覺得魚乾很噁心的母親堅決反對，所以沒能試著用魚乾熬煮高湯。可能是因為平常生活中很少看到魚，看到切開後被晒乾的魚，才覺得很噁心吧。明明看到被剖成兩半的豬頭時，還會說「看起來真好吃」呢。

……小魚兒，對不起。

結論，我做不了日本菜。暫時只能想辦法利用現有的材料，盡可能做出像日本菜，至少讓口味很接近在日本吃到的食物了。這樣的做法更有意義，嗯。

本日意外得到了一隻鳥。鄰居在森林裡打中了五隻鳥，但在這個季節，很難在腐壞前全部吃完，所以分給了我們。對方說，是為了答謝父親之前捕獵太多時分送給他們的回禮。不知名的鳥由母親負責處理。切肉的菜刀很重，我和多莉都還拿不了。

「梅茵，妳幫忙拔羽毛吧。」

「嗯、嗯……」

面對橫倒不動的鳥，握住羽毛扯下來。每一次「噗滋」地扯下羽毛，那種觸感都讓我起雞皮疙瘩。沒辦法，這都是為了吃。我這麼說服著自己，邊哭邊拔羽毛。看來還要再花上一段時間，才能單純地把這視為是一項作業。不過，現在就算看到內臟被挖出來，我也能繼續站在原地，不暈倒也不逃跑，連我都覺得自己成長了許多。

「梅茵，開始煮飯了喔。」

「知道了。」

難得分到了鳥肉，我想用鳥骨熬煮湯頭。只要有鳥骨高湯，菜色的種類也會變得多樣。雖然沒有昆布和柴魚，但可以試著混合乾燥的菇類一起煮湯。

但是，想煮鳥骨高湯得歷經重重難關。因為母親無法理解什麼是鳥骨高湯，一開始並不願意幫忙。她似乎是覺得烤過以後，再挖肉吃就好了。

我用「今天輪到我煮飯」來說服母親，至少請母親幫我把鳥骨切塊。之後就只能自己想辦法了。

我把水、鳥骨、裡脊肉和香草全都扔進最大的鍋子裡。然後挑選雖然外觀不同，但是氣味、味道和使用方式都和日本雷同的藥草。有些聞起來像蔥和大蒜，有些吃起來像薑，還有很像月桂葉的葉子，總之把可以消除肉的腥味的藥草全都丟進去。

「梅茵！等一下！這妳應付不來，它太粗暴了！」

我正想用小刀切下有蒜頭味道的白色櫻桃蘿蔔的葉子時，母親就一把搶走。她使力緊緊握住葉子的部分，生怕它逃跑一樣，放在砧板上。然後，母親瞪著白色櫻桃蘿蔔，用菜刀切成兩半。瞬間，我聽到了「呀！」的尖叫聲，來自白色櫻桃蘿蔔。

「咦？什麼？」

是幻聽嗎？我眨著雙眼，只見眼前的母親放開葉子，接著用側面刀身「磅！」地拍打蘿蔔。動作就和壓扁大蒜時一樣。這樣做比起我慢慢切碎快多了，內心正對母親感到感激時，卻發現菜刀底下的白色櫻桃蘿蔔，莫名其妙地變成了紅色櫻桃蘿蔔。看到蘿蔔像滲血一樣變紅，實在很恐怖。

「這樣就沒問題了，要洗乾淨再煮喔。」

……反而是母親看起來比櫻桃蘿蔔還要粗暴，是我的錯覺嗎？應該是錯覺吧？就當作是錯覺吧。

在這個世界，偶爾會遇到外觀和自己認知中的蔬菜很像，卻讓人感到匪夷所思的神秘食材。每次碰到這些神奇的蔬果，我就會深刻地感受到，啊，這裡真的不是自己知道的世界。

儘管發生了一點小插曲，但把去除腥味用的香草放進鍋子裡以後，接下來就只要注意撈取浮沫。經常聽人家說，煮沸過一次後，要把水全部倒掉，重新加水再煮。但湯頭的味道並不會因此變差，而且又麻煩，所以我直接用小火繼續煮湯。

沸騰以後，只算準時機撈起了裡脊肉。很快地過水後，撕成條狀放在沙拉上，就會很美味。

熬煮高湯的時候，也順便處理其他部位的肉。心臟和看似砂囊的部位等容易腐敗的內臟切成方便入口的大小，撒上鹽巴和酒。內臟就簡單地加鹽烤過再吃。這對家人來說，似乎是最可以接受的調理方式。剎那間，炭火燒烤這四個字掠過腦海，但還有其他處理工作要做，只好作罷。

今天要吃的是內臟部位和大腿肉。大腿肉將由母親大展身手做成烤肉，所以禁止我出手。

為胸脯肉撒上鹽巴和酒，放進過冬的儲藏室，明天煮飯時再拿出來用。如果這裡有冰箱和可以密封的塑膠袋，就可以做鳥肉火腿，但是沒辦法。太可惜、太遺憾了。

「……味道很香呢。」

「還沒有煮出味道喔。」

湯頭開始飄出香味後，原本嫌棄地離得遠遠的母親也慢慢靠近鍋子。鳥骨湯頭必須花時間耐心熬煮，所以除了只要留意浮沫外，我也決定開始慢慢切蔬菜。這副身體不管做什麼都很花時間，所以凡事越早動手越好。

吃到日本菜的計畫第一彈，就是火鍋。只要有高湯，不就可以煮火鍋了嗎？雖然無法煮出懷念滋味的高湯，但這次有鳥骨高湯。

由於沒有柚子醋也沒有芝麻醬，我決定用外觀像黃椒，吃起來像番茄的普瑪和香草調味，一起煮成番茄火鍋。

番茄鍋會放進母親說都是骨頭，不好料理的翅膀部位，我再把連名字也不知道的時令蔬菜切成適當大小。只要放進去煮，通常都會很好吃，我認為這就是火鍋的魅力。

「啊，好像差不多可以了。媽媽，可以幫我嗎？」

往第二大的鍋子放上濾網，我呼喚母親。

「要我做什麼？」

「我想請妳把湯倒進這個鍋子裡，要過濾掉裡頭不要的材料。」

「……所以不是要吃這個呢。」

母親顯得安下心來，替我用濾網過濾了鳥骨高湯，我再把最大的鍋子洗乾淨，請母親把濾過的高湯倒回來。第二大的鍋子使用頻率很高，放了湯就不能用了。而且接下來，也是要用第二大的鍋子煮番茄火鍋。

把切好的乾香菇放進煮好的高湯裡，開始煮番茄鍋。一邊煮著翅膀，我一邊從剛才過濾掉的鳥骨上頭挖下能吃的肉，丟進火鍋裡。骨頭很尖銳，我小心著不割傷手指，和不讓肉黏到骨頭，一點一點地撕著肉。

母親做的烤大腿肉開始發出了讓人口水直流的香氣，算了算熬煮的時間，我也拿起蔬菜往鍋子裡放。

「梅茵！妳做什麼?!」

「……只是把蔬菜放進去而已啊？」

「必須先燙過才行吧！」

……這裡一般會先把蔬菜燙過一遍。如果是為了去掉澀味那倒無妨，但先在另一個鍋子裡把蔬菜燙到變軟，又把燙菜的熱水全部倒掉，做菜時只用汆燙過的蔬菜，美味不僅減半，營養更幾乎都流失掉了。

我不會對母親做的菜提出意見，所以也不希望她強迫我做的菜要遵循同樣的調理方式。

「這道菜直接這樣煮就好了。」

「看起來這麼好吃，這樣會破壞整鍋的味道吧？」

「不會的。」

邊煮邊撈掉浮沫，番茄鍋就完成了。稍微試喝了一口，非常好喝。不先燙過蔬菜也沒問題。

「我回來了。啊，原來是我們家。」

「多莉，妳回來啦。那是什麼意思？」

「我走在大道上就聞到好香的味道，邊走邊覺得肚子好餓呢。路上的人都在找味道是從哪裡傳出來的喔。想不到居然是我們家。」

就像是經過中華料理店和拉麵店附近，就會想走進去吃飯一樣嗎？因為鳥骨高湯的香味擁有難以抵擋的魅力。

「我回來了。哦，原來這味道是我們家。」

值中班的父親也回來了。看樣子鳥骨湯頭的香氣瀰漫的範圍相當廣。父親臉上寫滿期待地在桌旁坐下。晚餐時分，一家四口都到齊了。

「今天亞爾先生分了一隻鳥給我們，他說要回敬昆特之前分的食物。我就和梅茵一起做了這些菜。」

「那，這道沒看過的菜就是梅茵做的囉？」

「沒錯。」

桌子正中央擺著母親烹煮的烤鳥腿肉，旁邊是撒了一些裡脊肉絲的沙拉。鹽烤內臟擺在父親旁邊當作配酒菜，每個人的碗裡都盛了普瑪火鍋。像這樣擺開來後，已經不是火鍋，單純只是普瑪湯了。

「這是什麼？味道好香。我可以吃了嗎？」

「那是普瑪湯。我很努力熬煮了鳥骨湯頭，應該會很好喝。喝喝看吧。」

我說完，小臉緊貼著普瑪湯的多莉就雙眼發亮，拿起湯匙。

「哇，好好喝喔！為什麼？非常好喝耶。」

「哎呀，真的呢。我看梅茵在熬煮鳥骨，蔬菜也只是洗過就直接放進鍋子裡，還嚇了一跳呢，真的很好喝。」

母親也喝了一口，說得百感交集。對於親眼目睹熬煮過程的母親而言，就算看起來很好吃，內心還是充滿不安吧。

「梅茵，太厲害了。妳有做菜的天分喔。」

父親顯得非常開心，眨眼間就吃得盤底朝天。我也試喝了普瑪湯。鳥骨湯頭非常濃郁，也感受到了蔬菜的甘甜，非常好喝。

雖然好喝，但依然不是日本菜。

隔天提早結束了在森林撿柴火的工作，直奔回家。年紀小的孩子們不論來回，都必須集體行動，但已經受洗過的多莉只要先告知一聲，就可以自由來去。我也和多莉一起提早回家。

因為想用剩下的鳥肉，今天負責煮飯的人不只多莉，還有我。吃到日本菜的計畫第二彈，我決定挑戰酒蒸鳥肉。就算不是日本酒，其他酒應該也煮得出相似的味道吧？

「既然妳說想用剩下的鳥肉，表示已經決定好要做什麼了嗎？」

「我打算做『酒蒸』鳥肉、『義式麵疙瘩』和沙拉，妳覺得怎麼樣？」

「嗯……我聽不懂，總之就交給梅茵了。」

首先要做麵疙瘩。把馬鈴薯燙熟後搗碎，再加入少許鹽巴和雜糧粉。荷包不夠深，無法恣意使用麵粉的平民都用雜糧粉。原料主要是裸麥、大麥和燕麥。

把揉到和耳垂差不多軟的麵團搓成圓棒狀，再切成一公分長的小塊。

「我用小刀切成小塊以後，再幫我像這樣子壓開。」

「好。」

看我有些吃力地把麵疙瘩放在叉子的背面上，再用拇指往下壓，多莉大力點了點頭。麵疙瘩的表面於是印出了叉子一條條的橫溝，背面則有手指按壓後形成的凹陷，變得容易吸附醬汁。

多莉把我切好的麵疙瘩一一壓開。因為比我有力氣，速度既快，每顆的形狀也都很整齊。

「多莉，妳壓得比我還好耶。」

「是嗎？……梅茵，別看這邊，快點切。我快壓完了喔。」

然後請多莉燒水，沸騰以後丟下鍋，浮起來就熟了。

我又往昨天剩下的普瑪湯裡加入普瑪，煮成濃稠的普瑪醬。要吃之前再淋在麵疙瘩上就好，所以現在該先做好的就是這些了。

「目前差不多就這樣吧？沙拉也很快就能做好……」

「媽媽就快回來了，可以開始做沙拉了吧？」

和多莉一起做著沙拉，母親就回來了。看到母親回來，為了做酒蒸鳥肉，我從過冬的儲藏室裡拿出昨天先調味過的胸脯肉。

雖然放在涼爽房間裡的冰冷石頭上，但現在的季節還是教人不安，我先聞了聞味道。

……嗯，沒壞。沒有問題。

「梅茵，用這個鐵鍋好嗎？」

「嗯。多莉，謝謝妳。昨天已經先撒鹽和酒調味過了，所以馬上就能煮好。」

雖然很遺憾沒有胡椒能調味，但也只能妥協。

做法非常簡單。用鹽巴和酒調味過後，把有皮的那一面烤到變焦黃色，再翻面倒酒，蓋上蓋子。

既然做這道菜，也把今天在森林裡採到的菇類放進去，增添風味吧。我清洗香菇，正要用小刀切開時，多莉突然臉色丕變。

「梅茵，不行！那種香菇不先用火烤過的話會跳舞！」

話一說完，多莉就從梗的部位把所有香菇串起來，撒上一點鹽，然後舉在爐灶的火上烘烤。

……跳舞？香菇嗎？類似柴魚片會隨著熱氣舞動那樣？真是難以理解。

不懂何謂香菇會跳舞的我歪著腦袋，多莉就把烤過後，有些焦痕的香菇遞給我。

「這樣就好了。」

「謝、謝謝……」

好奇怪的比喻，但總之沒問題就好。這也是神秘的食材之一吧。看來乍看下像鴻喜菇的菇類都要特別小心。烤過的香菇很燙，我小心不被燙傷地切開香菇。

「媽媽，哪種酒可以用來做菜？酒放太少會不好吃，所以我想要大約半杯的量。」

「是嗎……那這瓶不錯。」

母親替我倒了半杯的酒，我站上臺子，稍微踮起腳尖，用繞圈的方式把酒倒進鐵鍋裡。鐵鍋發出了「滋——」的聲響，我蓋上蓋子，等整個鍋子都開始咕咚咕咚作響，就從火上拿下來，放在旁邊。只要等餘熱把肉燜熟就好了。

「這麼快就把鍋子拿下來嗎？」

「接下來只要靠餘熱就會熟了。胸脯肉要是煮太久，會乾巴巴的不好咀嚼。」

再把用剩下的湯做成的普瑪醬和義式麵疙瘩放在火上加熱，攪拌在一起。

多莉做的沙拉也完成了。沙拉上頭和昨天一樣撒了裡脊肉絲。她似乎很喜歡昨天吃到的裡脊肉。

「今天的菜色也很豪華呢。」

「得感謝亞爾先生才行。」

考慮到家計，餐桌上很少出現這麼豐富的菜餚。願意分隻鳥給我們，真的很慷慨。

「我回來了。今天的晚餐看起來也很好吃。」

父親顯然也很期待今天的菜色，笑容滿面地踏進家門。還挺起胸膛得意地說，他向工作的夥伴們炫耀了昨晚的飯菜。從這個傻爸爸的嘴裡說出來，感覺炫耀的時候會再加油添醋。如果不是錯覺的話，那我去大門就有點尷尬了。

「我開動了。」

「哇，好神奇！梅茵，好好吃喔！」

多莉吃了分到的酒蒸鳥肉切片，瞪大了雙眼吃得很開心。母親也咬了一口，露出迷人的笑容。

「做法很簡單，胸脯肉卻入口即化呢。香菇的味道也很濃郁，真是好吃。是因為用了好酒嗎？」

「可能喔，蜂蜜酒的甜味讓味道更有層次了。」

我話才說完，父親就臉色大變地霍然站起來，跑到櫃子前面拿起酒瓶。本就不大的酒瓶裡，酒的容量更是銳減，父親垮下頭，表情像是要哭出來了。

「……我、我寶貝的蜂蜜酒……」

……對不起喔。因為母親用有點恐怖的笑容對我說：「這瓶酒是爸爸瞞著我們偷偷買的。千載難逢的好機會，大家就一起享用吧。」我很難得地察言觀色了一下。

蜂蜜酒有種異於日本酒的甘醇，十分美味，但還是一點也不像日本料理。根本完全不一樣。

……唉，好想念日本菜啊。

雖然偶爾會碰到據說會「跳舞」、「不受控制」，或者「很危險」的食材，讓我嘖嘖稱奇，但通常都可以用我知道的調理方式進行烹煮。其他日子我還煮過焗烤馬鈴薯、用類似蕎麥的穀物做燉飯、利用變硬的雜糧麵包當派皮製作鹹派，統統受到好評。雖然家人一致讚賞，但我卻一點也不滿意。就算想做西式料理，也沒有多少種調味料和辛香料，所以味道都差不多，開始覺得膩了。

……至少請給我胡椒吧！要是有咖哩粉就更棒了！

為了改善我的飲食生活，這項挑戰還得持續下去。

木簡與不可思議的熱

費了九牛二虎之力做好的煙灰鉛筆在放置一段時間，任其乾燥後，開始慢慢變硬。我用碎布把煙灰鉛筆捲起來，做出握柄，手才不會弄髒。然後，用小刀削尖前端，試著寫字。

……可以寫字！雖然有點容易碎掉，但勉為其難可以寫字。其實比起書，更像是一種古代的紀錄媒介，但總之成功了！

「太好了！路茲，可以寫字了！」

「喔，那太好了。」

成功做出了書寫工具的我，興致高昂地開始增加木簡的數量。木簡可以在撿木柴的時候順便取得材料，所以要增加數量不是什麼難題。最大的魅力，就在於只靠自己的力量也能逐步增加。雖然因為體積大，數量多了就不知道要放哪裡，這點倒是和黏土板一樣。在長大成人，可以自力更生前都得忍耐了。

正為完成的木簡感到心滿意足時，某一天木簡忽然消失無蹤。從森林裡回到家，就發現放著木簡的地方變得空空如也。

「不見了?!消失了！怎麼會這樣?!」

「梅茵，怎麼了嗎？」

我翻找起木簡，母親便往儲藏室裡探頭。可能是被搬去了其他地方，於是我問母親：

「媽媽，妳知道放在這裡的『木簡』跑去哪裡了嗎？」

「『木簡』？不知道耶，那是什麼？」

母親偏頭納悶，我盡可能詳細地描述自己做的木簡。

「呃，就是雖然大小不太一樣，有粗有細，但表面全都削平，上面還寫了字的木板……」

「啊，是梅茵撿回來的木柴吧？那些我已經用掉了喔。」

「咦？咦？用掉了？為什麼？」

腦袋霎時變作一片空白。

「因為好不容易可以幫忙做家事的梅茵，那麼認真地從森林撿了柴火回來呀。媽媽才心想得把妳撿的柴火用掉才行。」

「可是，要燒的柴火都堆在這邊吧？為什麼要特別去拿我另外分開放的份？而且我做的，是母親睡前告訴我的故事集耶！」

「哎呀，如果想要媽媽睡前跟妳講故事，我再說給妳聽吧。」

梅茵這麼大了還是愛撒嬌呢。母親笑得十分開心，還摸了摸我的頭。

「我不是這個意思……」

……竟然一片也不剩。

望著曾經放過木簡的空間，全身的力氣開始流失。不管怎麼努力做木簡也沒用，又會被拿去燒掉。一想到這裡，我就再也提不起勁做任何事。

渾身無力的瞬間，體內壓抑至今的一股熱能突然增加，爆發開來。感覺就像是把因為興奮和疲憊而發燒的過程濃縮在了一瞬間，四肢忽然發麻，身體不聽使喚。

「這是怎麼……？」

還不明白自己身上發生了什麼事，我就毫無前兆地失去意識，突如其來的高燒席捲而來。

在體內盤旋打轉的熱意好似要把自己逐步吞噬，意識朦朧模糊。有種在熱意的侵蝕下，自己正慢慢消失的感覺。

體會過這種感覺以後，我第一次發覺到，也許真正的梅茵就是被這股熱意吞噬了。因為又熱又痛苦又難受。毫無抵抗力氣的我，也正慢慢地遭到吞噬。期間，不時會在視野中看見家人們擔心地低頭看著我。不知為何路茲的臉龐也在其中。

……為什麼會有路茲？

我擠出力氣，想讓視線對焦在路茲臉上，幾乎要被吞噬的意識就稍稍變得清晰。繼續在太陽穴一帶使力，想要看清楚後，就不再只是模糊的影像，靠著自己的意志，路茲清楚地出現在了視野裡。

「梅茵？」

「……路茲？」

「伊娃阿姨！梅茵醒了！」

聽見路茲的大喊，母親飛快衝進臥室。

「梅茵！妳突然在儲藏室裡暈倒，完全不醒過來，媽媽擔心死了。」

「嗯，不時可以看到媽媽的臉喔，對不起讓妳擔心了……媽媽，我喉嚨好渴。還有，身體好黏，想擦身體。可以幫我拿水進來嗎？」

「好，我馬上去拿。」

見母親轉身離開，我緊握住路茲的手。只能躺在床上，頭也還抬不起來。

「……路茲，又失敗了。木簡被媽媽拿去燒掉了。」

「啊……唉，因為看起來就只像是畫了奇怪符號的木片嘛。」

「好不容易做出來，還刻意放在其他地方……我受夠了。我的書注定絕對做不出來了。」

我「唉」地重重嘆氣，體內的熱意又變得兇猛。我搖搖頭，不讓意識開始渙散。

「別這麼消沉啦。那選不會被拿去燒掉的材料就好了吧？」

因為是木頭，才會被當作木柴。既然如此，就挑選不會被拿去燒掉的材料。路茲的話讓我看見了一絲曙光。

……現在不能再發燒了。必須快點動腦，想想有沒有什麼好材料。

在整副身體上使力後，體內的熱意就朝著中心匯集般逐漸縮小。

「……你覺得用什麼材料，才不會被燒掉？」

我想了想，卻完全想不到不會被燒掉的材料。不知道是腦袋還因為發燒昏昏沉沉，還是因為不清楚這一帶能採到什麼材料。

「唔，對了，像是竹子之類的。」

「……路茲，你簡直天才。」

竹子一燒就會爆裂，非常危險，所以不會隨便拿去焚燒吧。內心頓時湧起希望。於是，熱意又莫名地稍微縮小，呼吸也輕鬆多了。

「哎呀，你們在聊什麼？」

母親拿著裝了水的桶子走進來。我和路茲對望一眼，輕笑起來。

「不告訴媽媽。」

「那我去蒐集來給妳。所以，妳一定要恢復健康喔。」

「謝謝你，路茲。你人真好。」

「這、這都是為了請妳幫忙介紹歐托先生而已！我已經先付謝禮了，所以梅茵一定要恢復健康才行喔！知道了嗎？」

路茲說完就旋風般衝了出去，我開始用母親拿進來的水擦拭身體。

……總覺得，這次的發燒很不尋常。

有種突然從體內席捲而來的感覺，那種像要慢慢吞噬掉意識的熱意，不是我所知道的疾病。還會突然擴散，但意識一集中又縮小，我從不知道有這種發燒。現在也在體內蠢蠢欲動著的這股熱意，究竟是什麼？

初來乍到的時候，發燒根本是家常便飯，所以並不覺得奇怪。但是，最近稍微鍛鍊了身體，變得可以到處走動以後，內心的狐疑就變成了肯定。這副身體到底得了什麼疾病呢？

但是，家境並沒有富裕到可以請這世界的醫生為我看病，也不可能有家庭醫學百科那類的書籍，所以無法立刻著手調查。

……只要集中精神試著縮小，就會慢慢萎縮，那暫時就先觀察看看吧。

一直思考著要怎麼與這股熱意共處的兩天後傍晚，路茲真的把竹子切作適合做成竹簡的大小，帶來給我。連表皮也削掉了，馬上就可以寫字。

「退燒之前絕不能碰喔。要是沒有遵守約定，我以後就再也不幫妳了。」

「嗯。路茲，謝謝你。」

目送急忙回家的路茲離開，我只拿起一根竹子握在掌心，其他的都拜託母親幫我放進儲藏室。雖然還無法下床，但等燒完全退了，就要在竹簡上寫字，做出書來。

……第一步要先恢復健康。

握著路茲帶回來的竹子，眼皮開始迷迷糊糊地掉下來。就在意識快要中斷，即將墜入夢鄉的時候，突然響起了「啪啪啪啪啪！」的刺耳爆破聲。

「呀啊?!」

「什、什麼?!發生什麼事了?!」

廚房斷斷續續地不停傳來「啪啪！」、「啪啪啪！」的爆裂聲。臉色僵硬鐵青的母親衝進臥室。

「梅茵！路茲帶了什麼東西回來！」

「……只是竹子啊？」

「我的天！太難分辨了！所以他不是代替梅茵幫忙撿木柴回來嗎?!」

聽了母親的話，我明白爆裂聲怎麼來的了。看來是把竹子當成木柴燒了。但爆裂聲似乎比我所知的竹子還要響亮，是兩個世界的差異嗎？

「難道是因為削掉了表皮，才誤以為是木柴嗎？……咦？但木頭和竹子看外表看不出差別嗎？」

「竹子和拔楠子樹的纖維很像吧？」

「呃，我沒有看過那種樹，所以不清楚……」

說了名字我也不知道是什麼樹。最起碼我去森林的時候，並沒有看過竹子和長得像竹子的樹。

「妳在說什麼呀？就是冬天做手工活的時候，多莉用來編籃子的樹啊。梅茵不是也一起做了籃子嗎？」

「啊，我想起來了。剝皮以後的確很容易混淆。」

因為見過多莉在為編織籃子做準備，所以我知道。表面有樹皮的時候，看來就像一般的樹木，但剝了樹皮以後，看起來就像竹子。

「總之太危險了，不要把竹子帶進屋裡來。聽到了嗎？」

「……嗯。」

小聲回應後，我握著唯一僅剩的竹子，再度被高燒吞沒、籠罩，置身在洶湧翻滾的熱意裡。

自己做的東西被燒掉的憤怒。

憤怒全然不被理解的不甘。

再怎麼挑戰，手上都沒能拿著一本書的對現實的絕望。

這些情感之外，是沒有盡頭的，想要放棄一切的無力。既提不起勁做任何事，也沒有力量對抗熱意。被母親燒了木簡，連路茲帶來要做成竹簡的竹子也被燒掉，我卻一點也生氣不起來。

……多麼希望這是一副健康的身體，還是有力氣也有體力的成年人。

如果已經長大成人了，我就會跳過莎草紙、黏土板和木簡，直接做和紙了。

至少如果能和多莉及路茲一樣健康，有力氣和體力做到一定程度的工作，就可以挑戰和紙了。靠這麼虛弱又容易生病的小孩子的手，連砍樹造紙都做不到。汲不了水，也點不了火。

也許只要等到我長大，這些問題就能迎刃而解。但是，等待的時間實在太漫長了。而且就算想長大，我能和一般人一樣成長嗎？真的能鍛鍊出力氣和體力，個子也長高嗎？

……根本沒有希望。

既然一切都是徒勞無功，乾脆別再反抗體內那股兇殘的熱意吧？待在這個不管怎麼努力也買不到書的地方，還要遷就不便又骯髒的環境，不斷忍耐著活下去，究竟有什麼意義呢？

……直接就這麼消失也無所謂吧？

只是稍微閃過這個念頭，體內的熱意就熱絡地開始活動，企圖將我吞噬。逐漸擴散開來的熱意像在誘惑著我，要我什麼都別想了，儘管被它吞噬吧。

只有一件事情讓我放心不下，就是我還沒向路茲道歉。虧他特地想盡辦法，還替我準備好了不會被燒掉的材料，我卻還沒向他道歉，說竹簡又失敗了。路茲說要去幫我蒐集竹子時說過的話在腦海裡復甦。

「這都是為了請妳幫忙介紹歐托先生而已！我已經先付謝禮了，所以梅茵一定要恢復健康才行喔！知道了嗎？」

我和他約好了。讓他幫了我這麼多的忙，都跟他說好了，現在卻爽約，逃避地任由熱意把我吞噬，這樣子真的好嗎？

路茲已經先答謝我了。雖然要讓熱意把我吞沒，消失在這世上很簡單，但我已經收下了竹簡，就必須履行恢復健康、把路茲介紹給歐托的約定。

這是為了路茲。我這樣鼓勵自己，把熱意壓下去。就算要被熱意吞噬，也得先履行了和路茲的約定。處理好後事是很重要的。之前因為太過突然，根本沒有時間。

……對了對了，因為地震死掉的時候，我根本來不及處理身邊的……啊啊啊啊啊！不知道那些黑歷史現在怎麼樣了！嗚啊啊啊啊！好在意、好在意！糟了！我現在還不能死！

多想整理得一乾二淨的前世黑歷史一一浮現到眼前，我忍不住跳起來大喊：「就算死了也沒辦法瞑目！」不知怎地，體內的熱意也跟著萎縮了不少。

會面的斡旋

把黑歷史塞回大腦的角落，下定決心不再去想的兩天後。在有父親同行，且只到大門的前提下，我總算獲准外出了，在值宿室見到了歐托。

「歐托先生，對不起。明明是我拜託你的，結果卻發了燒……」

沒錯，在我發高燒躺在床上的時候，約好碰面的休假就過去了，沒能讓歐托和路茲見上一面。

「班長跟我說妳整整發燒了五天，現在沒事了嗎？」

「是，託大家的福。」

我擠出笑容，但歐托還是輕輕蹙眉，注視著我。

「真的沒事了嗎？妳臉色很難看。」

臉色之所以難看，並不是因為發燒。而是因為不管怎麼努力都做不出來的紙。

「我有一個解決不了的煩惱。可以問問如果是歐托先生，你會怎麼做嗎？」

「咦？可以告訴我妳的煩惱嗎？」

歐托睜大雙眼看著我。我點一點頭。

曾是旅行商人的歐托，想必累積了我無從想像的豐富經驗，說不定能夠提供給我從未想到過的答案。

「是的。我現在很想要一樣東西，但現在的我沒有力氣也沒有體力，根本做不出來。長大以後也許可以吧，但也不知道我這副身體能否真的健健康康，又跟一般人一樣長大。況且，我沒辦法等那麼久。如果是歐托先生，這種時候會怎麼做呢？」

歐托「嗯嗯」地點頭傾聽，幾乎是想也不想，就輕挑起眉尾回答了。

「既然自己做不出來，僱用做得出來的人不就得了？妳的煩惱只是這樣？」

「?!」

真是一語驚醒夢中人。我從來沒想過要僱用別人，來得到自己想要的東西。果然從前曾是商人。我總在想要請人僱用我，卻從來沒想過自己可以僱用別人。

「……我認為你的提議很棒，但我身上沒有錢喔。」

「嗯，妳這年紀也不可能有。我想想……如果是我，會誘導做得出來的人，設法讓他自願去做這件事。雖然不容易，但如果對方願意主動幫忙，自己就不用花到半毛錢了。」

……不愧曾經當過商人。臉上帶著爽朗和善的笑容，心機卻重得讓人肅然起敬。我毫無疑問也被誘導了吧？畢竟說過我擁有優秀的計算能力，卻用石筆就僱用得到，請來當助手的預算很低廉嘛？

「……我會列為參考。」

把可能願意幫忙的人捲進來，再讓對方自主幫忙，對我來說十分有難度。

我「嗯……」地陷入苦思，歐托就拍了一下我的肩膀，遞來石板。代表閒聊結束，該乖乖學習了。

「啊，對了對了。既然梅茵恢復了精神，妳說的想認識旅行商人的那孩子，能約在後天的休假日會面嗎？地點的話……就選中央廣場吧。第三鐘響的時候在中央廣場見面怎麼樣？」

「你是說路茲吧？我正想拜託你呢。謝謝你特地抽出時間。」

我不覺得自己會忘，但還是基於習慣，在石板的角落記下第三鐘中央廣場。

抬起頭，只見歐托正慢條斯理地摸著下巴，瞇起雙眼燦爛微笑。他的笑容不知為何散發出一種讓人背脊發涼的危險，我忍不住挺直了腰，凝視歐托。

「嗯，既然是梅茵介紹的人，想必會很有意思。我很期待是一場有趣的會面喔。」

……剛才這些話，在我聽來意思好像是：「可別介紹無趣的傢伙給我喔，會浪費我寶貴的假日。」是錯覺吧？咦？不是聽聽旅行商人的趣聞這種輕鬆的會面嗎？

我壓下內心的動搖，露出微笑點頭後，低頭看向石板。

冷汗一鼓作氣冒出來。完了。沒有時間了，我卻不懂會面的涵義。要介紹路茲的我，事到如今根本說不出口自己不明白會面是什麼意思。

在石板上練習寫著單字，我拚命地思考其中的涵義。

「梅茵，今天就先回家吧。」

離平常回家的時間還早，但父親來叫我了，於是我收拾好東西，離開值宿室。

「爸爸，路茲希望我把他介紹給歐托先生，這種介紹有什麼涵義嗎？」

「現在這個時期，是想找當學徒的地方吧？我還以為路茲會從事和哥哥們一樣的工作，原來他想當商人嗎？」

……所以是就業的斡旋嗎?!慢著慢著，應該不是這麼重要的大事吧！因為，我這樣的小孩子哪能成為門路。

「現在已經約好會面，到時要聽一下說明……」

「那意思就是想請對方幫忙介紹可以當學徒的地方吧。但如果是梅茵的朋友，怎麼看都不容易。」

「不容易？」

「那當然啊。招攬徒弟，就意味著要一直照顧這個人。就算將來獨立了，緣分也不會完全切斷。」

事態遠比想像中嚴重。不只是聽聽說明而已。看來路茲因為想當旅行商人，想請以前是旅行商人的歐托幫他引薦。

……啊，也就是說，後天的會面等同於就業的面試囉?!我居然安排了這麼事關重大的會面！

回到家，向父親和母親問清楚了關於學徒工作的情況，了解到了事態的嚴重性。隔天，我便把一大堆東西裝進籃子裡，出發來到森林。

來到森林的一路上，我向路茲說了竹簡最後被誤以為是拔楠子而被燒掉，並為此向他道歉，再告訴他會面的日子決定在明天。聽了竹簡的事，路茲嘆氣說道：「拔楠子嗎？有時候的確會搞混。」至於會面，則很單純地感到開心：「梅茵，謝謝妳！」

一抵達森林，大家就散開採集。我抓起路茲的手，走到河邊。

「路茲，你在這裡把全身洗乾淨吧。」

「啊？」

大概因為以前是商人，歐托的衣著總是乾淨整潔。我想這是因為他知道，面對初次見面的人，第一印象非常重要。擔任助手的時候，偶爾可以看見歐托顯露出商人精打細算的一面，所以我很希望能夠做好萬全的準備。一旦被判定沒有會面的價值，別說旅行商人了，恐怕連商人也不會幫路茲介紹。

「和別人見面，第一印象是最重要的。既然有時間準備，更要用心整理儀容。我不希望只因為外表，路茲就被人家瞧不起。」

「但就算洗了身體，也不會有什麼改變吧。」

如果能借到拉爾法的正裝是最好的，但還不知道借不借得到。我和路茲都沒有像樣的衣服，所以就算穿著平常的服裝，應該也算情有可原，但可以改善的地方就該好好打理。

我苦口婆心地講述著外觀帶來的影響力，一邊用簡易版洗髮精為拖拖拉拉的路茲洗頭。為了讓他整個人煥然一新，儘管重得要命，我還是帶來了桶子、布和梳子。把河水和簡易版洗髮精倒進桶子裡，再像平常對多莉做的那樣，反覆潑在路茲的頭上洗頭髮。當然不光頭髮，全身也要徹底洗乾淨。

「路茲，你說想聽聽旅行商人的情況，表示你想當旅行商人吧？是想當旅行商人的徒弟，想請對方幫你介紹吧？」

有種成了美髮師的感覺，我邊洗頭邊和路茲聊天。

「嗯？哦。」

越是用布擦拭路茲的頭髮，金色的髮絲越是散發出光澤。是那種漂亮到想和他交換髮色的金色。梳了頭髮以後，光澤更是閃耀，我心裡升起一絲嫉妒，繼續發問：

「那麼，路茲當了旅行商人以後想做什麼？只是遊走世界各地嗎？」

「幹嘛突然問這些？」

「得先想好答案才行喔。」

「為什麼？」

「因為歐托先生完全不了解你啊。又不是像父母和親戚那樣，是由認識你的人幫你介紹，所以必須自己想好所有答案。」

昨天問了父母，我才知道城裡的孩子們，基本上都是經由雙親或親戚的介紹，開始學徒的工作。因此從事的職業，普遍也都和父母的工作有關聯。舉例來說，多莉就是在從事染色工作的母親介紹下，在母親朋友工作的地方當裁縫學徒。

因為擔心容易護短，所以即使職業相同，也很少和父母在同一個職場工作。但是，如果從事職業類別相近的工作，待在自己看得到的地方，父母既能放心，周遭還有親戚盯著，小孩子也會認真工作。像路茲這樣想從事父母會反對的職業，還請他人幫忙介紹，據說少之又少。

「歐托先生這次是看在情面上才見你一面，但沒有那麼輕鬆喔。因為他以前是商人，利益得失還是會算得很清楚。要是路茲一點想法也沒有，可能以後就再也不會見你了。」

明天的會面，等同就業活動的面試。既然是就業活動，就要維持儀容整潔，也得先想好應徵的動機和自我介紹，否則對方可能看也不看你一眼。

「……那梅茵呢？」

「咦？」

「如果有人問妳，妳成為商人以後要做什麼，馬上就回答得出來嗎？」

八成是沒辦法馬上想到答案，路茲不甘心地噘著嘴，一雙翡翠般的綠眼睛瞪向我。

我立即點頭回答。

「嗯，我想賣紙。如果可以成為商人的徒弟，我想告訴別人怎麼做紙，請對方做出來。」

書是自己想要、為了自己而製造的東西。本想盡量不勞煩別人，在自己能力所及的範圍內，做出書本的代替品。但是，已經到極限了。不管做什麼都宣告失敗。

現在我只想提供知識，再從頭到尾都委託他人製作。如果只收取提供製作方法的費用，讓給對方獲利，應該會有人願意承接。

「紙？不是書嗎？」

「做書需要紙啊。而且這裡想要書的人，大概就只有我而已吧。」

「只有梅茵想要的話，根本賣不出去吧？」

路茲目瞪口呆地說，我笑著肯定。

「嗯，我也覺得書不好賣。可是，如果是紙，價格可以壓得比羊皮紙還低，應該賣得出去。至少也會有懂得抓住商機的商人，願意招攬知道製作方法的我吧。」

「……這樣啊，梅茵很認真在思考呢。那我也會想想。」

「聽說如果只是歐托先生的助手的朋友這層關係，通常會被拒絕。可是，只要路茲清楚說出自己想做的事情，商人也判定對自己有利的話，也許就會願意帶你了。」

我把瞪著水面陷入沉思的路茲趕進河裡，讓他把全身洗乾淨。

……動腦的時候不順便動手做事的話，時間就不夠用了喔，路茲。

我對路茲說了，最好可以借到拉爾法的正裝來穿，但因為不想被弄髒，結果沒能借到。還要一段時間才會響起第三鐘，我就穿著和平常一樣的衣服，但路茲變得比平常乾淨了許多，兩人一同前往中央廣場。

「喂，是約第三鐘吧？不會太早去嗎？」

「沒關係，要是遲到就無法挽回了。反正只要坐著聊天，時間一下子就過去了。」

時間是以神殿每隔兩、三個小時就會敲響的鐘聲為依據。這座城市沒有時鐘，所以平常遲到可能不是什麼大事，但站在有求於人的立場，若想讓對方留下好印象，就一定要避免遲到。

「對了，昨天媽媽一直問我頭髮怎麼會變成這樣？反應超級激動。」

路茲垮著臉拉起充滿閃亮光澤的頭髮。我明白卡蘿拉的心情。看到兒子的頭髮才過一天就變得這麼光滑柔順又閃閃發亮，不好奇才奇怪。

「因為美容是最吸引女人的話題嘛。」

「所以我就說了，是梅茵幫我弄的。想問什麼就去問梅茵。」

「咦咦?!」

一想到要遭受到個性強勢、嗓門又大，一旦捉住就不會輕易放人，感覺就像典型強悍歐巴桑[7]的卡蘿拉砲火般的追問，頭就痛了起來。

「我會教你怎麼做，你們自己做吧。因為我手邊也不多。」

「……啊，對不起。我用了妳很珍貴的東西嗎？」

「沒關係啦，因為我給路茲添了很多麻煩。」

分給一直幫我忙的路茲，我一點也不覺得可惜。但是，數量不多，又是多莉費盡辛苦才做出來的東西，我捨不得給卡蘿拉。連我基本上也都是用水洗，很節制地五天才用一次簡易版洗髮精。

「可是……」

「如果你那麼過意不去，也順便幫忙做我的份就好了。因為我沒有力氣，擠不出多少油來。」

「什麼啊，原來是這樣。」

聊著天的時候，歐托就出現在了中央廣場。站在入口的歐托環視廣場一圈，發現我們以後，咧嘴笑了。遠遠地也看得很清楚。

……啊，果然在測試我們。

打從聽到在鐘響時會面這種籠統的指令，又投來危險笑容的時候，我就萬分小心，但果然是在測試我們會不會在鐘響以前就到這裡來。

歐托「哦～」地輕動了動嘴巴後，朝著另一個方向揮手，又有一名男子出現，和歐托一同往這邊走來。冷汗淌下我的背部，無意識地握緊了身旁路茲的手。

「路茲，他們來了。一開始要先打招呼喔。」

「嗯、嗯。」

從兩人邊走邊聊的親近樣子來看，想必是歐托的商人朋友。那位朋友掃過這邊的雙眼，綻放著帶有審視意味的銳利精光。

……居然除了歐托以外還有其他面試官，事前根本沒說！嗚嗚，明明是路茲的面試，我卻開始緊張起來了！

7.原文《肝っ玉母ちゃん》是指一九六八年至一九七二年間TBS電視台共播出三季的電視連續劇。主角是身材發福，個性冒失但又堅強的家庭主婦，形象深植人心。

與商人的會面

逼滿臉不願的路茲洗淨全身，儘管臨時抱佛腳，還是先告訴他面試的注意事項，看來是正確的。歐托和他的朋友在往來於中央廣場的行人中，都是一身屬於上層階級的穿著打扮。果然我們也應該穿正裝來。

衣服的款式很奇怪……不，只是我看不習慣而已，服裝上加了許多用到不少布料的打褶，看不到半點汙漬和補丁，在我身處的布和線都必須盡可能節儉使用的生活圈裡，幾乎看不見這樣的衣服。從服裝來看，歐托的朋友應該相當富有。不論是服裝、儀態還是眼神，都和我在市場見過的商人截然不同。

雖說是富有的商人，但不是那種威嚴懾人的老字號社長，更有一種業績蒸蒸日上的創投公司老闆的魄力。一眼看去，有著奶茶色的淺色捲髮和溫文爾雅的容貌，但赤褐色的雙眼洋溢著自信，閃著犀利的光芒，散發出了肉食性動物的兇猛。

「嗨，梅茵。這位就是路茲吧？」

「早安，歐托先生。這位是我的朋友，路茲。今天謝謝你抽空出來見我們。」

不知道該怎麼打招呼才恰當，所以我和平常一樣，先敲了兩下胸口敬禮再說。歐托也回以相同的動作，所以應該沒什麼差錯。

「你好，我是路茲。今天麻煩你了。」

路茲顯然也很緊張，但沒有因為兩人的眼神和由上而下襲來的壓迫感就畏縮，講話沒有結巴，聲音也沒有發抖，成功地說出了不熟悉的招呼語。第一關過關了。

「班諾，這位是擔任我的助手的梅茵，也是班長的女兒。梅茵，這位是班諾，是我當旅行商人時認識的朋友。」

「你好，我是梅茵。很高興認識你。」

這個世界沒有點頭行禮的習慣，所以我留意著不要低下頭，盡可能面帶笑容地寒暄。

「真有禮貌。我是班諾，妳不用這麼客氣……年紀還這麼小，小妹妹家教真好。」

「她沒有看起來那麼小，已經六歲了。」

我看起來大概才只有四歲左右吧，歐托向班諾補充。

班諾有些睜大眼睛，然後打趣地看著歐托，揚起了嘴角。

「……助手是個還沒受洗過的孩子嗎？」

「唔，嗯，是啊。為了讓她成為助手，我正教她讀書寫字。」

「聽你之前說的，她現在好像就已經是得力助手了喔？」

「……你別多嘴喔。」

聽了兩人會從字裡行間擷取情報的對話，我不寒而慄。我和路茲的面試，真的能讓這兩個人滿意嗎？這是怎麼回事？我強烈地感覺到，即使我們是還未受洗的孩子，他們也完全不打算手下留情。

班諾訝異地注視著我的眼睛上方處，開口說了。

「我有一件事非常好奇，可以先問妳嗎？」

「是，什麼事情？」

「妳插在頭上的棒子是什麼？」

……原來如此。要是先說了及格或不及格，就很難問些不相干的問題吧。難不成已經確定要給不及格了？

我繼續掛著友好的笑容，聚精會神地留意著班諾的一舉手一投足，想要努力取得更多資訊，同時輕拉起髮簪，遞給班諾。

「這是『髮簪』，用來盤起頭髮的工具。」

歐托大概也很好奇，和班諾一起仔細打量髮簪。一下子上下旋轉，一下子翻過來，看得目不轉睛。

……只是根木棒而已吧？沒有秘密也沒有機關喔。

「看起來就只是普通的木棒。」

「嗯，是父親做給我的，只是削了木頭做成的木棒。」

「只靠這根木棒，就能盤起頭髮嗎？」

「是的。」

我接下對方還回的髮簪，綁出平常的髮型。

掬起要綁成公主頭的髮量，旋轉繞在髮簪上，再轉動髮簪，插進頭髮裡頭固定住。因為每天都這麼做，已經熟能生巧了。

「哦哦……真是大開眼界。」

因為是第一次在別人面前綁頭髮，路茲和歐托都張大雙眼，猛盯著我的頭髮。

班諾冷不防伸長手，摸了摸我的頭髮，皺起了眉。

「小妹妹，妳的頭髮也很驚人。究竟抹了什麼東西？」

摸著頭髮的手指像在評定商品般慎重，但看著我的眼神卻銳利得讓人倒吸口氣。從班諾像是挖到了寶物的鋒利眼神，和洗禮儀式時婆婆媽媽們追問的態勢來看，簡易版洗髮精顯然相當具有商品價值。

「是混合了相當常見的材料做成的東西，詳細成分是秘密。」

「少年你也抹了一樣的東西嗎？」

「因為梅茵昨天要我洗乾淨，就幫我擦了……」

……啊，班諾先生剛才小聲地咂嘴了吧？以為我們是小孩子，可能會隨口就告訴他，小看了我們吧？很可惜。路茲的面試都還沒有開始，怎麼能在前哨戰的時候，就丟掉這麼有利用價值的王牌呢。

我和班諾對彼此投去僵硬的親切笑容，歐托於是輕嘆口氣，撩起頭髮。

「那麼，路茲想成為旅行商人嗎？」

進入正題了。我聽見身旁的路茲用力吞了下口水。

……他一定從昨天開始就很認真在想吧？很好，現在正是表現的時候。快列出自己的動機，為自己爭取合格吧！

為了傳達出為他加油的心情，我悄悄握住路茲的手，使力握緊。

「啊，是的。我……」

「放棄吧。」

動機都還沒說出口就被制止了。虧他想了那麼久，至少聽他說完啊！我在內心吶喊，但歐托的表情凝重，低頭看著路茲。

「放棄市民權是最蠢的行為。」

「……歐托先生，市民權是什麼？」

疑問忍不住脫口而出。

我第一次聽說有市民權。既然叫作市民權，可想而知就是這座城市居民的權利。但是，就如同我以前直到讀書之前，都一無所知地享受著日本國憲法所保障的權利，我也不知道這個城市的居民正當擁有的權利究竟是什麼。

「就是可以住在這座城市的權利，同時也是一種身分的證明。七歲接受洗禮儀式的時候，就會在神殿登錄成為城裡的居民，不論找工作、結婚還是租房子，只要沒有市民權，受理的方式就會不一樣。外地人如果想在神殿登錄成為市民，取得市民權，在城裡定居，就必須支付非常可觀的鉅款。」

「歐托先生也付了那筆鉅款嗎？」

「對，沒錯。」

大概是回憶起了當時，歐托愁眉苦臉地點頭。班諾在一旁露出苦笑，指著歐托說：

「這傢伙為了和珂琳娜結婚，簡直是傾家蕩產。」

「其實我也想在這裡開店做生意，但靠我的積蓄，光是購買市民權就已經很勉強了。」

我不知道旅行商人的積蓄到底會有多少，但光靠開店的資金，感覺不管有多少，都不足以同時支付市民權和結婚資金。

「而且，城裡的生活和在外旅行的生活也完全不同。路茲，你真的明白幾乎所有時間都得在馬車上度過的生活是什麼樣子嗎？」

「……不。」

路茲搖了搖頭。從城市的一頭走到另一頭最多兩小時的時間，所以城裡孩子們的移動方式，基本上都是徒步。板車也就算了，想必甚至沒坐過馬車的路茲，根本不會懂得以馬車代步的旅行是什麼模樣。

「比方說水。當你需要水的時候，你會怎麼做？」

「去汲井水。」

「對吧？但是，旅行期間不會有固定不動的水井。首先必須找到水源。」

「那去河邊……」

路茲似乎馬上想到了把去森林時經常利用的河川當作水源。但是，畢竟是在外旅行，不可能始終都沿著河川移動。再者，紙也昂貴得一般人買不下手，究竟會有多少旅行商人擁有地圖呢？

「路茲，當你成了旅行商人，首次出外旅行的時候，恐怕連河川在哪裡也找不到。畢竟你不可能一直沿著溪流移動……」

「梅茵說得沒錯。所以，通常我們都是走同一條路在做買賣。隨著年紀增長，認識的人多了，互相交換情報，才知道其他可以利用的水源和安全的路徑。再把這些事情告訴孩子，孩子再把路徑傳給下一代。在那麼狹窄的馬車上生活，根本沒有外人介入的餘地。而且最重要的，就是旅行商人最後的去處。你知道旅行商人都想得到什麼嗎？」

路茲沉默不語，慢慢搖頭。

「就是市民權。」

「咦?!」

「有朝一日想結束在外流浪的辛苦生活，在城市裡落腳。然後在城裡開一家店，安全地做生意。為了達到這個目的，要努力存錢。這就是旅行商人的夢想。所以生來就擁有市民權的你，絕不可能有旅行商人願意接納你。如果真的想當，就只能自己設法從頭開始。旅行商人沒有收人當徒弟這種制度。」

如果市民權是旅行商人的夢想，那麼路茲早就實現了這個夢想。聽起來歐托其實想在城裡開店，我不明白怎麼結果從商人變成了士兵。

「那為什麼歐托先生會想成為士兵呢？」

「慢著，等一下！不能問這……唔唔！」

摀住話才說到一半的班諾的嘴，歐托臉不紅氣不喘地毅然宣告。

「就是為了和珂琳娜結婚。」

「請、請再說清楚一點！」

「小妹妹，我可不想聽。他會講得又臭又長，還讓人很不爽。」

班諾連忙想要阻止，但歐托已經雙眼發亮地說了起來。

「沒錯，那是在我剛成年不久的時候。來到這座城市的時候，我對珂琳娜一見鍾情！那種感覺就像是心臟被人射了一箭，也像是得到了上天的啟示，總之，我的眼裡只看得見珂琳娜。如果要結婚，對象非她不可！所以我馬上展開了追求。」

「……想不到歐托先生這麼熱情如火。」

爽朗的斯文笑容背後，老在精打細算的黑心前商人，原來也是遇到愛情就會勇往直前的主動派。從歐托氣質沉穩的深棕色頭髮和褐色瞳孔，以及看起來敦厚老實的外表，很難想像他熱情求愛的模樣。

「因為珂琳娜就是這麼充滿魅力！不過，雖然我果敢地發動了攻勢，但一開始被她拒絕了。因為她是出了名的優秀裁縫師，也說從事這份工作，想要留在本地好好發展，沒辦法去過要四處旅行的生活。」

……顧客確實很重要，而且既然是出了名的優秀裁縫師，表示可以賺到自己還算滿意的收入。當然沒辦法捨棄安定的生活，不穩定地到處旅行吧。

再來，看在珂琳娜眼裡，突然展開追求的旅行商人怎麼看都很可疑，會害怕被騙也不足為奇。

我「嗯嗯」地點頭聽著，歐托的愛情故事也發展得越來越快，越來越精彩。講話的聲音開始激動起來，動作手勢也跟著變大。

「聽到珂琳娜說她打算和城裡的男人結婚時，我簡直青天霹靂！我完全無法想像珂琳娜和其他男人結婚，所以拚了命地思考這下子該怎麼辦，於是緊接著跑去神殿，購買了市民權！」

「咦？請等一下。你的愛慕之心不會太衝動了嗎？」

歐托的行為在這世界很正常嗎？我納悶地仰頭看向班諾，只見他一臉疲憊地按著太陽穴。

「……連小孩子也這麼覺得吧？而且，歐托在這座城市購買市民權的那筆錢，原本打算去父母取得市民權的城市，在那裡當作開店資金。」

「咦咦?!」

班諾說了，在父母已取得市民權的城市，兒女可以半價取得市民權，所以剩下的錢本要當作開店資金。居然只因為一見鍾情，就把在辛苦的旅行商人期間存下來的重要開店資金砸出去，根本不是精打細算的商人，是眼裡只有愛情的盲目男人。

「雖然想在城裡開店，但開店要錢，當時也還沒有建立起有人願意融資的人脈。不再當商人以後，能向珂琳娜展現我要留在這座城市的決心的工作，就是士兵了。所以我就拜託每次來這裡都處得不錯的班長，僱用我為主要處理書面工作的士兵……對了，買了市民權，成了士兵，向珂琳娜求婚的時候，她還大吃一驚呢。」

……呃，不吃驚才奇怪吧。以「無法不穩定地到處旅行」為由拒絕後，對方就拿出了總財產買下市民權，還成了士兵，沒有妙齡少女聽了會不吃驚吧。

不知道珂琳娜小姐是心想得拉緊韁繩管好他才行，還是心頭小鹿亂撞，覺得他居然這麼愛自己！真想聽聽看珂琳娜小姐這邊的說法。感覺會聽到和歐托先生完全不同版本的故事。

「持續追求了好幾天以後，我算是入贅地與珂琳娜結了婚。珂琳娜說著『真是拿你沒辦法』時，那笑容不知有多可愛！然後現在……」

於是乎，歐托開始滔滔不絕地說起自己的老婆有多麼可愛。嘴巴一開就停不下來。真希望他別把行商時培養出來的一流行銷與宣傳能力，用在炫耀自己的老婆上。路茲也被歐托口若懸河地誇耀老婆的樣子嚇到了，茫然地杵在原地。早聽說過他是眼裡只有妻子的愛妻男，還以為是父親誇張了。但是，真的一點也不誇張。

……怎麼辦，沒想到歐托先生原來是這種人。

我求救地看向班諾，眼神對上的瞬間，他大概是習以為常了，輕輕聳肩。

「歐托，偏離旅行商人的主題了吧。別再炫耀你老婆了，快點回到正題上。」

「咳！抱歉。總之就是這樣，放棄當旅行商人吧。」

哪來的總之就是這樣！雖然很想這麼吐槽，但我忍住了。儘管大幅偏離了主題，但已經可以清楚知道，旅行商人並沒有學徒的制度，還有成為旅行商人會有多麼辛苦、我們擁有的市民權有多麼寶貴，和墜入情網有多恐怖。

被人當面明講「放棄吧」的路茲垂著腦袋，消沉到了引人同情的地步。枉費他還想好了理由，卻在開口前就被潑冷水說不可能，還被迫聽了當旅行商人有多麼辛苦、老婆又有多麼可愛，也難怪他會灰心喪志。

「……路茲，另外這是梅茵的提議，你要不要放棄旅行商人，考慮當商人的徒弟？以後至少有機會在採購的時候去其他城市。」

「梅茵?!」

路茲猛然抬頭看向我，燃燒著怒火的翡翠色眼睛正控訴著：「妳早就知道我當不了旅行商人了嗎？」

「我覺得請旅行商人詳細說明情況，對你比較好喔。比起由同樣住在城裡的我來說，你更聽得進去吧？」

「……啊。」

路茲露出被我說中了的表情，尷尬地別開視線。

「在問歐托先生的時候，我就覺得要當旅行商人應該很困難，才心想不知道有沒有不會被父母反對，又有機會可以出去外地的工作。而且，我也是直到剛剛才知道，所以還是勸你不要為了當旅行商人，就放棄自己的市民權。」

「……說得也是。」

聽了歐托的說明，果然也重新考慮過了吧。聆聽外地人的旅行趣聞，和知道現實中真正的生活，兩者完全不同。

「因為聽爸爸說過，歐托先生和城裡的商人也有交情，所以我只是和他商量，如果路茲願意，能不能為你介紹而已。要拒絕也是你的自由喔。」

「……這樣啊。梅茵為我想了很多呢。」

路茲吐出大氣，抬頭看向班諾。我也仰起頭，注視班諾。如果想成為商人的徒弟，該跨越的難關不是歐托，而是班諾。

「所以，歐托才會介紹我過來……那麼，你想成為商人嗎？」

「是的。」

路茲一點頭，班諾就瞇起赤褐色的眼眸。聽著歐托在炫耀老婆時的散漫氣息消失無蹤，他用肉食性動物般，發現了可以降伏的對手的冷峻眼神，俯視路茲。

「哦……那麼，你能賣什麼東西？成為商人以後，想賣什麼商品？」

「咦？」

在應徵的面試上，詢問求職動機是很正常的事，但路茲昨天想的，都是想成為旅行商人的理由。要他臨時擠出想當商人徒弟的理由，實在強人所難。

「我在問你，成為商人以後，你想做什麼？又做得了什麼？」

「我……」

……呀啊啊！面對還沒受洗的小孩子，居然採取高壓式面試！

別這麼心狠手辣！雖然很想這麼說，但站在商人的立場，多一個徒弟，就等於多一筆巨大的開銷。只不過是歐托助手的朋友，沒有義務要抱著會虧錢的覺悟還攬下來。除非毅力過人、充滿幹勁，或者握有能夠熱賣的商品情報，能為班諾帶來好處，否則就算被當場拒絕也是合情合理。反而從我們的角度來看，光是對方願意見我們一面，就該感恩戴德了。

「沒有的話，這件事就到此為止。」

班諾說道，感覺得到路茲低下了頭，咬住嘴唇。

我也不知道自己接下來說的話，能夠幫助路茲突破困境，還是只會讓他白白努力一段時間。但是，選擇權在路茲手上。我用只有路茲聽得見的音量，悄聲問他：

「……路茲願意做我想要的紙嗎？」

「我做。」

路茲毅然抬頭，在握著我的手上使力。雖然他的手在發抖，但路茲無畏地瞪著挑起一邊眉毛，表情冷酷的班諾。

「我也有想做的事情！梅茵想出來的東西，全都由我來做！」

「嗯，一直以來都是這樣呢。」

「因為梅茵老是不懂得適可而止，所以由我來做！」

……路茲，你真的豁出去了呢。說得很好。班諾先生都瞪大眼睛了喔。

雖然這個結果，不知道究竟是我把路茲捲進來，還是路茲把我捲進來，但既然路茲願意承擔我做不到的事情，那我也只要承擔路茲做不到的事情就好了。

……和路茲不一樣，入學面試和求職面試我可都經歷過了。

我繼續仰頭看著班諾先生，露出有禮的笑容，深吸一口氣，再慢慢吐出。調整呼吸以後，開口說了：

「我在考慮用動物皮以外的材料造紙，然後出售。因為製作的成本可以壓得比羊皮紙還低，我認為這項商品可以獲利。」

聽我說完，班諾不悅地板起臉孔。他用比投向路茲時還要閃著兇光的雙眼看著我，發出低嗥似的低沉話聲。

「……小妹妹也想成為商人嗎？」

「對。雖然這是第二志願。」

我帶著笑容點頭，班諾身旁的歐托就微偏過頭。

「第一志願是在大門處理書面工作？」

「不，是當『圖書管理員』。」

話聲一出，三個人都露出了滿腹疑惑的表情。果然聽不懂我在說什麼吧。

「……沒聽過這職業。」

「我想在有很多書的地方，從事管理圖書的工作。」

簡潔扼要地說明了圖書管理員的工作以後，班諾噗嗤笑了出來。

「噗……哈哈哈，那可是只有貴族大人才能做的工作。」

「……果然嗎？」

……可恨的貴族大人。

既然基本上只有貴族有書，負責管理的圖書管理員也會是貴族吧。雖然多少猜到了，但身分的差距還是讓人火大。

「話又說回來，羊皮紙以外的紙嗎？已經有成品了嗎？」

瞥向我的雙眼帶著警戒。班諾肯定正在腦海裡頭計算著，羊皮紙以外的紙上市時會產生的影響與利益。

「現在還沒有。」

「那就沒得商量了。」

雖說沒得商量，但毫無疑問起了興趣。只要再下一城，應該就可以取得共識。我更是加深了臉上的笑意。

「如果只要有成品就可以，那我們會做出來。我們的洗禮儀式是明年夏天，春天之前會做出紙的試作品，到時候再請您判斷能不能使用。」

「……這倒可以。」

向原本打算給出不合格的班諾爭取到緩衝時間了，可謂是場漂亮的勝仗。

「班諾先生，謝謝你。」

「我還沒有答應。」

「但是，你給了我們挑戰的機會。」

剩下的就是看路茲的努力了。關係到自己未來的工作，他一定會全力以赴吧。面對突然來臨的、也許可以得到紙的情況，我忍不住開心微笑。

「路茲，加油吧。」

「嗯。」

「歐托先生，也謝謝你為我們介紹班諾先生。」

我也向一直嘻嘻笑著，看著我們一來一往的歐托表達感謝。多虧歐托的牽線，路茲放棄了旅行商人，往商人徒弟之路踏出了第一步。這是我的預想中，最好的結果。

「今天的休假過得很開心喔。期待妳下次來大門的日子。」

「好的。」

看來歐托也給了及格的分數。

我卸下了心口的大石，從歐托的話語中察覺到了解散的意圖，跨出一步，準備和路茲一起離開。

……啊，都忘了。

「請問！我有件事情想請教歐托先生和班諾先生。」

我停下腳步回過頭，叫住同樣正準備離開的歐托和班諾。兩人一同轉身。

「嗯，什麼事？」

「你們聽說過有一種病，是體內的熱意會突然擴散，又突然消滅嗎？」

行遍各地的歐托，和看起來與各種人物都有交集的班諾，也許會知道我體內的熱意是什麼。

「有時候會有種像要被熱意吞噬的感覺，但只要想努力壓下去，熱意就會減弱。抱歉說得這麼抽象……」

「不，我沒聽說過。」

歐托緩緩搖頭。

看向班諾，他先是垂下眼皮，也慢慢地搖頭。

「……我也不知道。」

既然這兩個人都不知道，那在我的生活圈內，也沒有人會知道了吧。

看來我身上的病非常罕見。

「……是嗎？謝謝兩位。」

我和路茲手牽著手，邁開腳步。雖然沒能得到和疾病有關的資訊，但已經在有附帶條件的情況下獲得了錄用，還得到了造紙的幫手。前進了一大步呢。

「路茲，一起努力造紙吧！」

「嗯！」

成功自己開拓了道路的路茲，也露出了洋溢著期待與希望的笑容。

終章

結束了與梅茵和路茲的會面，歐托回到心愛妻子等著的小窩。

「珂琳娜，我回來了。班諾也一起過來了。」

「回來啦，歐托、班諾哥哥……你們兩個跑去欺負還沒受洗的小孩子，居然還能笑得這麼開心地回來。」

「妳嘟嘴的樣子也好可愛！」

歐托一把攬住可愛妻子珂琳娜的腰，對著她奶油色的髮絲親了好幾下，一邊走向會客室。班諾敲了他一拳：「等我不在了再親熱。」

身為妻子至上主義者，歐托才想抱怨班諾打擾到了他們夫妻倆的悠閒時光，但要是在珂琳娜跟前這麼說，她又會生氣地叫他在哥哥面前收斂一點，只能壓回不滿。

歐托家的會客室，平常都是珂琳娜與客人討論工作的房間。房中央有張不同於用餐房間的圓形木桌，準備了四張椅子。右側牆邊放有櫃子，擺著可以看出珂琳娜裁縫風格的樣品，左邊牆上掛著拼湊了多餘碎片縫成的壁毯，色彩鮮豔繽紛。

「哎啊，事情的發展真是出人意表。班諾居然不得不讓步……」

歐托坐在其中一張椅子上，笑嘻嘻地看著坐在對面，臉色難看的班諾。

「咦？班諾哥哥嗎？歐托，快告訴我詳細經過！」

珂琳娜的灰色眼眸閃閃發亮，稍微把椅子挪往歐托的方向，用撒嬌的語氣要他說明。珂琳娜平常很少像這樣子撒嬌，歐托不禁在心裡向梅茵送去讚賞的喝采，一邊簡單地說明了今天的經過。

「……就是這樣，多虧有梅茵在，今天的會面出奇的有趣。」

「梅茵就是班長的女兒吧？你說過她頭腦很聰明。」

「嗯，是啊。但是，她當我的助手已經過半年了，我現在還沒有完全了解她。是個奇怪到了我每次都在想究竟是怎麼教的，才能教出這樣的孩子。」

身為旅行商人，在各種地方接觸過各種階級的人的歐托，也覺得梅茵明顯異於常人。本日同行的班諾似乎也有同感。身為商人，班諾也接觸過各種階級的人。如果曾是旅行商人的歐托了解的層次是淺而廣，身為城裡富商的班諾，了解得則是窄且深。

「歐托，她真的是士兵的女兒嗎？」

「這點無庸置疑。但是，連我也覺得很奇怪。」

「什麼意思？」

珂琳娜不解地側過臉龐。歐托回想著梅茵異常的模樣，開口說了。

「首先，外表就很不尋常。梅茵每次都乾淨得不像是士兵的女兒。雖然身上的衣服破破爛爛滿是補丁，但皮膚和有光澤的頭髮卻乾淨得不可思議。明明班長是和一般士兵沒有兩樣的大叔，兩個女兒的皮膚卻都乾乾淨淨，頭髮也很有光澤。」

「會不會是母親悉心照顧呢？」

一出生就是富裕商家的女兒，即使透過雙眼看見了貧民的生活，珂琳娜還是無法確切了解。要清潔肌膚與頭髮，都得消耗時間、金錢和用品。她不明白生活困苦的時候，根本沒有餘力顧及這些。

「嗯……我冬天的時候見過一面，但看起來不像是母親先動手為她們打理。長得和梅茵很像，是位和班長結婚真是可惜了的美女。」

冬季天氣放晴時為了去採帕露，梅茵曾留在大門等候。當時歐托和來接梅茵的母親打過照面，但印象中並沒有乾淨到值得一提。

「……在班諾哥哥眼裡，也覺得梅茵很奇怪嗎？」

班諾聽了這個問題放下杯子，仰頭看向天花板的梁柱，不疾不徐吐氣。

「嗯。夜藍色的頭髮有光澤到甚至會發光，白皙的皮膚沒有半點汙垢，手也像是不曾勞動或做過家務的貴族女兒的手。牙齒也很白。這一切都和破破爛爛的衣服呈現出強烈的對比，怎麼看都很不尋常。」

「你說……有光澤到甚至會發光嗎?!她到底是怎麼辦到的?!」

「咦？珂琳娜現在這樣就很美了喔？」

「歐托你閉嘴，我在問班諾哥哥。」

少見的強悍模樣讓歐托不住眨眼。看來對女性而言，頭髮的光澤是非常重要的大事。真難得除了裁縫以外，珂琳娜會對一件事這麼感興趣。

「好像抹了什麼東西在做保養，但對方不肯告訴我是抹了什麼。」

班諾說完，珂琳娜就把充滿期待的雙眼轉向歐托。

「那她會告訴歐托嗎？」

「……接下來她大概會心懷警戒，很難問出來吧。」

但為了想知道梅茵頭髮光澤秘密的珂琳娜，就算希望渺茫，下次見面時還是問問梅茵吧。歐托下定決心。為了愛妻，他是不辭勞苦的男人。

「不過，先不說充滿光澤的頭髮，梅茵的手會那麼乾淨，是因為身體嬌小、沒有體力，幫忙不了多少家務事。而梅茵的皮膚會那麼白，我想是因為她體弱多病，成天老是臥病在床，沒辦法外出，很少晒到太陽的關係。」

「……這麼說來，上次就是因為這個小女孩發燒，會面才取消了吧。」

班諾回想著低喃說。歐托也想起了因為梅茵長達五天都高燒不退，班長的情緒變得暴躁易怒，讓大家都苦不堪言，露出了不敢回想的表情點頭。

「如果梅茵的外表是因為體弱多病，那不至於說她很奇怪吧？」

珂琳娜聽了兩人的對話，似乎覺得他們是大驚小怪，頓時失去了興趣，聳起肩膀。

「不對。」但班諾對她搖頭。

「不只是外表，我在意的是儀態和語氣。如果沒有人教，根本學不來。不可能是她的父母是落魄貴族，對家教很嚴格吧？」

「班長還有一個女兒，但她就非常普通。雖然頭髮也有光澤，皮膚也算乾淨，但僅此而已。不像梅茵那樣，在一群人當中顯得格格不入。」

聽歐托說完，班諾輕點了點頭，注視著珂琳娜說了：

「珂琳娜，那個小女孩的反常不只有外表。她還有被我瞪了也不會別開雙眼的膽量，腦筋轉得也快，懂得隱瞞頭髮光澤的秘密，讓情況對自己有利；明明沒有成品，卻有勇氣誇下海口，還敢提出條件談判……全都不像是受洗前的孩子會有的行為。」

「居然有小孩子被班諾哥哥瞪了還不會別開眼睛?!那孩子真的很反常！」

珂琳娜瞪著雙眼大叫。班諾是長男，珂琳娜是老么，父親又在珂琳娜小時候過世了，所以班諾一直是兄代父職。從小就被班諾訓斥到大的珂琳娜，切身地體會過就連大人也會想別開雙眼的班諾的恐怖。

「啊，還有，她的計算能力和記憶力也很驚人。給她石板的時候，我嚇了一跳。沒有任何人教她，她就能正確地拿起石筆寫字。好像早就知道怎麼寫字。」

「會不會是你示範過了呢？」

珂琳娜偏頭，發現歐托的杯子空了，又為他倒了一杯。歐托喝著珂琳娜為他倒的酒滋潤喉嚨，思忖著該怎麼說明。

「這嘛，我確實示範過了，但是才剛看過就能飛快寫字，並不是那麼容易的事。就算我教了怎麼拿石筆，但從來沒有孩子能夠馬上順利寫出筆畫，更遑論是字。」

「這倒是呢……」

珂琳娜也在教導學徒，所以很清楚就算做了示範，不代表就能學會。

「梅茵的計算能力也非比尋常。雖然本人說了，是母親在市場教了她怎麼認數字，但只是認得數字，怎麼可能也會計算？」

「不，來我這裡的學徒，多少都會計算。如果父母平常就會算數，也會跟著學會一點。」

成為商人學徒的孩子，基本上父母都是商人，不少人在接受洗禮儀式的時候，就多少會讀寫和計算了。歐托也從小就跟著旅行商人的父母親行遍各地，所以也學會了計算和寫字。但是，梅茵的計算能力等級不同一般。

「不只是多少會計算而已。像是會計報告，得算出南門所使用的備品數量和價格。不只有在市場上會遇到的小數目，還有加總後位數非常可觀的數字，她都能輕而易舉地算出來。而且還是不用計算機，只是在石板上把數字列出來。」

「……果然是受到重用的得力助手嘛，竟然讓那種孩子幫忙會計報告。」

歐托睨了一眼出言調侃的班諾，壓低聲音說了。

「雖然我沒有對任何人說過，但其實七成的書面工作，都能交給她處理。」

「……啊?!」

「……七成，你……」

兩人都比預料的還要吃驚。瞪大雙眼，一瞬間靜止不動的班諾和珂琳娜看起來非常相像，歐托不由得笑了出來。

「這還是因為她記得的單字數量還不多，將來可不得了。在我不在的時候，還曾萬無一失地處理了貴族的介紹函。」

當時他也大吃一驚。開完會，幫忙顧著工作崗位的梅茵就向歐托報告，有位拿著下級貴族的介紹函的商人在等候。

原本由貴族介紹給另一位貴族的訪客，就規定要在確認完畢後，盡快讓訪客能夠動身前往城牆。即便訪客是平民，也要當成下級貴族接待。

當天恰巧在上級貴族的召集下要開會。論兩者的優先程度，當然是上級貴族。但是，一旦接待上有了疏失，訪客可能會雷霆大怒：「太無禮了！」倚仗下級貴族的介紹函，擺出盛氣凌人的高姿態，或者還有可能闖進會議室，觸怒上級貴族，事態將一發不可收拾。

在這種情形下，梅茵讓並非貴族的商人待在下級貴族專用的等候室等待，滿足對方的自尊心，並說明「現在是上級貴族召開的會議」讓對方理解。然後，會議一結束就馬上報告，也就不會與士長錯開。不僅處理迅速，還激發了不知所措的士兵的上進心，覺得以後不能再向小孩子求助。簡直無懈可擊。

「好厲害的孩子……呢。」

「豈止厲害……簡直是異常，太詭異了。但是，我想身為父親的班長大概沒有發現到梅茵的奇特。看班長和她相處的樣子，只覺得她是體弱多病又可愛的女兒吧。如果不是我說了想請梅茵擔任助手，恐怕永遠也不會發現梅茵有多麼優秀。」

「也幸好父母很遲鈍。要是覺得她噁心，把孩子丟在路邊也不是不可能。」

班諾說，珂琳娜就難過地擰眉。

「就算是開玩笑也別說這種話。我一點也不想去想像。」

「放心吧，珂琳娜。就算父母覺得噁心把她丟掉，班諾也會把她撿回來。因為梅茵可是優秀到敢和班諾討價還價。」

歐托露出戲弄的笑容說完，珂琳娜也輕聲笑了。

「……歐托，你覺得那個小女孩真的做得出來嗎？」

班諾用指尖輕敲兩下桌面，凝視歐托。班諾赤褐色的雙眼，變成了商人想洞察先機的眼神。

「你是說羊皮紙以外的紙嗎？她一定會做出來。」

「你很相信她嘛。」

「因為我前陣子才鼓吹她，如果自己做不到，就讓其他人代替她完成。路茲如果真能照著梅茵的指示成為她的左右手，肯定會做出來。」

梅茵不甘心地說過自己沒有力氣也沒有體力，也就表示她確實知道做法。正因為梅茵有勝算，才敢宣稱自己能夠做出成品。歐托不認為只是誇下海口。

「……要是真的能做出來，整個市場會天翻地覆。該怎麼處理這個小女孩呢？」

「難道你也想招攬梅茵？」

聽班諾的語氣，不只路茲，似乎也有意招攬梅茵為徒弟，歐托於是這麼問道。班諾立刻瞪大眼睛。

「那當然！這種人才怎麼能讓給別人?!光是一個小女孩，就不知道可以製造出多少種產品！她頭上的髮簪、能讓頭髮浮現光澤的產品、羊皮紙以外的紙……我今天知道的就有這些，她絕對還隱瞞了很多機密。她會成為顛覆市場的災難。」

「等一下！梅茵是我的助手，不准你隨便帶走她！」

班諾的主張沒有錯，但歐托也有話要說。梅茵是他花了半年的時間，為了結算時期栽培至今的珍貴戰力，怎麼能眼睜睜地看著她被人搶走。

但是，班諾哼笑一聲，勾起嘴角。

「本人的第二志願是商人，還說對助手沒有興趣喔。你只訓練了半年吧？再去找其他人吧。」

「怎麼可能有人能像她這樣，只訓練半年就這麼好用！由梅茵出主意，路茲再做出來，那梅茵繼續留在大門工作也沒問題啊！」

尤其結算時期絕對不能拱手讓人。歐托這麼心想著狠瞪班諾，但班諾也毫不退讓。他放下杯子，往前傾身。

「不行！保險起見，我會讓她和商業公會簽約，免得被其他地方搶走。」

「考慮到梅茵的體力，她不能和商業公會簽約！她虛弱又容易生病的程度，真的會讓你大吃一驚。絕對無法從事要用到體力的工作！」

「……她那麼虛弱嗎？」

班諾像是措手不及，氣勢矮了下來。眼見機不可失，歐托乘勝追擊：

「還以為讓她待在有暖爐的房間不會有問題，結果等到下次鐘響的時候再過去看，她已經發燒暈倒了。」

「啊？」

歐托必須負責守門，所以讓梅茵自己留在有暖爐的房間，結果後來去察看她的狀況時，發現她已經發燒倒在地上。前來接她的昆特還說：「別在意，老樣子了。」看來她的虛弱程度在家人眼中，已經是見怪不怪。

「初春的時候更嚴重。那陣子她甚至沒辦法從住家走到大門。」

「咦？不管她住在哪裡，要走到大門都不遠吧？」

外牆環繞地圍起了整座城市，所以城市本身並不大。靠著小孩子的雙腳，從西門走到東門，也只要兩次鐘響的時間內就能走到。

「沒錯，從班長家到南門並不遠。但是，她之前根本走不到。每次都走到一半就筋疲力盡，得班長抱著她來大門，之後更要在值宿室裡躺到中午才能活動。而且，回家後一定會睡上兩、三天。」

「喂，她那樣子真的沒問題嗎？讓她工作會死吧？」

確實有這可能。尤其現在班諾的事業正扶搖直上，工作的地方充滿生氣，同時也非常忙碌。歐托不認為梅茵的體力可以勝任。

「唔……」

一直說她體弱多病，大概也沒料到虛弱到這種地步吧。班諾按著眉間陷入沉思。

話題至此也告一段落，珂琳娜起身離開，準備做飯。

桌上擺著燈，還有可以添酒的小酒桶，以及放了肉乾當作下酒菜的盤子。咀嚼著有些過鹹的肉乾，歐托看著又倒了一杯酒的班諾。

「班諾，梅茵說的有熱意會在體內流竄的病，你是不是想到了什麼？」

看他聽到梅茵問題時的反應，歐托猜他可能知道是什麼疾病，果然沒錯。

班諾顯然猶豫著該不該說，視線望著上方。思索了一會兒後，難得用含糊其詞的聲音嘀咕說了：

「我猜可能是身蝕，但不確定。」

「……身蝕？那是什麼？是怎樣的病？」

「那不是病。而是魔力在體內過度增幅，結果被魔力吞噬至死。」

聽到了平常根本不會接觸到的單字，歐托瞪圓雙眼。

魔力是平民不會擁有的，不可思議的強大力量。因為極少親眼目睹，所以歐托也不清楚，但據傳如果沒有魔力，就無法維持國家的運作。所以，擁有魔力的貴族才能站在萬人之上，統治國家。

「……雖然極其少數，但也會有貴族以外的人擁有魔力。更正確地說，是用來釋放魔力的魔導具價格太昂貴，所以除了貴族，很少有人能夠正確地操控魔力。」

正成長為與貴族也有往來的商會的班諾，比歐托更了解這個國家。

「雖然不確定，但如果是身蝕，那個小女孩會比實際年齡看起來要小，又動不動就暈倒，一切就有了解釋。但如果真的是身蝕，又沒有魔導具的話，那個小女孩……大概活不了多久吧。」

「什麼?!」

昆特溺愛梅茵的模樣浮現在眼前，歐托的心情就像被人潑了盆冷水，凝視班諾。但是，班諾的神情一樣凝重，歐托知道他不是在說笑或調侃。

「好像是隨著成長一起增幅的魔力會把本人吞噬。聽說很多沒有魔導具的平民，都撐不到洗禮儀式。」

「沒有什麼辦法嗎？」

神通廣大的班諾也許知道什麼好方法。歐托用著抓住浮木的心情問，但班諾只是撩起頭髮，嘆一口氣。

「如果和貴族簽訂契約，就能借到魔導具，免於一死……但是，一輩子都會被貴族豢養。這一生，都只能為了貴族使用自己的能力。要就這樣在家人身邊迎接死亡，還是一輩子當貴族的寵物，我也不知道哪一種更好。」

班諾的話沒有帶來任何希望。歐托自己也不知道哪一種更好。雖然不想死，但他也打從心底不願意一輩子成為貴族的寵物。

「歐托，別想得太嚴重。還不確定那是身蝕。更何況如果真的是身蝕，現在早就只剩半條命了，沒辦法像她那樣在外頭走來走去。」

「是嗎……」

些許的安心和莫大的不安同時壓在歐托的心口上。

梅茵好幾次都遊走在垂死邊緣。現在能夠在外走動，都是她從春天努力至今的成果，聽說在那之前是個幾乎無法走出家門的孩子。

真的不會有事嗎？是不是該向昆特報告一聲？這些想法在心裡頭徘徊不去，歐托把難以形容的情感，用酒精硬是灌進了腹部底層。

沒有梅茵的日常風景

「喂，路茲。我先走了喔！」

「知道了，拉爾法。我馬上過去！」

聽到哥哥拉爾法的呼喊，我趕快用布包起夾了火腿要當作午餐的麵包，連同狩獵道具一起放進自己的籃子裡。再把籃子綁在木架上，抓起木架就衝出家門。

受洗完後，拉爾法隔天就開始工作，現在即使不和大家一起集體行動，也能自己去森林，也變得常和工作上認識的朋友一起出門。最近一起去森林的次數變少了，所以我有點高興，奔下階梯。

「嗚哇，今天感覺會很熱！」

從晒在肌膚上的熾熱陽光，感覺得出季節開始變換，我跑向要去森林的孩子們的集合地點。

和拉爾法一樣受洗完了的弗伊和多莉今天也出現在了集合地點。看來今天和受洗前一樣，要和較小的孩子們一起去森林。看到三個人都出現在集合地點，我感到有些懷念。

「拉爾法、路茲，早安。」

朝著這邊的多莉看見我們以後，向我們揮手。

「早安，多莉。梅茵的情況怎麼樣？已經第三天了，也該退燒了吧？」

梅茵最近都用小刀在削木頭，做著她稱作「木簡」的東西，所以大概是累積了疲勞，從幾天前起就陷入昏睡。

「……不，完全沒有。她突然在儲藏室昏倒以後，都已經第三天了還沒退燒，而且身體好燙，我好擔心。」

多莉皺眉垂下臉，左右搖了搖頭。一、兩天還稀鬆平常，但持續三天以上發高燒，多莉似乎也開始擔心了，臉色很蒼白。

「別擔心啦。梅茵還沒有把『書』做出來，不會那麼輕易就死的。」

梅茵沒有體力也沒有力氣，身體又虛弱，但總是朝著自己的夢想卯足全力。雖然不管梅茵怎麼說明她想要的「書」是什麼東西，我還是完全聽不懂。但是，我知道為了得到「書」，梅茵在自己的能力所及範圍內非常努力。看到比自己還矮小，身體又瘦弱，卻很努力想得到自己想要的東西的梅茵，就覺得自己也不能輸給她。

……而且她說了，會把我介紹給以前是旅行商人的人。

我想當的旅行商人，會從一座城市移動到另一座城市，所以很難在這裡找到收我當徒弟的人。聽說梅茵每次去大門教她寫字的老師，以前就是旅行商人，我就拜託梅茵，希望她把我介紹給對方。既然以前是旅行商人，一定認識其他旅行商人吧。我想拜託他，幫我介紹其他旅行商人，成為旅行商人的徒弟。

為我談好了會面時間的梅茵還說：「我偶爾也得幫路茲的忙嘛。」有些洋洋得意地唔呵呵笑了。

「而且我和梅茵有約定，所以她會恢復健康的。」

「你說得對，路茲。梅茵一定會沒事的。」

多莉的臉上稍微恢復了一些笑容。

「出發囉！」

拉爾法一聲令下，十人左右的孩子隊伍就朝著森林開始移動。

「梅茵不在，就可以加快速度了。」

「呵呵，因為梅茵很慢嘛。不過，路茲幫了很大的忙喔。」

和一群孩子一同前往森林時，年紀最大又擅長照顧人的多莉，就必須照顧大家，不能只顧著梅茵。

「拉爾法，我和弗伊走在最前面，你和路茲就在後面吧。」

「好！……但話說回來，路茲還真有耐心。」

看見多莉走到最前面，拉爾法才受不了地小聲這麼說。我不高興地看向拉爾法。

「什麼意思？」

「就是照顧梅茵啊。只是在旁邊看著，就覺得一定很辛苦。」

雖然街坊鄰居都稱讚拉爾法很會照顧人，但會照顧別人，只是因為想在多莉面前表現出好的一面。有沒有多莉在，他對我的態度可是天差地別。

「幸好我跟多莉同年。」

拉爾法語氣非常慶幸地說，我聳聳肩。我也有自己的如意算盤，所以才會照顧梅茵，不覺得辛苦。

大家或許不知道，但梅茵知道很多稀奇古怪的事情，也會寫字，還能為我介紹旅行商人。

不由得脫口而出後，拉爾法饒富興味地低頭看我。

「例如？」

「梅茵也有優點啊。」

我不想說出腦子裡最先想到的旅行商人。拉爾法和其他哥哥每次都說：「怎麼可能成為旅行商人啊，你真蠢。」所以我要瞞著大家偷偷成為旅行商人，讓家人大吃一驚。

「梅茵每次都會分午餐給我吃，還會教我怎麼做好吃的食物。」

「都是吃的啊……」

拉爾法笑了，但對我來說這是最重要，也是照顧梅茵的最大理由。和梅茵在一起的時候，午餐的分量會增加。而且幫梅茵的忙，還能吃到好吃的食物。

「什麼啊，拉爾法還不是吃得狼吞虎嚥。」

「因為很好吃啊，而且我也幫了忙，當然要吃。」

平常我的飯菜都會被哥哥們偷走，所以得在採集途中吃果實果腹。不能去森林的冬季期間更是淒慘。既吃不到果實，也不知道暴風雪會持續到什麼時候，所以食物必須比其他季節更省著吃。

就在冬季的某個晴天，梅茵為肚子餓的我想出來的帕露煎餅，是用原本要當雞飼料的帕露果渣就能做出來的簡單食物。想做多少就能做多少，還好吃得讓人嚇一跳。

……最重要的，是每個人的盤子都會分到一片，所以不用擔心被哥哥們搶走！

從那之後，每次採到帕露，梅茵都會教我怎麼做出好吃的東西。只要照著梅茵的指示去做，就能用好吃的食物填飽肚子。明白到這一點以後，我就和她說好，會幫沒有力氣也沒有體力的梅茵做事情。相對地，我要吃到很多的飯。只要能吃到好吃的食物，我願意做任何事情。

「那等第五鐘響了，就要在這裡集合。知道了嗎？」

「知道了——！」

抵達森林，決定集合地點後，孩子們就各自散開，開始採集。今天拉爾法和弗伊也在，所以我要和他們一起打獵。

「現在應該是蘇彌魯開始增加的季節了。」

拉爾法握著網子咧嘴笑道。蘇彌魯是我們也能捕到的小型魔獸。

蘇彌魯只到我的膝蓋那麼高，肉、毛皮、油脂、羽毛、骨頭，很多部分都有用處，口感偏軟的肉也很好吃。在這個時期捉到愛吃夏季果實樂得樂沛的蘇彌魯，肉會有淡淡的甜味。

獵捕蘇彌魯的時候，要幾個人一起分工合作。有的人負責追趕，有的人負責躲在獵物逃跑的路線上埋伏，架好網子。

「我和路茲負責追趕，多莉和拉爾法去張網子吧。」

弗伊說，一邊討論要從哪裡、又要怎麼追趕。森林深處是有些高度的山丘，蘇彌魯的習性是一被追趕就會往高處逃，所以要從低處追趕，把牠們趕到有網子的方向。

拉爾法和多莉帶著網子，走向討論好的地點。我和弗伊看了也開始撿石頭，維持著可以聽到彼此聲音的距離散開，邊移動邊尋找蘇彌魯的蹤影。在這個季節，只要尋找長有樂得樂沛果實的地方，很快就能找到。獵捕蘇彌魯，也是為了採到我們所需要的樂得樂沛。

「有了！吼吼——！吼吼吼吼！」

一發現嘴巴四周都被果汁染紅，正用驚人的速度不斷把樂得樂沛放進嘴裡的蘇彌魯，我立刻模仿會攻擊蘇彌魯的大型野獸的叫聲，上前追趕。蘇彌魯嚇得一彈，飛身竄進灌木叢裡狂奔。

「噗咿——！」

「噗咿噗咿！」

同樣在附近吃著樂得樂沛的蘇彌魯聽到同伴的叫聲，也一溜煙開始逃竄。好幾隻蘇彌魯不約而同往前衝，為了提高存活下來的機率，朝著山丘的方向奔跑，並開始往四面八方散開。

「吼吼吼——！」

弗伊的叫聲從另外一邊傳來。於是，正想跑向那邊的蘇彌魯急急忙忙地改變方向逃跑。我也全力狂奔，大聲吼叫，不讓蘇彌魯的數量減少，把牠們趕到拉爾法和多莉所在的方向。

最終有六隻蘇彌魯靠在一起飛奔，張著網子埋伏的拉爾法和多莉沒有讓牠們跑掉，牢牢地網住了牠們。

「成功了！」

「好耶！去河邊吧！」

朝著在網裡劇烈掙扎的蘇彌魯脖子劃下小刀，割掉前腳的爪子，再從網子裡抓出來，捉著後腳帶往河邊。蘇彌魯前腳的爪子有毒，所以必須先割掉，不然很危險。

會宰殺的只有自己帶得走的數量。拉爾法和弗伊能帶走兩隻，我要帶走兩隻還太吃力，所以只有一隻。多莉也只有一隻。

捉著後腳帶往河邊的期間，還沒完全斷氣的蘇彌魯瘋狂地扭動身體，想用前腳攻擊。我在手上使足了力氣，不讓蘇彌魯逃跑。

來到河邊，進行簡單的解體作業。感覺到蘇彌魯還活著，我安心地吐氣。要是死掉了，肉就會沾到血的氣味變臭。必須快點放血才行。

「要小心一點喔。」

聽到拉爾法的提醒，大家用力點頭，拿起小刀。蘇彌魯是魔獸。剖開時若不夠小心，刀子一碰到體內稱作魔石的堅硬石頭，蘇彌魯轉眼間就會融化消失。

大家都用刀柄敲了好幾下蘇彌魯的頭，讓牠們安靜下來，再用小刀刺進下腹部，一鼓作氣往上剖開到喉嚨。

「呀啊——！我失敗了！」

多莉低頭看著融化了的黑色黏稠液體，表情快要哭出來。多莉從黑色液體裡拿出魔石，用河水洗乾淨，接著垮下肩膀無比消沉。

「多莉，一隻給妳。妳把這隻解體後帶回家吧。」

拉爾法說，把自己的另一隻蘇彌魯拿給多莉。

「真的嗎？拉爾法，謝謝你。那至少這顆魔石給你吧。」

這一次為了避免失敗，多莉慎重地刺進小刀，弗伊不懷好意地揚起嘴角說：

「妳不覺得這隻蘇彌魯跟梅茵很像嗎？像是毛的顏色？」

「一點也不像！別說這種話啦，會害我沒辦法下手！」

沒有被弗伊的妨礙影響，多莉順利地剖開身體，取出內臟，用河水洗去鮮血。

「不過，梅茵和蘇彌魯明明都很弱，但只要一生氣，眼睛就會變成彩虹色衝過來吧？這點很像啊。」

平常蘇彌魯只會一味逃跑，但看到孩子遭到殺害的時候，父母的雙眼就會發出虹光撲上來。看到那副樣子，弗伊就說：「跟生氣的梅茵簡直一模一樣。」

當梅茵真的動怒的時候，會先把眼睛瞇起來，整個人給人的感覺變得完全不一樣。然後，金色瞳孔就像覆了一層油膜，變成難以形容的顏色。

「那是惹她生氣的弗伊不對吧？誰叫你踩壞了梅茵費盡千辛萬苦做好的『黏土板』。」

自己的解體作業完成，我邊準備回家，邊睨了一眼要剖開第二隻蘇彌魯的弗伊。

「我哪知道她會那麼生氣……啊！可惡，失敗了！」

想起了梅茵生氣的模樣，弗伊拿著小刀的手似乎有些失去了控制。看著成了一團黑色液體的蘇彌魯，嘖了一聲。弗伊無奈地嘆口氣，拿起魔石，到河邊洗乾淨，開始收拾東西。

「喂，路茲。你和弗伊先回城裡，用這個和石匠鋪換錢。我和多莉會一起把這些小魔獸帶回去。」

「知道了。」

接住拉爾法丟來的魔石，我和弗伊兩人先一步離開。必須趕在可以用魔石換錢的店家關門之前，回到城裡。

隨便找根樹枝，把放完血的蘇彌魯倒掛綁在樹枝上，我和弗伊兩個人就比大家早一步返回城裡。兩人在細狹的巷弄間穿梭，著急地奔向位在西門附近的石匠鋪。在快抵達大門的時候，第五鐘就響了，比較性急的店家這時就會開始準備關門。

看到石匠鋪旁邊的店家正準備要關門，我流著冷汗，和弗伊一起衝進店裡。

「大叔，我們想換錢。」

在願意收購魔石的石匠舖，我和弗伊把小指尖大小的魔石放在櫃檯上。老闆拿起魔石，稍微眯起眼睛。

「……這個大小是蘇彌魯嗎？」

「對，我們解體失敗了。」

「哈哈，那可真倒楣。拿去吧，一枚中銅幣。」

「大叔謝啦。」

用沒有用處的小魔石交換了一枚中銅幣後，我和弗伊立即衝出石匠舖。弗伊用指尖彈起中銅幣，再伴隨著悅耳的聲音握在掌心裡。

「路茲，直接去城東吧。」

「這是拉爾法的錢，我可沒錢喔。」

「我可以分你一點。」

城市東邊有很多旅人和旅館，賣食物的店家也不少。旅館開始招攬旅客，酒館也開始營業，城東現在才要進入熱鬧的時段。

到了城市東邊，弗伊馬上用剛換得的中銅幣買了兩個方便食用的水果藍舒露。然後說著：「接好喔。」把其中一個拋給我。弗伊請我吃的藍舒露當然得接好，我撲上前一把接住。

嘶嘶作響地吃著藍舒露，我們朝著住家開始移動。很快地「噹啷噹啷」響起了第六鐘，宣告大門即將關閉，所有店家和工坊都走出了結束一天工作的人們。頃刻之間，路上都是和我們一樣準備返家的行人。

為了避開人潮，我們拐進小巷子，決定抄近路回家。太陽開始下山，可以明顯看出人煙稀少的小路變得越來越陰暗。

「……路茲，你一直和梅茵在一起，都不覺得她可怕嗎？」

四周一片昏暗，弗伊有些壓低音量問了。想不到弗伊會說這種話，我忍不住回頭，發現弗伊不再是平常調皮搗蛋的樣子，臉上帶著些許恐懼。

「之前梅茵用變成了彩虹色的眼睛瞪我，我痛苦得好像無法呼吸。只要想起那時候，現在我還是很害怕，也覺得梅茵讓人發毛。」

我「嗯——」地歪過頭，稍微認真地思考了梅茵的恐怖之處。

「與其說她可怕，我覺得是梅茵頭腦的構造和我們不一樣。她如果拿著武器衝過來要揍我們，我們當然不會輸給那麼弱小的她，但梅茵絕對不會選擇這種方法。就是不知道她會做出什麼事情來，這點才可怕。但是，別惹她生氣就好了。因為梅茵只有和『書』有關的事情，才會生氣。」

聽了我說的話，弗伊有些安心地吁口氣。

「是喔。那，我會盡可能別跟梅茵接觸。因為我完全搞不懂她為什麼會生氣。」

因為跟別人說，別人都不懂，現在知道怎麼應付，我就稍微放心了——弗伊嘀咕說著，把吃完的藍舒露果核隨手丟開。

……讓人發毛嗎？我倒是不這麼覺得。

我也把吃完的藍舒露果核拋開，仰望著越來越偏向藏青色的夜空。顏色越來越接近梅茵髮色的半空中，懸掛著和梅茵瞳孔顏色很像的月亮。

不變的日常風景

「小修，那我會一直待在這裡。」
「嗯。閉館前我會來接妳，妳別自己跑出去喔。」
「都到了沒什麼機會來的圖書館了，我才不會浪費時間呢。」
聽了我的叮囑，麗乃推好眼鏡這麼說，轉身就走掉了。因為母親們再三表示現在正在旅行，才費了工夫綁了辮子公主頭的麗乃，踩著雀躍的步伐衝進圖書館。
……再怎麼在外表花費心思，麗乃就只對書有興趣，根本是白費工夫嘛。
就算綁了漂亮的髮型，因為要旅行就買新衣給她，麗乃每次做的事情都是一樣。到了旅行當地就直奔圖書館，尋找沒有看過的書籍，然後沉浸在書的世界裡，直到我去接她。或者把我當成嚮導兼提行李的小弟，展開書店巡禮。經過長年的相處，這種發展我再清楚不過了。
都出來旅行了，我才不想要一整天都陪她逛書店買東西。直接把麗乃丟進圖書館裡頭，直到閉館時間都自己自由行動好多了。
「閉館時間……平日是六點半，六、日、國定假日是五點。」
當場設定好鬧鐘，我就離開了圖書館。走出圖書館，環顧四周，眼前是遼闊寬廣的公園，前方可見巨大的銀色地球儀。天文館的屋頂上畫著大陸板塊，設計成了地球儀的造形。
「……上一次來是十年前了啊。」
十年前，我也和麗乃一起來這裡旅行過。更正確地說，是因為平常都承蒙麗乃母親的照顧，但麗乃的母親總是不肯收下謝禮，說：「不用道謝啦，我們彼此彼此。」所以我的母親以參加研習會為藉口，送了旅行當作禮物。

姑且不說滿腦子只有看書的麗乃，現在我已經可以自己一個人看家，但還是會陪兩位母親一起參加一年兩次的研習會旅行，當作對她們盡點孝道。

「畢竟有麗乃在，阿姨也沒辦法休息。」

那麼圖書館閉館之前的這段時間，要做什麼好呢？我一邊想著，一邊朝著經過十年歲月，變得有些老舊的天文館走去。經過寫著中央公園的石碑，沐浴在以風和日麗來形容恰到好處的溫暖陽光中，側眼看著在草坪上打滾玩耍的孩子們，和朝著池裡的鯉魚撒下飼料的一家人，繼續前進。

「今天絕不能再搞錯時間了……」

回憶起十年前的失敗，我緊握拳頭。

◆

十年前，當時就讀小學高年級的我，萬分期待一年兩次的研習會旅行。因為很高興可以和向來工作忙碌的母親一起出門，又能前往陌生的土地。

那次是秋天的研習會旅行。在與車站相通的飯店辦好入住手續，放下行李，不再有任何束縛的我，立刻背起塞了手帕、面紙和點心的背包，完成了可以外出遊玩的打扮。

因為製作資料而睡眠不足的母親就說了：「現在已經過三點了，讓我睡到晚餐時間吧。」火速準備上床睡覺，於是我突擊隔壁房間。

「阿姨、麗乃，我們出去玩吧！」

但內心充滿了期待的我所看見的，卻是坐在椅子上頹軟無力的阿姨，和坐在她對面的椅子上，看著書的麗乃。

「小修，阿姨不行，完全沒有力氣。讓我休息一下吧。明天再和你一起去玩。」

阿姨都這麼說了，總不能強行拖她出門。我垮著肩膀回到自己的房間。

「媽媽，阿姨也動不了……」

「嗯～我知道了。這個給小修吧。」

母親愛睏地打了呵欠，從自己的手提包裡抽出地圖。然後攤開地圖，用紅筆在上頭畫了幾個圈。

「這裡的行人天橋很大喔！四通八達，可以連到很多地方。從飯店二樓櫃檯前面的大門走出去，你會在這裡。這個範圍內沒有車子，所以你可以去探險。小修的最終目的地是這裡，天文館。試著挑戰看看能不能看地圖走到天文館吧。到時再拿門票回來當證明。祝你好運。」

「謝啦，媽媽。那我去探險了！」

接過地圖、指南針和錢，我覺得自己成為了勇者。

……我要一個人在未知的土地上前往天文館！

「小修，出門前也要跟阿姨說一聲喔！」

「知道了！好好休息吧。」

我再次走進隔壁房間，攤開母親給我的地圖，說我要探險走到這裡的天文館，阿姨就希望我帶麗乃一起去。

……但遲鈍的麗乃只會妨礙到探險啊。

「嗯……我是沒關係，但麗乃想留在這裡看書吧？」

根據以往的經驗，我以為麗乃肯定會選擇留在房裡看書，豈料看著地圖的麗乃居然興沖沖地開始準備出門。

「好，小修，我們走吧！」

和難得想要外出的麗乃兩個人照著母親的指示，從二樓櫃檯前面的自動門走出飯店。因為剛才是直接從車站進入飯店，所以我現在才看到廣闊的行人天橋。行人天橋與許多出口相通，必須從中選擇正確的道路。攤開地圖的我露出得意的笑容。

但是，馬上就出現了阻撓我前進的敵人。

「小修，去那間百貨公司吧。裡面絕對有書店！」

麗乃伸手一指，就指著正好在飯店對面的大型百貨公司。但是，去那種地方我一點也不開心。

……這個愛書妖怪！

「不行！不行！今天要去天文館！」

「去第一次去的書店，一定比去天文館更好玩喔！」

「才不咧！」

麗乃嘟嘟囔囔抱怨起來，突然就要從包包裡拿書出來，我立刻拉起她的手，制止她拿書，接著往中央公園前進。天文館就在中央公園裡頭。

……絕不能讓愛書妖怪妨礙我！

走在行人天橋上橫越過大馬路，就來到和緩的下坡，連接著道路兩側種有樹木的散步道。走進散步道，就不再聽得見大馬路上川流不息的車聲，轉而開始聽見隨風搖擺的樹葉摩擦聲，和公園裡孩子們開心的嬉鬧聲。

「小修，是圖書館耶！有圖書館！」

「等、等一下，麗乃。今天要去天文館……」

和往常一樣要阻止她的我突然靈機一動。麗乃只要進了圖書館，就絕對不會移動半步。

……難得出來探險，麗乃本來就很礙事了。只要在閉館前來接她，麗乃就可以看自己喜歡的書，我也能一個人探險了吧？

「好，麗乃。在我來接妳之前，不能亂跑喔。」

「知道了。我會看書等你。」

麗乃笑容滿面，大力揮手，光速衝進了圖書館。

順利擺平了愛書妖怪，重新開始原本就預計要單獨進行的探險，我興高采烈地攤開地圖。轉身背對麗乃跑進去的圖書館，奔向正前方中央公園深處的巨大銀色地球儀。

巨大的銀色地球儀裡不只有天文館，還和科學館一樣，有各種要運用到身體的遊樂設施。我沒有去看天象儀，而是留在這區玩耍。

「呼，太好玩了！」

在那裡我和不認識的孩子成為了朋友，一起比賽看誰能用磁鐵移動更多的鐵沙、為了隕石的重量吃驚得哇哇大叫，還比賽踩腳踏車，看誰的發電量更高，直到五點半閉館前都玩得不亦樂乎。

走出天文館，當時是日落速度很快的秋天，所以天色變得很暗，氣溫頓時下降許多。明明有太陽的白天十分溫暖，現在卻穿著外套也有點冷。

成排的樹木落下隨風沙沙搖曳的黑影，我在路燈照亮的散步道上加快速度，小跑步地跑向圖書館。

「……咦？」

圖書館的正門玄關還亮著明亮的燈光，但已經閉館了。窗戶都拉下了白色百葉窗，毫無人影，閱覽室也一片漆黑。

麗乃可能會在出口附近看書等我。於是我尋找還亮著燈的出口，繞了圖書館一圈，但都沒有看到麗乃。

「應該已經回飯店了吧。」

只要利用行人天橋，越過大馬路就到飯店了。與其待在不知道當地地名的地方，等著不知道何時會回來的我，應該會直接回飯店吧。

我跑回飯店。

「麗乃？她還沒回來喔？」

一回到房間，阿姨就對我這麼說，我感覺到全身血液都在逆流。

「小修，你沒有和麗乃在一起嗎？」

在母親的瞪視下，我說出了自己把麗乃留在圖書館，一個人跑去天文館的事實。

「因為我想去天文館啊，麗乃卻一到外面，就自顧自地說她想去書店、要去圖書館，害我沒辦法去。」

聽我說完，阿姨想到了什麼地抬起頭。我也閃過靈光。

「……書店嗎?!」

麗乃曾對和行人天橋相連的百貨公司的書店表現過興趣。每次扯到書，麗乃就會突然變得很積極。圖書館關門了以後，她肯定會接著想去書店。

「我去找她！」

「等等，小修。我也一起去。」

我和母親一起跑到百貨公司，察看樓層導覽，直奔五樓的書店。大歸大，也不過是百貨公司的一角。從裡到外找過一遍，花不了多久時間。

「不在這裡呢。」

「……還有其他書店嗎？」

聽到我的低喃，母親就問店員附近還有沒有其他書店。「我和人約好在書店見面，但找不到是哪間。」母親說著攤開地圖，店員指出了兩間與行人天橋有段距離的書店。

「去找找看吧。」

「……媽媽，麗乃應該不在那裡。」

「咦？」

「麗乃說了，因為百貨公司很大，一定有書店。所以我想她根本不會知道其他小書店在哪裡，也不會第一次來這裡，連書店的影子都沒看到就問路人，再一個人特地跑過去。她沒這麼有行動力。」

麗乃一看到書店，就會飛蛾撲火似的撲上去，但不至於圖書館都關門了，還會在天色也暗下來的陌生土地上，詢問店員，或者向不認識的人詢問哪裡有書店，到處去找書店。

「是嗎？可是，小學三年級的暑假自由研究作業，她不就走遍了市內的書店嗎？那時候也是天都黑了，麗乃還騎著腳踏車去很遠的書店，把大家都嚇了一跳呢。」

「那時候她事先查過地圖和電話簿，確認過書店的位置了。也先告訴過阿姨，今天會去哪裡，但這次不一樣。真要說的話，她在圖書館前面等我的時候被綁架了的可能性還比較高。」

「是嗎……看來先回飯店，向警察報案比較好吧。」

「嗯。」

如果和平常一樣在圖書館前面等我，被綁架的可能性不低。只要對方說：「我買新的書給妳吧。」麗乃鐵定就會傻乎乎地跟著綁架犯走。

……早知道先查好閉館時間，事情就不會變成這樣了！

「沒有找到人呢。那報警吧。」

阿姨皺著眉重重嘆氣。她說已經打開電話簿，聯絡了公所機關，表示麗乃有可能被關在圖書館裡，但對方回覆館方在閉館的時候，已經確認過沒有使用者了。

「還是再檢查一下圖書館比較好吧？畢竟麗乃有前科。」

麗乃偶爾會坐在奇怪的地方看書，所以在本地的圖書館，館員就曾經在閉館的時候沒有發現到她，把她關在了圖書館裡頭。從此以後，麗乃就被圖書館列為需要特別留意的人物之一，她去圖書館的時候，一定會確認她已經離開。

阿姨顫抖著手打電話報警，表示去圖書館的麗乃還沒有回來，希望可以先從圖書館展開搜索。

「就算閉館了，麗乃她也會不以為意繼續看書，但絕對不會離開圖書館。所以，如果她真的不在圖書館裡頭，有可能是被綁架了。」

說明了麗乃在本地也曾經沒有留意到閉館通知，結果被關在了裡頭的前科，於是在警方的要求下，圖書館很快就開門了。
還以為圖書館內會漆黑得不見五指，但偌大窗戶並排著的區塊灑進了外頭的燈光，白色窗簾浮在半空中，空間朦朦朧朧地微亮。
「但我認為很可能是被綁架了吧。閉館的時候巡邏過了，而且裡頭這麼暗，如果一個人被留在這裡，都已經小學高年級了，應該懂得利用櫃檯的電話打電話吧？不然也可以從廁所的窗戶，或者打開窗簾向路人求救……」
下班時間還不得不出動的圖書館員說著，打開電燈開關。電燈啪啪啪地接連打開，我在燈火通明的圖書館內奔跑，尋找光線會比較明亮的窗邊。
果然不出所料，麗乃在窗沿較低的書櫃上攤著書，還在看書。
「麗乃！」
我大喊名字，麗乃的視線就從書本往上移，並且闔上書本，轉向這邊。我們一群人到處找她，擔心她被綁架了，還報了警，麗乃卻好像什麼事情也沒有，一派氣定神閒地回過頭來。
「啊，小修，你好慢喔。外面都變暗了。」
「圖書館裡頭也變暗了吧！早點注意到啦，笨蛋！」
我忍不住咆哮，麗乃就不平地鼓起臉頰瞪著我。
「罵人笨蛋太沒禮貌了。我有發現字變得看不清楚了喔。」
「都發現了還繼續看書，就是這點要罵妳笨蛋！妳這個愛書妖怪——！」

◆

這次看完了天象儀，先去逛街買東西，再準時地趕在閉館時間前來接麗乃。設在書架旁的座位離書架最近，是麗乃最喜歡的位置。不論去哪一間圖書館，她都會坐在離書架最近的椅子上，就這方面而言很好找。

我繞了一圈十年前幾乎沒有參觀到的圖書館。十年前閉館巡邏時，麗乃為了避開刺眼的夕陽而躲過來看書的階梯下方，如今立著禁止進入的告示牌，還拉起了黃色的塑膠鎖鍊。

……是因為麗乃的關係吧。

我這麼想著掃視四周，找到了麗乃。一如往常，麗乃在看書。就算因為出來旅行而穿上新衣，綁了漂亮的髮型，麗乃的行動也不會改變。她的嘴角掛著淺笑，目光只是專注地追逐著文字。

「麗乃，快閉館了。」

「啊，小修。今天天色還亮就來接我呢。」

麗乃闔上書，站起來，輕輕笑了。

「……妳還記得嗎？」

「當然呀。因為被媽媽臭罵了一頓，說以後要是天黑了還繼續看書，就再也不買新書給我了！所以後來只要四周一變暗，我都會嚇得回神呢。」

麗乃嘆氣說道。經她這麼一說，確實在那之後，快要被關在圖書館裡的時候，她就會出聲喊道：「裡面還有人！」不再八方不動地繼續看書了。

「原來愛書妖怪也懂得記取教訓嘛……」

十年來多少也有點長進嗎？我感慨地心想道，卻看見把書放回去的麗乃，又站在書架前看起了另一本書。

「妳一點長進也沒有嘛！」

「咦？什麼長進？」

我抽走麗乃手上的書，放回架上，拉著不斷嘟囔發牢騷的麗乃的手，走出圖書館。

「都來這裡了，去書店吧！」再拉著指著百貨公司的麗乃，回到母親們等著的飯店。

對這全然沒有進步又一成不變的發展，我感到有些想哭。

……妳這傢伙最好有一天跑去沒有書的世界，為看不到書受盡折磨吧！

後記

大家好，我是香月美夜。

感謝各位願意閱讀本作，《小書痴的下剋上：為了成為圖書管理員不擇手段！【第一部】士兵的女兒（Ｉ）》。

這本書所描寫的，是一直以來都被書本包圍，能夠盡情徜徉在書的世界裡的麗乃，原本過著滿腦子只要想著書就好的生活，卻遭逢了巨大的變故。來到了身邊沒有書的世界，還轉生成了身染重病，隨時都有可能一命嗚呼的士兵的女兒梅茵。

因為買不起書，就自己做書。但是，因為沒有紙可以做書，那就自己做紙。但是，她也沒有做紙所需的體力、力氣、身高、年齡和財力。在四面楚歌、一無所有的情況下，以自己擁有的資訊做交換，獲得了幫手，勇往直前。為了彌補在當上朝思暮想的圖書管理員前就死了的遺憾，也為了實現被書本包圍的夢想。

希望梅茵這樣為了書，奮不顧身地往前橫衝直撞的模樣，能夠為各位讀者帶來歡笑。

言歸正傳。我在小說連載網站「成為小說家吧」連載本作已經一年又四個月了，但從來沒想過這一系列真的會出版成書。因為，這系列很長。因為是網路小說，我完全不在乎長短，想寫什麼就放進去，所以內容塞了很多東西。而且已經持續創作一年以上，目前仍尚未完結。

在這種情況下，出版成書的時候，我卻還提出了許多任性的要求。

比如我不想把「第一部　士兵的女兒」簡化成一集、希望找到的插畫家不只可以畫出可愛的女孩子，還能把今後即將大量登場的大叔們畫得很帥、要是有地圖和住家平面圖就太棒了……其實我不抱希望，真的只是想到什麼就說什麼，卻一一都實現了。很嚇人吧？

願意答應我的任性，呈現出這麼棒的作品，真的非常感謝TO BOOKS的各位工作人員。

也承蒙百忙之中，還畫出了精美又可愛插圖的椎名優老師，本書的登場人物們才能栩栩如生地在我腦海中活蹦亂跳。真的非常感激。

最後，要為購買本書的各位讀者獻上最高等級的謝意。

期待能在下個月發行的第二集再相見。

二〇一四年十二月　香月美夜

如何自己做一本書？
就從「造紙」開始吧！

小書痴的下剋上

第一部　士兵的女兒II

香月美夜 著　**椎名優** 繪

嗜書如命的梅茵，每天都絞盡腦汁想要自己來做書。但接二連三的挑戰，卻都以失敗告終，加上遭到「身蝕」侵襲，前途可說是多災多難。不過，靠著與生俱來的毅力和鄰居路茲的幫助，梅茵一邊努力賺錢，一邊終於開始了真正的「造紙」之路。眼看夢想正要起步，但「身蝕」的熱意卻又再度從她的身體裡爆發出來……

國家圖書館出版品預行編目資料

小書痴的下剋上：為了成為圖書管理員不擇手段!. 第一部，士兵的女兒. I / 香月美夜著；許金玉譯. -- 初版. -- 臺北市：皇冠，2017.08
面；　公分. --（皇冠叢書；第 4637 種）(mild；7)

譯自：本好きの下剋上 司書になるためには手段を選んでいられません 第一部 兵士の娘 I

ISBN 978-957-33-3319-7（平裝）

861.57　　　106012454

皇冠叢書第 4637 種
mild 7

小書痴的下剋上

爲了成爲圖書管理員不擇手段！

第一部 士兵的女兒 I

本好きの下剋上
司書になるためには
手段を選んでいられません
第一部 兵士の娘 I

作　　者—香月美夜
譯　　者—許金玉
發 行 人—平　雲
出版發行—皇冠文化出版有限公司
台北市敦化北路 120 巷 50 號
電話◎ 02-27168888
郵撥帳號◎ 15261516 號
皇冠出版社（香港）有限公司
香港銅鑼灣道 180 號百樂商業中心
19 字樓 1903 室
電話◎ 2529-1778　傳真◎ 2527-0904
總 編 輯—許婷婷
美術設計—嚴昱琳
著作完成日期— 2015 年
初版一刷日期— 2017 年 8 月
初版六刷日期— 2022 年 10 月
法律顧問—王惠光律師

如有破損或裝訂錯誤，請寄回本社更換
讀者服務傳真專線◎ 02-27150507
電腦編號◎ 562007
ISBN ◎ 978-957-33-3319-7
Printed in Taiwan
本書特價◎新台幣 299 元 / 港幣 100 元